NICHOLAS BLAKE
ist das Pseudonym des Autors Cecil Day-Lewis (1904-1972). Er war ein irisch-britischer Akademiker, arbeitete eine Zeit lang beim Verlag Chatto & Windus, wurde von der Queen zum Hofdichter ernannt und brauchte irgendwann Geld, weshalb er begann, unter Pseudonym äußerst erfolgreiche psychologische Kriminalromane zu schreiben. Er ist der Vater des Oscar-prämierten Schauspielers Daniel Day-Lewis.

Nicholas Blake

MORD AUF DER KREUZFAHRT

Aus dem Englischen
von Michael von Killisch-Horn

KLETT-COTTA

Klett-Cotta
www.klett-cotta.de
Die englische Originalausgabe erschien unter dem Titel
›The Widow's Cruise‹ im Verlag Collins Crime Club, Glasgow
© 1959 by Literary Executor of the Estate of C. Day Lewis
Für die deutsche Ausgabe
© 2024 by J. G. Cotta'sche Buchhandlung Nachfolger GmbH,
gegr. 1659, Stuttgart
Alle deutschsprachigen Rechte vorbehalten
Cover: Anzinger und Rasp Kommunikation GmbH, München
unter Verwendung einer Abbildung von
Dieter Braun Illustration, Hamburg
Gesetzt von Dörlemann Satz, Lemförde
Gedruckt und gebunden von
Friedrich Pustet GmbH & Co. KG, Regensburg
ISBN 978-3-608-98696-9
E-Book ISBN 978-3-608-12314-2

»Zweifach stirbt der,
der nah der Küst' ertrinkt.«

Shakespeare

Für Peter und Louis

INHALT

Prolog
11

Einschiffung
15

Verbrüderung
45

Vernichtung
93

Untersuchung
125

Aufklärung
209

PROLOG

Irgendetwas stimmte nicht mit den Schwänen an diesem Mainachmittag. Ein kühler, gereizter Wind fegte über den Serpentine Lake im Hyde Park, zerzauste ihr Gefieder und schien ihre Nerven zu erschüttern. Sie konnten nicht stillhalten. Ein Schwan richtete sich heraldisch auf und bespritzte das Wasser mit plumpen, halbflügeligen Schlägen. Dann ging er, ohne provoziert worden zu sein, auf einen Gefährten los, der düster sein Spiegelbild betrachtete, und jagte ihn jenseits der Brücke aus dem Blickfeld. Ein anderer Schwan hackte in wahnsinniger Verzweiflung immer wieder auf etwas unter seinem gehobenen Flügel ein, was dazu führte, dass er mit zerzausten Federn und dem Hals, der wie eine Schlange nach vorn schnellte, ins Taumeln geriet. Mehrere andere Schwäne begannen, wie von einer Massenhysterie ergriffen, sich ebenfalls wütend die Schnäbel in die Rippen zu bohren.

»Meinst du, sie haben Ameisen in ihren Flügelhöhlen?«, fragte Clare.

»Ich glaube, sie haben einen Nervenzusammenbruch«, erwiderte Nigel.

»Nun, wenn ja, dann übertreiben sie gewaltig.«

»Es könnte auch eine Form von Neuromimesis sein.«

»Was auch immer es ist, es ist extrem würdelos«, sagte Clare Massinger ernst.

»Man kann nicht einmal von einem Schwan erwarten, dass er würdevoll ist, wenn es ihn juckt. Ich glaube nicht, dass Zeus sehr würdevoll aussah, als er Leda angriff.«

»Das war etwas anderes.«

Ein Schwan stapfte aus dem See an Land und streckte seinen Hals nach einem Stück Brot aus, das ein Kindermädchen ihm hinhielt.

»Er sieht wie ein edwardischer Hut aus, der versucht zu laufen«, bemerkte Clare. Ihr langes, blauschwarzes Haar wirbelte wie Rauch in einer Windböe, und als sie sich abwandte, sah sie sich der Peter-Pan-Statue gegenüber, die sie eine Weile schweigend betrachtete.

»Weißt du«, sagte sie schließlich, »es mangelt ihr an Faszination für sich selbst.«

Als sie Arm in Arm in Richtung Lancaster Gate gingen, dachte Clare an das seltsame Schauspiel, dessen Zeugen sie gerade geworden waren.

»Meinst du nicht, dass wir etwas unternehmen sollten, Liebling?«

»Wegen der Schwäne? Was denn?«

»Ruf jemanden an und sag ihm, dass die Vögel verseucht sind oder verrückt oder was auch immer. Wer ist für sie verantwortlich?«

»Oh, das Bauamt, könnte ich mir denken, oder das L. C. C. Ich habe keine Ahnung, aber das erinnert mich an etwas. Ich habe heute Morgen bei Swan's angerufen. All ihre Griechenland-Kreuzfahrten sind für dieses Jahr bereits ausgebucht. Ich habe unsere Namen angegeben, für den Fall, dass Passagiere absagen. Aber ich denke, wir sollten es mit einer der neuen Kreuzfahrten versuchen, von denen Michael gesprochen hat. Das würde bedeuten, dass wir von Athen statt von Venedig aus starten, aber wir könnten vorher ein paar Tage in Athen verbringen, nur wir zwei.«

Clare Massinger war vor Kurzem an dem Punkt angelangt, den fast jeder Künstler zwei- oder dreimal im Laufe seines Arbeitslebens erreicht. Den Punkt, an dem alle Reserven aufgebraucht zu sein scheinen und eine radikale Änderung des Stils oder des Inhalts erforderlich ist, wenn das Werk nicht zu einer bedeutungslosen Wiederholung vergangener Leistungen werden soll. In Griechenland, das fühlte sie, würde sie ihre Vision als Bildhauerin auffrischen und ihre Batterien wieder aufladen können. Da weder sie noch Nigel die Sprache beherrschten, wäre eine organisierte Reise der beste Weg, um in der begrenzten Zeit, die ihnen zur Verfügung stand, zu bekommen, was sie brauchte.

Und so stimmte sie zu, sich nach den Kreuzfahrten, die neu von der Prytanis-Linie angeboten wurden, zu erkundigen. Nigel Strangeways ging am nächsten Morgen zum griechischen Fremdenverkehrsamt. Man sagte ihm, es gebe noch freie Plätze auf der T. S. S. *Menelaos*, die am 1. September in Athen in See stechen würde. Das Schiff würde Delos und dann eine Reihe von Inseln im Dodekanes anfahren und über Kreta zum Festland zurückkehren, mit Ausflügen nach Epidauros, Mykene und Delphi. Die Passagiere wären hauptsächlich Briten und Amerikaner, aber auch eine kleine Gruppe von Franzosen und ein paar Deutsche und Italiener seien dabei. An Bord würden griechische Reiseführer und mehrere Dozenten von europäischem Ruf sein, darunter ein angesehener Gelehrter, der Bischof von Solway und der berühmte Hellenophile und Verbreiter der klassischen griechischen Literatur Jeremy Street.

Nigel zögerte nicht lange und buchte zwei Plätze. Die Reiseroute der *Menelaos*, die zu so vielen Inseln führte, deren Namen wie Legenden klangen, hörte sich großartig an. Clares dunkle Augen leuchteten auf, als er ihr sagte, wohin sie fahren würden. Nigel ahnte nicht, dass diese Reise ihn in ein Labyrinth menschlicher Motive führen würde, das dunkler und komplexer war als das des Minotaurus.

EINSCHIFFUNG

1

Sechzehn Wochen später lehnte Nigel an der Reling des Promenadendecks und betrachtete den Schiffsverkehr im Hafen von Piräus. Am Morgen hatten er und Clare ein letztes Mal das Theater des Dionysos und die Akropolis besichtigt. Die Hitze – es herrschten 38 Grad im Schatten – und die vollkommene Majestät des Parthenon hatten sie verstummen lassen. Sogar Clares übermäßiger Appetit auf Besichtigungen war vorübergehend gestillt. Und so nahmen sie nach einem geruhsamen Mittagessen ein Taxi nach Piräus, um an Bord zu gehen, bevor die Masse der Passagiere eintraf.

Die *Menelaos* lag seit sechsunddreißig Stunden am Kai, und in den Kabinen war es brütend heiß. Das Öffnen des Bullauges von Clares Kabine, die an seine eigene auf dem Hauptdeck grenzte, reichte aus, um Nigel Schweißausbrüche zu verursachen. Clare kündigte an, dass sie sich waschen und dann »alles auf Vordermann bringen« würde – eine Prozedur, die, Nigel war sicher, das Auspacken und Verstreuen ihrer Kleidung über ihre eigene Koje und die ihrer Mitbewohnerin, einer Miss E. Jamieson, B. A., bedeutete, die zum Glück noch nicht aufgetaucht war. Nigel überließ sie ihren Beschäftigungen, kämpfte sich durch die Hitze, um das Bullauge seiner eigenen Kabine zu öffnen, die er laut Passagierliste mit Dr. Stephen Plunket, M.D., M.Sc., teilen würde, räumte seine Sachen ordentlich ein und begab sich, nach Luft schnappend, an Deck. Nachdem er die wichtigsten Merkmale des Schiffs erkundet hatte – die beiden Salons vorn und achtern, die (noch geschlossenen) Bars, den kleinen (noch leeren) Swimmingpool auf dem Vorschiff unter der Brücke –, stellte er sich an die Backbordreling des Promenadendecks.

Unter ihm versorgte ein flacher Tanker die *Menelaos* durch eine Nabelschnur aus Rohrleitungen mit Öl. Dahinter flatterten die blauweißen Flaggen dreier griechischer Korvetten, die miteinander vertäut waren, in einer gerade aufgekommenen leichten Brise. An den gegenüberlegenden Kais lagen drei Passagierschiffe, deren weißer Anstrich im Athener Sonnenlicht glänzte; eines davon war die T.S.S. *Adriatiki*, das von Swans gecharterte Schiff, auf dem Nigel vergeblich versucht hatte, Plätze für Clare und sich zu bekommen. Ein großes Kreuzfahrtschiff von P & O mit einem einzigen dampfenden Schornstein, der wie eine riesige gelbe Pfefferschote aussah. Einige wettergegerbte Trampdampfer, eine Schar verschiedener kleinerer Boote, Lagerhäuser, Schiffskräne und der dunstige blauweiße Himmel vervollständigten die Szene. In der Luft hing ein durchdringender Geruch – der Rauch des Tankers vermischte sich mit den Gerüchen von griechischer Küche oder verfaulendem Gemüse, oder beidem? Vielleicht war es ganz gut, dachte Nigel, dass er sich eine Kabine mit dem Schiffsarzt teilte.

Er versuchte, sich diesen Ort im 5. Jahrhundert vorzustellen, mit den einlaufenden Trieren und den langen Mauern, die sich bis nach Athen erstreckten, aber die Hitze hatte seiner Fantasie jegliche Antriebskraft genommen. Plötzlicher Lärm, der von der anderen Seite der *Menelaos* kam, unterbrach seine Gedanken. Als er zur Steuerbordseite hinüberging und auf den Kai hinunterblickte, an dem das Schiff vertäut war, sah Nigel einen Lastwagen, der mit rechteckigen Eisbrocken beladen war. Ein Matrose stand auf einer behelfsmäßigen Bühne, die vom Deck herabhing, und schob sie einen nach dem anderen durch eine Luke in das Schiff. Ein heftiger Streit war zwischen dem Vorarbeiter des Trupps an Land entbrannt, der sich um das Eis kümmerte, und einem Schiffsoffizier, der sich, zwanzig Fuß von Nigel entfernt, über die Reling beugte. Ob das Eis zu spät gekommen war, die falsche Form hatte oder ob die beiden Streitenden einfach nur das Gesicht des jeweils anderen nicht leiden konnten, vermochte Nigel nicht festzustellen. Aber die Szene hätte nicht dramatischer sein können, wenn sie der Vorbote einer uralten Blutfehde gewesen wäre. Irgendwann riss sich der Schiffsoffizier in seiner Verzweiflung tatsächlich die Haare aus – eine Geste, die Nigel seit dem Besuch einer Aufführung des *Ödipus* durch die Oxford University Dramatic Society vor dreißig Jahren nicht mehr erlebt hatte. Was ihn jedoch am meisten beeindruckte, war der Rhythmus des Wortwechsels. Der Offizier schrie in der stakkatoartigen, durchdringenden Sprache seines Volks und begleitete seine Rede mit einer Fülle von mörderischen Gesten, während der Vorarbeiter dastand und zuhörte. Dann schrie der Vorarbeiter zurück und tanzte hysterisch, als wollte er sich jeden Augenblick in die Luft erheben und den Offizier erwürgen, während dieser ihm zuhörte und auf seinem Schnurrbart kaute. Strophe und Antistrophe, dachte Nigel: die athenische Tradition des Argumentierens, in der man sich die Argumente des Gegners anhörte und seine eigenen vortrug. Genau das, so wurde Nigel klar, ließ jedermanns Herz für die Griechen höher schlagen – man liebte sie, leidenschaftlich, unterschiedslos und für immer.

»Wird Blut fließen?«, ertönte Clares helle, hohe Stimme neben ihm.

»Oh, du bist hier. Nein, sie haben nur eine kleine Meinungsverschiedenheit über Eis.«

Die Kontrahenten schrien sich noch ein paar Minuten abwechselnd an. Dann endete der Sturm so abrupt, wie er begonnen hatte. Der Vorarbeiter spuckte auf die jungfräuliche weiße Seite des Schiffs, der Offizier machte eine Geste, die die ganze Tragödie von König Lear hätte ausdrücken können, und wandte sich ab. Die Ehre war befriedigt, das Gefühl erschöpft.

Unten am Kai stiegen neue Passagiere aus Bussen und Taxis. Sie mussten sich einer Horde von Händlern stellen, die alles verkauften, von griechischen Vasen (20. Jahrhundert) bis hin zu Coca-Cola, von rosa Melonenstücken bis hin zu Evzone-Puppen. Nigel und Clare spielten das altehrwürdige Spiel der Reisenden und spekulierten über Charaktere, Berufe und Herkunft der noch unbekannten Mitreisenden. Sie hatten gerade einen königlichen Akademiker (der sich später als Bischof von Solway herausstellte) und ein Trio klassischer Lehrer entdeckt (die sich als ein analytischer Chemiker, ein Anwalt und ein Beamter herausstellten), als zwei Frauen ihre Aufmerksamkeit erregten, die langsam zur Gangway schlenderten. Oder, besser gesagt, eine von ihnen. Mittelgroß und von einer Gedrungenheit, die durch eine graziöse Haltung überspielt wurde, mit hohen Wangenknochen mit reizvollen

Vertiefungen darunter und einem zarten Teint, der sich, als sie näher kam, als ein Triumph kosmetischer Kunst entpuppte. Diese Frau hatte jenen Hauch von sexueller Bewusstheit, die ihre eigene Geschichte erzählt. Sie trug einen zitronenfarbenen Leinenanzug und einen breiten weißen Strohhut.

»Oh, sieh mal!«, sagte Clare. »Hier kommt die *femme fatale* des Schiffs.«

Die Begleiterin der Frau war zwar gleich groß, wirkte aber im Vergleich zur ihr unförmig. Sie trug einen purpurfarbenen Pullover, der die Unreinheit ihrer Haut betonte, einen zerknitterten Tweedrock und zweckmäßige Schuhe. Ungepflegtes Haar, ein watschelnder Gang und unruhige, krampfhafte Gesten verstärkten den Gesamteindruck eines schlecht gepackten Pakets. Als sie zum Schiff hinaufschaute, zuckte ihr Mund unkontrolliert, und sie hob eine Hand, als wollte sie ihn festhalten. In diesem Augenblick hörte Nigel, wie ein Mädchen, das neben ihm an der Reling stand, rief:

»Oh Gott! Peter, sieh mal! Da ist die Bross. Was um alles in der Welt macht die denn hier?«

»Die Bross?«

»Miss Ambrose. Du weißt schon.«

In der Stimme des Mädchens schwang so viel Bestürzung mit, dass Nigel neugierig aufblickte. Das Mädchen war blass geworden; ihr dünner Körper war gekrümmt, als erwartete sie einen Schlag, und ihre Hände umklammerten die Reling. Sie war sechzehn oder siebzehn, schätzte Nigel, und der Junge, den sie »Peter« genannt hatte, war offensichtlich ihr Bruder – ein Zwillingsbruder sehr wahrscheinlich.

»Mach dir keine Sorgen, Faith«, sagte er und nahm ihren Arm. »Sie begleitet jemanden, nehme ich an.«

»Es würde alles verderben, wenn ...«

»Sei nicht albern. Sie wird dich schon nicht fressen.«

»Sieh mal, sie kommt die Gangway herauf.« Das Mädchen zog den Kopf ein – eine seltsame, unwillkürliche Bewegung – und eilte dann das Deck hinunter. Ihr Bruder folgte ihr mit einem grimmigen Gesichtsausdruck, an den Nigel sich erinnern sollte.

Das seltsame Paar ging nun die Gangway hinauf. Als sie ihre Bordkarte abgab, schenkte die Schönheit dem Zahlmeister ein strahlendes, leicht schiefes Lächeln, das ihrem exquisit geschminkten Gesicht Charakter verlieh. Ihre Begleiterin schlurfte vorbei, und die beiden gingen in Richtung ihrer Kabine, gefolgt von Stewards, die ihr Gepäck trugen.

»Was hältst du von ihnen? Eine reiche geschiedene Frau, die mit ihrer Sekretarin reist?«

»Sie sind Schwestern«, sagte Clare mit fester Stimme.

»*Schwestern?* Unsinn!«

»Doch. Identische Knochenstruktur. Die eine ist eine erfolgreiche Frau von Welt, die andere eine Neurotikerin. Das ist es, was dich abschreckt. Ich sehe mir den Schädel unter der Haut an.«

»Du wirst es wissen. Eine von ihnen ist jedenfalls Miss Ambrose; wahrscheinlich eine Lehrerin, wenn man nach der Bestürzung der jungen Frau vorhin urteilt. Das wäre die blasse, zuckende. Lass uns einen Blick in die Passagierliste werfen.«

Aus diesem Dokument, das man ihnen ausgehändigt hatte, als sie an Bord gegangen waren, ging hervor, dass die Kabine 3 auf dem A-Deck von Mrs Melissa Blaydon und Miss Ianthe Ambrose bewohnt werden sollte.

»Nun, sie können Schwestern sein«, sagte Nigel. »Diese eleganten, klassischen Vornamen lassen auf gemeinsame Eltern schließen. Aber ich finde es trotzdem absurd, dass die luxuriöse Melissa mit einer Schnorrerin wie Ianthe Urlaub macht.«
»Absurdität bringt seltsame Bettgenossen.«
»Ambrose. Ambrose. Ich frage mich, ob es E. K. Ambrose sein könnte.«
»Wer ist das?«
»Er war ein sehr angesehener Gräzist. Er hat die maßgeblichen Ausgaben von Euripides herausgegeben. Ich habe sie in Oxford studiert.«

11

In den Stunden bis zum Abendessen begannen die Passagiere, sich zu sortieren. Nationale Charaktereigenschaften waren bald zu erkennen. Die blonden Personen, die, mit Kameras, Rucksäcken und Reiseführern bewaffnet, zielstrebig auf dem Schiffsdeck auf und ab marschierten, konnten nur Deutsche sein. Das französische Kontingent, das ihren eigenen Reiseführer mitgebracht hatte, fand sich an einem Ende des vorderen Salons zusammen, wo sie unaufhörlich plauderten und ihre Mitreisenden ignorierten. Ein paar italienische Männer in auffälligen Lounge-Anzügen schlenderten in Begleitung ihrer Frauen über das Schiff und betrachteten mit strahlender Bewunderung jede gutaussehende Frau, die an ihnen vorbeikam. Die Amerikaner warteten darauf, dass die Bars geöffnet wurden, während die Briten versuchten, einander aus dem Weg zu gehen, und jedem, den sie verdächtigten, ihr endloses Postkartenschreiben zu unterbrechen, einen verstohlenen und verärgerten Blick zuwarfen.

Natürlich gab es auch Ausnahmen. Ein pausbäckiger Mann kam mit Nigel und Clare ins Gespräch und stellte sich als Ivor Bentinck-Jones vor. Ihm sei diese Gegend alles andere als fremd, sagte er ihnen, und wenn sie Informationen benötigten, dann sei er ihr Mann. Mit seinen funkelnden Augen, seiner fröhlichen Stimme und seiner offensichtlichen Dickfelligkeit war Mr Bentinck-Jones wie geschaffen dafür, der Mittelpunkt des Schiffs zu sein. Sein Eifer, Freundschaften zu schließen, war zwar ein wenig erbärmlich, aber nicht unsympathisch. Er schien die Art von Mann zu sein, dachte Nigel, die Vertraulichkeiten anzieht wie ein Bettler Almosen.

»Sind Sie mit Ihrer Kabine zufrieden?«, fragte der Mann sofort. »Wenn nicht, würde Nikki Ihnen bestimmt eine andere geben, da bin ich mir sicher. Er ist der Kreuzfahrtmanager, wissen Sie.«

»Unsere Kabinen sind recht komfortabel, danke«, erwiderte Clare.

»Ich verstehe. Gut. Tut mir leid, ich dachte, Sie würden zusammen reisen.«

»Das tun wir.«

Eine leichte Enttäuschung war im Blick des Mannes zu erkennen. Clare hatte ein schlechtes Gewissen, weil sie ihn um das angenehme Vergnügen gebracht hatte, das ihm die Begegnung mit einem in Sünde lebenden Paar an Bord bereitet hätte. »Wir sind nur gute Freunde«, fügte sie spöttisch hinzu.

»Hallo, da ist Jeremy Street.« Ivor Bentinck-Jones winkte

einem Mann zu, der sich näherte – eine große, vornehme Gestalt mit einem jungen, alten Gesicht, schütterem, goldblondem Haar und dem bewusst unaufdringlichen Auftreten einer Berühmtheit, die ihren Marktwert kennt und ihn nicht zu behaupten braucht. Jeremy Street trug einen makellosen weißen Leinenanzug, ein königsblaues Hemd und ein seidenes Halstuch, was ihm das Aussehen eines dieser Möchtegern-Typen verlieh, die man in Kaufhauskatalogen findet.

»Ich habe ihn im Zug getroffen«, erzählte Bentinck-Jones. »Entzückender Kerl. Überhaupt nicht eingebildet ... Ah, Street, darf ich Sie vorstellen? Mr Jeremy Street. Miss Clare Massinger. Mr Nigel Strangeways.«

Die drei murmelten Höflichkeiten.

»Es ist mir eine große Freude, Sie kennenzulernen«, sagte der Neuankömmling zu Clare. »Ich habe Ihre letzte Ausstellung gesehen. So viel Kraft und Zartheit. Besonders die ›Madonna‹. Das Irdische vom Göttlichen berührt – wie es sein soll.«

Jeremy Streets Stimme war fast zu melodisch, sein respektvoller und doch männlicher Tonfall fast zu perfekt. Ein leichter Anflug von Abneigung, den nur Nigel wahrnehmen konnte, huschte über Clares Gesicht.

»Hallo, hallo«, sang Ivor Bentinck-Jones. »Noch eine Berühmtheit an Bord. Sie sind Malerin, Miss Massinger?«

»Bildhauerin.«

»Nun, da sind Sie direkt an der Quelle der europäischen Kunst«, verkündete er.

»Das sagte man mir«, erwiderte Clare.

»Die Inseln Griechenlands, die Inseln Griechenlands, wo eine glühende Sappho liebte und sang«, fuhr Mr Bentinck-

Jones fort, und sein pausbäckiges Gesicht krampfte sich vor Begeisterung zusammen. »Was für eine Inspiration. Aber es ist sicher nicht Ihr erster Besuch.«

»Doch, mein erster Besuch.«

»Sieh an, sieh an. Wer wäre als Führer besser geeignet als der berühmte Jeremy Street?«

Der berühmte Jeremy Street warf Clare einen entschuldigenden Blick zu, und ein Winkel seines beweglichen Mundes zuckte. Seine Fähigkeit, Lob zu ertragen, hatte möglicherweise Grenzen.

»Dürfen wir in näherer Zukunft eine weitere Übersetzung aus Ihrer Feder erwarten?«, erkundigte sich Mr Bentinck-Jones.

»Ich habe gerade den *Hippolytos* beendet.«

»Ah. Eines der edelsten Werke von Sophokles.«

»Euripides, genau genommen.«

»Euripides, natürlich. Was für ein absurder Versprecher.«

Nigel fragte: »Welchen Text haben Sie verwendet? E. K. Ambrose, nehme ich an.«

Die Frage hätte kaum unverfänglicher sein können, aber Nigel war sich sofort bewusst, dass sie Anstoß erregt hatte. Das faltige, junge, alte Gesicht nahm einen strengen Ausdruck an, der Blick wurde ärgerlich, abwehrend.

»Ambrosius war sehr solide«, sagte er, »aber es fehlte ihm etwas an fantasievollem Einfühlungsvermögen. Man fragt sich manchmal, ob diese klassischen Akademiker auch nur die leiseste Ahnung haben, was im Kopf eines Dichters vor sich geht.«

»Es ist eine Ianthe Ambrose an Bord«, sagte Nigel. »Ich frage mich, ob ...«

»Was? I. A.?« Die Worte schienen aus Jeremy Street herauszusprudeln, bevor er sie überprüfen konnte.

»Kennen Sie sie?«

»Nicht persönlich«, erwiderte der Dozent mit selbstgefälligem Hochmut und verabschiedete sich mit einem kurzen *au revoir*.

Nigel waren zwei Dinge aufgefallen: dass die unglückliche Ianthe Ambrose die Gabe haben musste, sich Feinde zu machen, und dass Ivor Bentinck-Jones die Verwirrung von Jeremy Street über ihre Anwesenheit an Bord nicht nur gespürt, sondern sogar genossen hatte. Zweifellos zeigte sich bei ihm, wie bei den meisten Wichtigtuern, eine Spur von Bosheit.

»Ich habe den Verdacht, dass es sich bei beiden um Blender handelt«, murmelte Clare.

»Blender? Wer?«

»Unser Jeremy und unser Ivor. Jeremy ist eitel wie ein Pfau, aber wahrscheinlich harmlos. Ivor andererseits ...«

»Ja? Was ist mit ihm?«

»Er dachte, *Hippolytos* sei von Sophokles geschrieben worden, und er hat uns ausgefragt. Hast du das bemerkt? Was sich hinter dieser fröhlichen Fassade verbirgt, würde uns sicher nicht gefallen. Und seine Augen sind zu klein.«

Was auch immer die Neigungen von Mr Bentinck-Jones sein mochten, Jeremy Street sollte bald in einem unerwarteten Licht erscheinen. Clare war nach unten gegangen, um ihren Zeichenblock zu holen, und Nigel schlenderte über das Promenadendeck. Als er an einem Fenster des Lesesaals vorbeikam, der sich achtern an den B-Salon anschloss, fiel sein Blick auf eine Gestalt darin. Es war Jeremy Street. Etwas misstrauisch Unbekümmertes in seiner Haltung erinnerte Nigel an einen Ladendieb, den er einmal auf frischer Tat ertappt hatte. Street wandte dem Fenster den Rücken zu; er griff nach einer beigefarbenen Zeitschrift, die vor ihm auf dem Tisch lag, und steckte sie in seinen Mantel. Das beigefarbene Titelblatt war Nigel nicht fremd. Warum, fragte er sich, als er weiterging, sollte ein angesehener Dozent für klassische Themen auf so schuldbewusste Weise das *Journal of Classical Studies* an sich nehmen? Es schien nur eine Antwort zu geben: Wenn der Mann nicht gerade ein Kleptomane war, hatte er das *Journal* aus dem Lesesaal mitgenommen, um zu verhindern, dass Mitreisende es lasen. Eine vermutlich unwirksame Vorsichtsmaßnahme, denn auf einer Kreuzfahrt wie dieser hatten einige Passagiere sicher ihre eigenen Exemplare mitgebracht. Nigel nahm sich vor, sich ein Exemplar der Vierteljahresschrift zu besorgen. Er hatte bereits eine Theorie, warum Jeremy Street sie entwendet haben könnte, aber er liebte es, seine Vermutungen zu überprüfen.

III

Das Abendessen im Salon A war fast beendet. Nigel und Clare hatten einen Tisch zugewiesen bekommen, an dem auch der Bischof von Solway und seine Frau, Mrs Hale, saßen. Der weiße Vandyke-Bart des Bischofs, der sie irrtümlich veranlasst hatte, ihn für einen Rechtsanwalt zu halten, wackelte ebenso heftig über seinem Essen, wie der Mund seiner Frau, der bezüglich ihrer Mitreisenden nicht stillstand. Innerhalb weniger Stunden hatte sie bereits mehrere Dossiers zusammengetragen, und wo ihr tatsächliches Wissen fehlte, füllte ihre Vorstellungskraft die Lücken ohne Weiteres aus.

»Meine liebe Tilly«, hatte ihr Mann irgendwann protestiert, »Miss Massinger wird denken, dass du eine schreckliche Tratschtante bist.«

»Ich tratsche nie, Edwin. Mir wird Tratsch zugetragen. Ich bin eine Art Mutterersatz – alle schütten mir ihr Herz aus.«

»Sie kennen dein wahres Wesen kaum«, bemerkte der Bischof düster.

Auf den ersten Blick sah Mrs Hale tatsächlich wie ein lebhaftes Pummelchen aus, aber in ihren Augen lag ein schwelendes, sardonisches Glitzern, das jeden Unvorsichtigen hätte warnen müssen.

»Haben Sie die Schöne und das Biest schon kennengelernt?«, fragte sie und blickte zu dem Tisch hinüber, an dem Mrs Blaydon und Miss Ambrose saßen.

»Nein«, sagte Clare. »Sie sind Schwestern, nicht wahr?«

»Ja, Miss Ambrose unterrichtet klassische Sprachen. Sie hatte einen Nervenzusammenbruch, und ihre Schwester hat sie auf diese Kreuzfahrt mitgenommen, damit sie sich erholt. Ich glaube, es würde Mrs Blaydons Ruf ziemlich schaden, wenn sie die Frau ständig um sich hat.«

»Ihrem Ruf schaden?«, erkundigte sich Nigel.

»Melissa Blaydon ist die lustige Witwe *de nos jours* ...«

»Sie ist tatsächlich Witwe?«

»Ja. Und für mich ist es offensichtlich, dass sie nur ein einziges Interesse im Leben hat: Männer. Sie haben bereits begonnen, sie zu umschwärmen. Aber Ianthe Ambrose knurrt sie regelrecht an und fletscht die Zähne. Ich kann mir nicht vorstellen, dass Mrs Blaydon viel Romantik an Bord haben wird.«

»Meine liebe Tilly«, bemerkte der Bischof, »nur ein Schlangenmensch könnte sich in diesen Kisten, die man hier Kabinen nennt, daneben benehmen.«

»Mein Mann redet auf Diözesankonferenzen nicht so«, versicherte seine Frau.

Der Bischof von Solway brach in schallendes Gelächter aus, und seine blauen Augen funkelten. »Du hast keine Ahnung, wie ich auf Diözesankonferenzen rede.« Er strahlte seine Frau voller Zuneigung an.

»Woher wissen Sie das alles über Mrs Blaydon?«, fragte Clare.

»Sie saß vor dem Abendessen zufällig neben mir auf dem Schiffsdeck, und ein pummeliger kleiner Mann namens Bentinck-Jones kam mit ihr ins Gespräch.«

»Aha«, sagte Clare. »Hat sie ihm von ihrer Schwester erzählt? Er scheint eine unstillbare Neugier für das Leben anderer Leute zu haben. Sie sollten sich besser vorsehen.«

»Oh, mein Leben ist ein offenes Buch«, erklärte Mrs Hale.

»Ein offenes Buch«, sagte ihr Mann, »gefüllt mit unpassenden Bildern. Sie werden kaum glauben, welch blühende Fantasie meine Frau hat, Miss Massinger. Das kommt von dem eintönigen Leben, das sie mit mir im Palast führen muss.« Er tupfte sich mit der Serviette den bärtigen Mund ab und warf seiner Frau einen verschmitzten Blick zu.

»Ihr Vater und ich waren früher Stipendiaten desselben Colleges. Es gibt nichts, was ich Ihnen nicht über die Ambrose-Schwestern sagen könnte, als sie noch Kinder waren.«

»Also wirklich, Edwin. Warum hast du uns das so lange verschwiegen?«

Der Ausdruck des Bischofs veränderte sich. »Es ist eine ziemlich traurige Geschichte. Ich habe nicht die Absicht, sie aufzuwärmen, auch nicht für dich, Tilly.«

»Sie erinnern mich an ein Gedicht von Edwin Muir«, sagte Nigel nach einer Pause, in der er die Schwestern verstohlen gemustert hatte. »Es handelt von zwei Geschöpfen, eingefleischten Feinden, die sich immer und immer wieder bekämpfen müssen. Das eine ist ›das Schopftier in seinem Stolz, gekleidet in alle königlichen Farben‹. Das andere ist – wie heißt es noch gleich – ›ein weiches, rundes Tier, so braun wie Lehm‹ – ›ein ramponierter Sack mag es gewesen sein‹. Ich glaube, Muir träumte von ihnen, während er sich einer Psychoanalyse unterzog.«

»Und wer hat gewonnen?«, fragte die Frau des Bischofs.

»Das schöne Schopftier gewinnt immer, aber es kann seinen Feind nie töten.«

Eine merkwürdige Stille senkte sich über ihren Tisch. Nigel war sich bewusst, dass die Augen des Bischofs auf ihm ruhten.

»In einem Punkt haben Sie recht«, sagte dieser schließlich. Aber es wurde nicht klar, womit Nigel recht hatte, denn in diesem Augenblick brachte eine laute metallische Stimme alle Gespräche im Salon zum Schweigen.

Am anderen Ende sprach ein Mann in ein Mikrofon. »Mein Name ist Nikolaides. Ich bin Ihr Kreuzfahrtmanager. Willkommen, meine Damen und Herren, in Griechenland und auf der *Menelaos*. Ich hoffe, Sie werden alle eine wunderschöne Kreuzfahrt haben.«

Der Mann machte eine Pause, um den Gästen ein strahlendes Lächeln zu schenken, und Mrs Hale murmelte: »Der Billy Butlin der Ägäis. Er wird uns jeden Augenblick ›Jungs und Mädels‹ nennen.«

Mr Nikolaides fuhr fort, er sprach fließend mit amerikanischem Akzent. Er teilte ihnen mit, wo sich sein Büro befand, kündigte das Programm für den morgigen Ausflug nach Delos an, forderte sie auf, ihm etwaige Beschwerden persönlich vorzutragen, und bat sie alle, ihn Nikki zu nennen.

Er war ein breitschultriger, mittelgroßer Mann mit einem dunkelhäutigen, glatt rasierten Gesicht, blitzenden weißen Zähnen, schwarzem, geöltem Haar, das glänzte wie eine Asphaltstraße nach dem Regen, und einer Persönlichkeit, deren Anziehungskraft über die gesamte Länge des Salons zu spüren war.

»Und nun«, schloss er, »hat jemand Fragen?«

»Ja. Wann fährt dieses Schiff endlich los?« Die Fragestellerin war ausgerechnet Ianthe Ambrose. Ihre Stimme war undeutlich, tief und bestimmt, und obwohl die Frage an sich nicht beleidigend war, schaffte sie es, sie sehr unangenehm klingen zu lassen. Die Anspannung der Frau übertrug sich auf alle Gäste, die unruhig auf ihren Stühlen hin und her rutschten und den Blicken der anderen auswichen. Nur Nikki schien unbeeindruckt.

»In ein paar Stunden«, sagte er. »Wir haben Verspätung, weil der Öltanker zu spät kam. Aber machen Sie sich keine Sorgen, wir werden unseren Zeitplan einhalten.«

Er ging nun von Tisch zu Tisch und begrüßte die Passagiere einzeln. An dem Tisch, an dem Melissa und Ianthe saßen, blieb er länger. Er sprach beruhigend auf Ianthe ein, aber sein Blick wanderte dabei immer wieder zu ihrer Schwester. Man kann fast einen Funken in der Luft sehen, wo sich ihre Blicke treffen, dachte Nigel. Melissa Blaydons Profil, betont durch das indische Kopftuch, das sie trug, war hinreißend in seiner Reinheit der Linien. Das kleine Tableau wurde durch eine Bewegung von Ianthes Hand unterbrochen – eine abrupte, scheinbar unwillkürliche Bewegung, die ein Weinglas umwarf. Nikki schnippte mit den Fingern, ein Steward eilte an den Tisch, und Ianthes Gesicht verfinstere sich.

Als er zu ihrem Tisch kam, begrüßte Nikki den Bischof von Solway und seine Frau respektvoll und beugte sich dann über Clares Hand, wobei seine Augen in einer unverhohlenen Bewunderung leuchteten. Sein ganzes Gesicht drückte eine Unschuld, eine Art heidnischer *joie de vivre* aus, die einen entwaffneten; und obwohl sein Verhalten respektvoll war, fehlte jede Spur von Unterwürfigkeit.

»Was für schöne Augen er hat«, sagte Clare, als Nikki gegangen war. »Wie in Strom getränkte Pflaumen.«

Der Bischof lachte laut.

Mrs Hale sagte: »Ein Stier. Ein glänzender Stier. Er hat fast mit den Hufen gescharrt.«

»Na ja, solange er seine Hufe bei sich behält«, murmelte Clare. »Außergewöhnlich, wie die Griechen ihre alte Tradition der Unabhängigkeit bewahrt haben«, sagte der Bischof. »Arm, aber stolz. Sehen Sie sich die Stewards an. Sie wirken überhaupt nicht wie Kellner. Freie Männer. Es ist in ihre Haltung und ihre Gesichter eingeschrieben.«

»Hat das etwas mit der strengen Lebensweise zu tun, zu der sie gezwungen sind?«, gab Nigel zu Bedenken. »Das sorgt für Einfachheit, dafür, dass sie unverdorben bleiben. Nikki zum

Beispiel: Er ist aus einfachem Holz geschnitzt, würde ich sagen, wie ein homerischer Held.«

»Ich mag ihren homerischen Kaffee nicht besonders«, sagte Mrs Hale und nippte angeekelt daran. »Woraus mag er nur bestehen?«

»Grummel, grummel, grummel«, bemerkte ihr Mann.

IV

Sie saßen auf dem Achterdeck, unter den Bogenlampen und den Sternen. Aus einem Café jenseits der Kais dröhnte aus einem Lautsprecher Tanzmusik, die das Gemurmel der Gespräche um sie herum übertönte. Passagiere schlenderten auf und ab oder lehnten sich über die Reling und warteten auf die Abfahrt des Schiffs.

Clare legte ihre Hand auf Nigels und sagte seufzend: »Ich bin froh, dass wir hier sind.«

»Ja.«

»Ich mag den Bischof und seine Mrs. Sie sind eine gute Werbung für die Ehe.«

»Wir haben Glück, dass wir sie als Tischnachbarn haben. Hast du deine Kabinengefährtin schon kennengelernt?«

»Ja. Ziemlich harmlos. Sie unterrichtet Griechisch an irgendeiner Universität. Sie hat eine ganze Bibliothek von Büchern und Zeitschriften mitgebracht. Lustig, dass sie nach Griechenland kommt, um zu lesen.«

»Nun, du könntest dir von ihr die aktuelle Ausgabe des *Journal of Classical Studies* ausleihen, falls sie die dabei hat. Aber nicht vergessen.«

»Warum?«

»Ich hätte Lust, sie morgen beim Frühstück zu lesen. Hallo, wer ist das denn?«

Ein kleines Mädchen – es mochte zehn Jahre alt sein – war an Deck gespült worden und ihnen gegenüber vor Anker gegangen. Ihr fetter, unförmiger Körper kam Nigel vor wie eine Miniaturausgabe von Ianthe Ambrose. Sie trug eine bestickte Bluse und einen Serge-Rock, über dem etwas hing, das wie ein Sporran, eine Kilttasche, aussah. Ein Notizbuch in der Hand, stand sie da und betrachtete die beiden ausdruckslos durch eine Brille mit dicken Gläsern.

»Na, wer bist du denn?«, fragte Nigel.

Das Kind näherte sich, bis es fast auf Nigels Füßen stand, bevor es in einem klaren, pedantischen Ton antwortete.

»Mein Name ist Primrose Chalmers. Wer sind Sie?«

»Ich bin Nigel Strangeways, und das ist Clare Massinger.«

Das Kind schwieg, um die Informationen in seinem Notizbuch festzuhalten.

»Sind Sie verheiratet?«, erkundigte sie sich dann.

»Nein.«

»Leben Sie zusammen?«

Nigel streckte die Hand aus und tat so, als würde er dem Kind die Nase mit dem ersten und zweiten Finger abschneiden.

»Das nennt man Kastrationssymbolik«, verkündete das Kind düster.

Nigel zog seine Hand zurück, als wäre er gestochen worden. Clare kicherte.

»Was in aller Welt weißt du über ...«

»Mein Vater und meine Mutter sind Laienanalytiker«, sagte Primrose Chalmers.

»Na, ist das nicht schön?«, bemerkte Clare. »Reisen sie mit dir?«

»Ja. Ich habe selbst sieben Jahre eine Analyse gemacht.«

»Das überrascht mich nicht.« Clare brach den Satz ab. »Das ist eine lange Zeit. Da musst du ja mittlerweile wahnsinnig normal sein. Und jetzt bist du in Griechenland, an der Quelle des Ödipus-Komplexes.«

Primrose warf ihr einen finsteren Blick zu und schrieb etwas in ihr Notizbuch.

»Hey, hey, da ist ein Kind unter uns, das sich Notizen macht«, ertönte Mr Bentinck-Jones Stimme ganz in der Nähe.

»Was schreibst du in dein Buch?«, fragte Nigel.

»Ich sammle Daten über die Passagiere, um eine Abhandlung über Gruppenpsychologie zu verfassen«, erwiderte das unglaubliche Kind.

»Meine Güte, machst du denn nie Urlaub?«

Primrose überhörte die Frage geflissentlich. Sie wandte sich Ivor Bentinck-Jones zu und begann mit ihrem Fragebogen.

»Ich denke, wenn du eine Gallup-Umfrage mit mir machen willst, junge Lady«, sage er mit einem Augenzwinkern zu Nigel, »dann sollten wir das besser unter vier Augen tun.«

»Das ist keine Gallup-Umfrage«, korrigierte Primrose ihn streng. Aber sie steckte Notizbuch und Füllfederhalter in ihren Sporran und ging mit dem zuvorkommenden Bentinck-Jones davon.

»Und nun? Armes, unglückliches Kind.«

»Zwei Kinder«, sagte Clare und betrachtete die sich entfernenden Rücken von Ivor und Primrose. »Zwei neugierige Kinder. Sie werden sich prächtig verstehen.«

»Genau das beunruhigt mich. Ich bin gleich wieder da, Liebes.« Nigel erhob sich aus seinem Liegestuhl und schlenderte langsam hinter den Gestalten von Primrose Chalmers und Ivor Bentinck-Jones her. Nigels leidenschaftliche Neugier auf Menschen wurde von einem tiefen Misstrauen gegenüber denjenigen begleitet, die außerhalb ihrer beruflichen Tätigkeit die gleiche Neugier an den Tag legten. Die Erfahrung hatte ihn gelehrt, dass eine solche Neugier selten uneigennützig ist. Bentinck-Jones zum Beispiel: Er könnte einfach nur das überschwängliche, bedauernswert einsame Herz sein, das er zu sein schien; oder ein echter Kinderliebhaber, dessen Herz groß genug war, um sogar die abstoßende Primrose einzuschließen. Oder vielleicht auch nicht.

In respektvollem Abstand folgte Nigel den beiden auf der Backbordseite des Schiffsdecks. Sie kletterten eine Leiter hinauf auf das Brückendeck. Als Nigel dort ankam, waren sie bereits verschwunden. Zu seiner Linken befand sich eine Reihe von Deckshäusern, die Quartiere der Offiziere der *Menelaos*. Er ging zwischen ihnen und einem Beiboot hindurch zu einer offenen Deckfläche und weiter zur Steuerbordseite hinüber. Auch hier befand sich ein einzelnes Beiboot. Passagiere saßen hier oder schlenderten auf und ab, aber nicht die beiden, denen er gefolgt war. Vielleicht waren sie in den Funkraum gegangen, der sich hinter der Kapitänskabine befand. Nigel spähte hinein. Der Raum war leer. Sie müssen die Backbordleiter hinaufgestiegen sein, um dann die Steuerbordleiter hinunterzusteigen. Aber warum sollte Bentinck-Jones Primrose überhaupt hierher gebracht haben?

Nigel hatte das Ende der Steuerbordseite wieder erreicht,

als er eine leise Stimme hörte. Die von Bentinck-Jones. Sie kam von der anderen Seite des Beiboots. Der Mann musste einen Platz zwischen dem Boot und der Reling gefunden haben, wo er und Primrose ein privates Gespräch führen konnten. Er sprach im Flüsterton, so dass Nigel viel von dem, was er sagte, nicht mitbekam. Aber was er hörte, war aufregend genug.

»... Du kannst mir helfen. Ich bin beim Geheimdienst. Zwei Eoka-Agenten an Bord – ich weiß nicht, welcher der Passagiere ... könnte eine Frau sein ... Niemand würde dich verdächtigen ... Halt Augen und Ohren offen ... alles, was jemand sagt oder tut ... verdächtig ... Agenten könnten versuchen, Kontakt aufzunehmen ... Schreib es in dein Notizbuch ... Alles, was dir seltsam vorkommt, wie Menschen sich verhalten oder ... du weißt nie, was ... Puzzleteile. Hast du verstanden?«

»Ja, ich verstehe.« Primrose klang aufgeregt, was nicht verwunderlich war. »Und ich muss Ihnen sagen ...«

»Psst! Es muss ein tödliches Geheimnis zwischen uns sein ... Ich sage dir, wenn ich ... keine Andeutungen in der Öffentlichkeit, wenn wir uns treffen ... wenn jemand dein Notizbuch sieht. Dann ist es also abgemacht? Braves Mädchen. Geh jetzt ... Wir dürfen nicht zu oft zusammen gesehen werden.«

Nigel entfernte sich zügig. Er war sehr nachdenklich, als er unter der Brücke umherging und die backbordseitige Leiter zum Schiffsdeck hinunterstieg. Ivor Bentinck-Jones' Spiel war vielleicht nur ein Spiel – etwas, um das Kind zu unterhalten und es von der Psychoanalyse abzulenken. Aber es gab auch weniger harmlose Möglichkeiten. Eines aber war sicher:

Geheimdienstagenten verrieten ihren Beruf nicht an junge Mädchen. Der Mann könnte natürlich auch einer dieser lästigen Typen sein, die grandiose Fan-Geschichten brauchen, um ihr Ego zu stützen. Vielleicht war dieser Secret-Service-Unsinn ein Spiel, das er ernsthaft mit sich selbst spielte.

Nun, dachte Nigel, die Zeit wird es zeigen. Und die Zeit zeigte es, viel zu früh und auf katastrophale Weise.

v

Als Nigel auf das Achterdeck zurückkehrte, wo er Clare zurückgelassen hatte, fand er die Stühle neben ihr von Mrs Blaydon und ihrer Schwester besetzt. Clare stellte Nigel vor, und er setzte sich zu ihren Füßen und sagte:

»Primrose Chalmers wurde gerade in den Geheimdienst aufgenommen.«

»Was willst du damit andeuten?«, fragte Clare ohne dringende Neugier.

»Das klingt wie ein Spiel«, sagte Mrs Blaydon.

»Ich hoffe, das ist es.«

Melissa Blaydons lange Wimpern flatterten Nigel zu. Sie war sichtlich verwirrt über diese unkonventionelle Eröffnung und ein wenig pikiert darüber, dass Nigel nicht näher darauf einging. Ihre Schwester, die sich plump im Liegestuhl räkelte, schien zunächst mit einem inneren Widerstreit beschäftigt zu sein. Ihre grünbraunen Augen, die Nigels Blick nicht erwidert hatten, als sie einander vorgestellt worden waren, starrte ins Leere; ihr Mund zuckte, und ihre Finger machten kleine Bewegungen in ihrem Schoß. Doch im Laufe des zwanglosen Gesprächs gewann Nigel den Eindruck, dass Ianthe Ambrose nicht ganz in ihrem Elend versunken war. Hinter der zusammengebrochenen Fassade verbarg sich eine intelligente Person, die das Geschehen aufmerksam verfolgte. Ein- oder zweimal machte sie eine scharfsinnige Bemerkung, die ihre Intelligenz offenbarte und das Thema auf den Punkt brachte. Ihre heimliche Aufmerksamkeit war, wenn sie nicht nur eine Auswirkung ihrer inneren Anspannung war, schwieriger zu definieren; aber Nigel hatte bald das Gefühl, dass sie sich auf ihn richtete, dass Ianthe Ambrose den Wachhund für ihre Schwester spielte, bereit, jeden Mann anzuschnauzen, der Melissa zu nahe kam. Vielleicht war Ianthe einfach eine Männerhasserin; oder es war eine subtilere Quelle der Einfachheit im Spiel.

Melissa selbst fand er eher enttäuschend. Nicht, dass sie aus der Nähe betrachtet weniger schön gewesen wäre; die Kurven und Vertiefungen ihres lebhaften Gesichts waren exquisit und erinnerten ihn an Yeats' Zeilen: »Hat Renaissancekunst etwa so gemalt, solch hohle Wangen, musste Wind sie saugen, war Schattenfrucht ihr einzig Mittagsmahl?« Auch ihre Hände waren dünn und anmutig, obwohl sie mit den Jahren krallenartig werden könnten. Aber Melissa Blaydon hatte, wie es schien, nur sehr wenig in diesem schönen Kopf. Ihre Lebhaftigkeit war künstlich, ihre Unterhaltung die einer Frau, die ihr Denken von anderen erledigen ließ. Sie bestand größtenteils aus dem Nennen von Namen und der Aufzählung von Orten, an denen sie gelebt und die sie besucht hatte. Kannten sie Cannes gut? Waren die Geschäfte in Rom nicht das reinste Paradies? Capri war ruiniert, seit Farouk dort gewesen war. Griechenland war Mrs Blaydon vor allem als Geburtsort der Onassis-Brüder bekannt.

Auf den ersten Blick war Melissa nicht mehr als eine verwöhnte, dumme, egoistische Frau von Welt. Und doch, dachte Nigel, hat sie sich eine Auszeit von ihrem sinnlosen Leben genommen, um diese reizlose Schwester in ein Land zu bringen, an dem sie selbst wenig Interesse haben konnte. Natürliche schwesterliche Zuneigung? Schuldgefühle wegen früherer Nachlässigkeiten? Letzteres vielleicht, denn im Gespräch stellte sich heraus, dass Mrs Blaydon seit ihrer Heirat vor fünfzehn Jahren an verschiedenen Orten im Ausland gelebt hatte.

»Meine Schwester wollte schon immer mal nach Griechenland. Sie ist die Kluge in der Familie, wissen Sie. Vater hat ihr seinen ganzen Verstand vererbt.«

Ein Schmerzkrampf verzerrte Ianthes Gesicht. Sie schien etwas sagen zu wollen, hielt sich aber zurück.

»Ihr Vater war E. K. Ambrose?«, fragte Nigel.

Melissa riss dies Augen auf und sah ihn an. »Oh, sie kannten ihn?«

»Nur dem Ruf nach.«

»Meine Schwester tritt in seine Fußstapfen. Ich weiß nicht, warum man dich nicht gebeten hat, an Bord ein paar Vorträge zu halten, Ianthe.«

»Oh, ich könnte nicht mit dem großen Jeremy Street konkurrieren.«

»Sie nehmen ihn nicht ernst?«, fragte Nigel verwegen.

Ianthes lebloses Gesicht erwachte schlagartig zum Leben. Zum ersten Mal sah Nigel, dass sie und Melissa, wie Clare behauptet hatte, einander unter der Oberfläche sehr ähnlich waren.

»Ihn ernst nehmen? Guter Mann, Street ist ein absoluter

Scharlatan. Er zapft die Gehirne anderer Leute an und rührt den Inhalt zu einem Chaos zusammen. Er hat einfach keine Ahnung von Wissenschaft.«

Als hätte dieser Ausbruch sie erschöpft, verfiel Miss Ambrose wieder in Apathie.

Ein paar Minuten später beobachtete Nigel, wie sich das blonde Mädchen an Deck näherte, das sich erschreckt hatte, als Ianthe Ambrose und ihre Schwester die Gangway heraufgekommen waren. Ihr Bruder war bei ihr. Als sie Miss Ambrose erblickte, blieb sie stehen, ergriff den Arm ihres Bruders, drehte ihn herum und entfernte sich wieder. Ein Blick auf Miss Ambrose verriet Nigel, dass sie dies nicht bemerkt hatte. Der Junge schüttelte die Hand seiner Schwester ab. Sie verschwand aus dem Blickfeld, aber der Junge lehnte mit dem Rücken an der Reling und blickte starr in Richtung Melissa und Ianthe. Sein Gesicht lag im Schatten. Doch Melissa Blaydon bemerkte sofort, dass er sie musterte.

»Mit diesem jungen Mann werde ich Ärger bekommen«, verkündete sie mit ihrer tiefen, trägen Stimme.

»Welcher junge Mann?«, fragte Ianthe scharf.

»Da drüben. Er folgt mir ständig und starrt mich an.«

»Wer ist er?«

»Ich habe keine Ahnung.«

»Sein Name ist Peter«, sagte Nigel. »Und er hat eine Schwester namens Faith.«

»Faith, was? Sie ist an Bord?«, fragte Ianthe mit gebieterischer Stimme.

»Ja. Ich kenne ihren Nachnamen nicht. Ein blondes Mädchen, sechzehn oder siebzehn. Ziemlich hübsch, aber sie hat unregelmäßige Zähne und eine gebeugte Haltung.«

Als wäre sie sich bewusst, dass ihre letzte Frage äußerst schroff gewesen war, wurde Ianthes Ton etwas entgegenkommender. »Das klingt, als könnte es eine meiner ehemaligen Schülerinnen sein. Faith Trubody. Ich meine mich zu erinnern, dass sie einen Zwillingsbruder hat. Und warum wirst du Probleme mit ihm haben, Melissa?«

»Er macht mir schöne Augen. Ich scheine die Jungen anzuziehen. In meinem Alter wird das zu einem ziemlichen Ärgernis. Vielleicht ist es mein Schicksal, wesentlich jüngere Männer anzuziehen.« Sie lachte und warf Nigel einen reumütigen Blick zu. »Sie werden mich vor ihm retten müssen. Die Jungen langweilen mich so.« In ihrer Stimme lag ein subtiler, zärtlicher Ton, wie der Hauch eines äußerst zarten und doch sinnlichen Parfums; und ihre sexuelle Potenz war so stark, dass die beiden anderen Frauen, die dort saßen, einen Augenblick lang nicht existierten.

»Ja, hier haben wir sie.« Clare hatte die Passagierliste konsultiert. »Mr Arthur Trubody, C.B.E., Peter Trubody. Faith Trubody. Eine ehemalige Schülerin, sagten Sie?«

»Faith war kein sehr angenehmes Mädchen, fürchte ich«, erwiderte Miss Ambrose mit einem seltsamen Zittern in der Stimme, das Nigel nicht entging. »Ich bin sehr müde, Melissa. Willst du die ganze Nacht hier oben bleiben?«

»Oh, lass uns noch nicht zu Bett gehen. Die Luft ist jetzt so angenehm und kühl – ich bin mir sicher, dass sie uns gut tut. Aber geh, wenn du willst.«

Doch Ianthe Ambrose rührte sich nicht. Wie ein Nebel, der sich nur kurz gelichtet hatte, legte sich das Elend wieder über ihr Gesicht und schottete sie von den anderen ab.

»An welcher Schule unterrichten Sie, Miss Ambrose?«,

fragte Clare plötzlich. Es herrschte Schweigen, und Melissa musste antworten.

»Meine Schwester war bis vor Kurzem in Summerton. Sie unterrichtete die Oberstufe in den klassischen Fächern. Im Augenblick macht sie eine lange Pause, bevor ...«

»Um Himmels willen, Mel, pack die Beruhigungstropfen ein«, rief ihre Schwester zur Überraschung aller. »Ich hatte einen Zusammenbruch, und sie haben mich entlassen.«

»Ich denke, das war absolut ungerecht von ihnen«, sagte Melissa. »Es war ja nicht so, dass ...« Ihre Stimme verstummte hilflos, und sie zuckte ein wenig unschön mit den Achseln.

»Nun, meine Damen, ich hoffe, es ist alles zu Ihrer Zufriedenheit? Möchten Sie ein Kopfkissen, Mrs Blaydon?« Nikki war aufgetaucht, strahlte Charme und guten Willen aus, und seine breiten Schultern verdeckten einen beträchtlichen Teil des Nachthimmels.

»Ja, danke, Mr Nikolaides«, sagte Melissa.

»Ach, ich hoffe, wir verzichten auf die Förmlichkeiten. Alle nennen mich Nikki. Sagen Sie, Sie sind alle Engländer, ja? Ich lieber besonders die Engländer.«

»Alle, Nikki?« Der Tonfall von Melissa Blaydon war ausgesprochen kokett.

»Klar! Alle. Ein großartiges Volk. Und die englischen Frauen sind die schönsten der Welt.« Nikki machte eine ausladende Geste.

»*Alle?*«, echote Clare schelmisch.

»Vor allem zwei. Nun, meine Damen, seien Sie nicht beleidigt. Wir Griechen sind ein einfaches Volk. Wenn wir bewundern, sagen wir es. Wenn wir hassen ...« Seine Zähne blitzten auf wie die eines Menschenfressers.

»Aber hassen uns die Griechen nicht wegen Zypern?«

»Nein, nein, nein, Mr Strangeways. Ihre Regierung ist bei uns nicht beliebt. Aber wir verwechseln die Menschen, die Individuen nicht mit ihrer Regierung. Wir Griechen sind große Individualisten.«

Die *Menelaos* erwachte. Vom Vorschiff und vom Kai waren Rufe zu hören. Nikki hob seinen Finger.

»Hören Sie das? Die Triebwerke werden gestartet. In einer oder zwei Minuten legen wir ab.«

»Mel, es geht mir nicht gut. Ich möchte nach unten gehen.«

»Oh, Ianthe, Darling, möchtest du nicht zusehen, wie wir aus dem Hafen auslaufen? Das ist immer so aufregend.«

Ianthes Stimme, die zuvor leise und eindringlich gewesen war, erhob sich nun zu einer Art dumpfem Schrei.

»Ich kann es nicht ertragen, wenn die Sirene ertönt.«

»Darling, hier gibt es keine Sirene.«

»Das Ding auf dem Schornstein. Die Dampfpfeife. Wir sind so nah dran. Meine Nerven halten das nicht aus. Es wird jeden Augenblick losgehen. Bitte, bitte, bi...«

»In Ordnung, Darling. Dann komm. Gute Nacht, alle zusammen.«

Melissa legte ihren Arm um Ianthes Taille, und die beiden Schwestern eilten davon. Nikki sah ihnen nach und schlenderte dann über das Deck davon.

»Tja«, sagte Clare. »Das arme Ding sollte eigentlich immer noch in einem Erholungsheim sein. Ich hoffe, wir werden auf der Reise keine Probleme mit ihr haben.«

»Jedenfalls hat sie es geschafft, Melissa von dem magnetischen Nikki zu trennen.«

»Oh, Nigel, du glaubst doch nicht etwa ...«

»Ich glaube, sie wird für Melissa auf die eine oder andere Weise ein echter Klotz am Bein sein.«

»Ich mag Melissa sehr.«

»Sie ist ein Dummkopf. Aber sie scheint ein Herz zu haben.«

Die Dampfpfeife gab einen langen, ächzenden Ton von sich. Die Passagiere sprangen von ihren Stühlen auf und drängelten sich an die Reling. Die Schrauben begannen sich zu drehen, und die *Menelaos* entfernte sich, fast unmerklich zunächst, vom Kai.

VERBRÜDERUNG

I

Nigel Strangeways wurde am nächsten Morgen früh durch das Sonnenlicht geweckt, das durch das Bullauge auf die obere Koje, die er belegte, fiel. Vorsichtig ließ er sich auf den Boden herab, um seinen Kabinengenossen Dr. Plunkert, nicht zu stören, zog sich eine Badehose an und begab sich zum Swimmingpool auf dem Vorschiff.

Er war in der Nacht gefüllt worden, und die Matrosen waren gerade dabei, ein Sonnensegel darüberzuspannen, das auch noch mehrere Meter Deck zu beiden Seiten des Beckens beschirmte. Nigel ging zum Bug und sah sich um. Achtern, gerade noch sichtbar, lag eine Insel, die, wenn die *Menelaos* ihren Fahrplan eingehalten hatte, Syros, die Hauptinsel der Kykladen, sein musste. Die Sonne, die zu seiner Linken aufstieg, gab bereits genug Hitze ab, um das Deck unter seinen Füßen zu erwärmen. An Steuerbord hob und senkte sich ein Kaik auf den Wellen, und zwei gelbbraune Seevögel begleiteten die *Menelaos* im Tiefflug und kreuzten ihren Bug. Die kleine flache Insel, direkt voraus, die sich an einer Stelle zu einem Hügel erhob und vom Berg Kynthos überragt wurde, musste Delos sein. Ein Streifen von reinem Türkis, hervorgerufen von der Sonne und den Untiefen, erstreckte sich diagonal von der Insel aus und kontrastierte mit dem Königsblau des Meeres auf dieser Seite und dem blassen Grün dahinter.

Die Matrosen beendeten die Montage des Sonnensegels und entfernten sich, während sie wie Heuschrecken miteinander plauderten. Als Nigel vom Bug aus nach achtern blickte, sah er über die Spitze des Sonnensegels hinweg die Fenster des vorderen Salons und darüber die Brücke, auf deren einem Flügel ein Schiffsoffizier stand, sowie das Steuerhaus.

Er stürzte sich in den Swimmingpool. Das Wasser war herrlich kalt. Es war nur Platz für ein halbes Dutzend Züge, aber das Becken hatte eine gute Tiefe; wenn er mit den Zehen auf dem Boden stand, reichte das Wasser bis zu Nigels Kinn, und er war 1,80 Meter groß.

Nachdem er eine Weile seine Runden gedreht hatte, wollte er das Becken gerade verlassen, als Primrose Chalmers erschien. Sie trug immer noch die Bluse, den Serge-Rock und den Sporran – sie sahen aus, als hätte sie darin geschlafen –, aber darüber trug sie einen venezianischen Gondoliere-Strohhut mit einer grünen Schleife, die hinten herunterhing.

»Ist es tief?«, fragte das Kind.

»Etwa 1,70 Meter. Kannst du schwimmen?«

»Ja. Aber ich bevorzuge das Meer. Swimmingpools sind voller Bazillen.«

Nigel erschauerte, kletterte geschickt heraus und setzte sich auf die niedrige Brüstung des Pools.

»Wie läuft es mit der Spieltherapie?«, fragte er.

»Spieltherapie? Ist das nicht etwas, wozu einen die Psychiater zwingen?« Primrose sprach das Wort »Psychiater« mit der ganzen Verachtung des Freudschen Analytikers aus.

»Deine Notizen, meine ich.«

Das schlaffe Gesicht des Kindes nahm einen geheimnisvollen Ausdruck an, und ihre Hand griff unbewusst nach dem Sporran. Mit einem schrägen Blick auf Nigel sagte sie: »Ich werde einen Assoziationstest mit Ihnen machen. Ich sage ein Wort, und Sie müssen das erste Wort sagen, das Ihnen in den Sinn kommt. Sie müssen ...«

»Ja, ich weiß, wie das funktioniert.«

Primrose zog das Notizbuch aus ihrem Sporran, schlug eine Seite auf, hielt ihren Füllfederhalter in der Hand und begann.

»Sommer.«

»Felder«, erwiderte Nigel.

»Liebe.«

»Hass.«

»Käfer.«

»Dung.«

»Britisch.«

»Heuchelei.«

»Salz.«

»Lord Dunsany.«

»*Was?*« Primrose machte eine Pause im Notieren von Nigels Antworten. »Lord wer?«

»Dunsany. Er war sehr wählerisch, was das Salz anging. Soweit ich mich erinnere, war Steinsalz das einzige ...«

»Oh, na gut. Nächstes Wort – Lende.«

»Schweinefleisch.«

»Ertrinken.«

»Trauer.«

»Eiscreme.«

»Heiße Schokoladensauce.«

»Makarios.«

Es gab eine merklich längere Pause, bevor Nigel antwortete.

»Bart.«

Primrose nannte noch ein paar weitere Begriffe, aber nur der Form halber oder um den enttarnten Eoka-Agenten Nigel Strangeways in falscher Sicherheit zu wegen. Die Pause nach »Makarios« hatte ihn definitiv verraten, wenn man nach dem verschleierten Triumph auf dem Gesicht der jungen Primrose urteilte. Und Nigel hatte sie nicht absichtlich gemacht. Er ärgerte sich maßlos über sich selbst, denn als Folge dieser ungewollten Pause würde das Kind ihn überallhin verfolgen. Ihn und jeden, mit dem er sprach, denn Bentinck-Jones hatte ihr ja gesagt, dass zwei Eoka-Agenten an Bord seien. Verflucht sei der Mann für seine albernen Spielchen.

Zehn Minuten später setzte sich Nigel zum Frühstück in den Salon. Es war erst fünf nach sieben, und die anderen Tischnachbarn waren noch nicht eingetroffen. Nigel bestellte Orangensaft und Kaffee, machte sich über den Teller mit Brötchen vor ihm her und bestrich sie dick mit Butter. An den anderen Tischen bemerkte er Jeremy Street, der den Kopf in ein Buch vergraben hatte, und Primrose Chalmers mit einem Mann und einer Frau – zweifellos ihre Eltern –, die den leicht verrückten Blick hatten, der bei Psychoanalytikern, ob Laien oder nicht, nicht selten ist.

Als Clare auftauchte, legte sie ein Exemplar des *Journal of Classical Studies* vor ihm auf den Tisch und gab ihm einen zärtlichen Kuss. Nigel blätterte in der Zeitschrift, bis er fand, wonach er suchte. Es war eine lange Rezension von Jeremy Streets letzter Übersetzung – die *Medea;* sie zerriss diese

Arbeit mit einer kühlen Feindseligkeit, einer spöttischen Verachtung und einer Fülle von Gelehrsamkeit, die Nigel für den unglücklichen Übersetzer regelrecht erröten ließ. Die Rezension war mit den Initialen »I. A.« gezeichnet. Kein Wunder, dass Jeremy Street sich schon bei der Erwähnung des Namens Ambrose empört und das *Journal* aus dem Lesesaal entfernt hatte. Und wenn Ianthe Ambrose die Bemühungen ihrer Schüler auf diese verheerende Weise beurteilte, war es kein Wunder, dass Faith Trubody bei ihrer Ankunft an Bord zusammengezuckt war.

Ein heftiges Klopfen auf den Tisch ließ Nigel aufblicken. Clare hatte ein Stück Brot aus dem Korb vor ihr genommen und sich fast die Zähne daran abgebrochen.

»Was ist das denn?«, fragte sie und schlug es erneut auf den Tisch. »Ein Bimsstein?«

»Das ist griechisches Brot. Die Griechen sind ein zähes Volk. Versuch stattdessen ein Brötchen.«

»Du hast sie alle aufgegessen.«

»Stimmt. Macht nichts. Hör dir einfach das an.« Mit leiser Stimme las Nigel die letzten beiden Absätze von I. A.'s Rezension vor.

Wir haben das Recht, von jedem Übersetzer zwei Mindestqualifikationen zu verlangen: eine intime Kenntnis der Sprache des Originals und ein feines Gespür für die eigene Sprache. Es wäre schon bedauerlich genug, wenn Mr Street sich lediglich als nicht vertraut mit den modernen Textausgaben seines Autors erweisen würde. Aber wenn zu der Unkenntnis auch noch Nachlässigkeit hinzukommt, wenn eine Übersetzung durch grundlegende Fehler und wilde Vermutungen verunstaltet wird, wenn sich ungerechtfertigte Freiheiten dem Text gegenüber herausgenommen werden, dann kann kein Protest scharf genug sein. Was Mr Streets Beherrschung der eigenen Sprache betrifft, so können wir nur sagen, dass sie nicht der Rede wert ist. Eine Version, die veraltete Umgangssprache mit den geschmacklosesten romantischen Verkleidungen vermischt, Vulgarität an die Stelle von Größe, Hysterie an die Stelle von Tragik setzt und Medea in eine Vorstadtstraftäterin verwandelt, mag das ungebildete Publikum zwar erfreuen, muss das Original jedoch unvermeidlich herabwürdigen. In seinem Vorwort macht Mr Street viel Aufhebens um seine Abneigung gegen die »Pedanterie« der Gelehrten. Es ist jedoch möglich, dass Euripides die Zwangsjacke der Gelehrsamkeit dem giftigen Hemd vorziehen würde, in das Mr Street ihn gekleidet hat.

Wir hatten schon früher Gelegenheit, Mr Street in diesen Spalten zu kritisieren. Die Klassiker zu popularisieren ist eine Sache, sie zu pervertieren eine andere. Das Niveau der Übersetzungen ist heute guten Gewissens als niedrig zu bezeichnen. Eine Person mit dem Einfluss von Mr Street, die ein so schlampiges Werk wie seine Medea *herausbringt, senkt das Niveau auf einen bisher nicht gekannten Tiefpunkt. Wir können nur wiederholen, was Blake über Sir Joshua Reynold sagte: »Dieser Mann wurde angeheuert, um die Kunst zu erniedrigen.«*

»Du meine Güte«, sagte Clare nach einem ehrfürchtigen Schweigen. »Sie scheint ihn nicht zu mögen, oder?«

»Sie hat all ihre Kritikpunkte hieb- und stichfest belegt.«

»Nun ja, wenn das jemand über meine Arbeit sagen würde, würde ich ihn umbringen.«

11

Um acht Uhr morgens ankerte die *Menelaos* vor Delos, und die Kaiks warteten bereits darauf, die Passagiere an Land zu bringen. Es lag eine aufgeregte Vorfreude in der Luft; die Reisenden hatten sich entspannt und stellten sich nicht mehr förmlich vor, bevor sie mit Fremden sprachen. Nur die Franzosen, die wie immer eine Art Splittergruppe bildeten, standen auf dem Promenadendeck beisammen und hielten sich abseits. Nigel und Clare, die sich in der Nähe der Gangway aufhielten, waren unter den Ersten, die von Bord gingen.

»Guten Morgen, guten Morgen«, rief Mr Bentinck-Jones und drängelte sich zu den beiden durch. »Wir haben Glück mit dem Wetter. Es ist oft zu stürmisch, um hier von Bord zu gehen, wissen Sie.« Ein Matrose reichte jedem Passagier eine Landgangkarte, und bald tuckerten sie in einem überfüllten Boot zum Kai.

»Was ist das? Ein Empfangskomitee?«

Überall waren Gestalten zu sehen, die sich schnell in Männer, Frauen und Kinder auflösten, die ihre Waren feilboten – bunte Schals, Nüsse, Schmuck, grob gewebte Hemden und Einkaufstaschen. Die Sonne brannte unbarmherzig auf die baumlose Insel herab; das Wasser am Kai war kühl und tiefgrün. Nigel bemerkte, wie der Bischof von Solway sich ein türkisfarbenes Hemd mit weißen Querstreifen kaufte und anzog, was ihm ein auffallend piratenhaftes Aussehen verlieh.

Nachdem sie den Spießrutenlauf der Inselhändler hinter sich gebracht hatten, entfernten sich die Passagiere vom

Meer und näherten sich den Ausgrabungsstätten der beiden Städte, der griechischen und der römischen, die den Boden, soweit das Auge reichte, mit einem Haufen Mauerwerk bedeckten. Eidechsen brieten auf den Steinen und huschten in die Spalten, wenn ein Schritt zu nahe kam. Das verdorrte braune Gras kratzte an den Schuhen, und es war kaum zu glauben, dass die Insel ein Blumenparadies war.

Nikki sprang jetzt auf eine Marmorplatte und machte die Halt-Geste eines Verkehrspolizisten. Nachdem sich der Großteil der Gruppe versammelt hatte und die Nachzügler endlich eingetroffen waren, verkündete er über sein Handmegaphon, dass nun zwei kurze Vorträge gehalten würden. Der berühmte britische Gelehrte Jeremy Street würde über die mythologische Bedeutung von Delos sprechen, und Professor George Greenbaum von der Universität Yale anschließend über die archäologischen Aspekte. Danach würde sich die Reisegesellschaft in kleine Gruppen aufteilen, die von den griechischen Führern über die Stätte geführt würden.

Die Reisenden verteilten sich, so gut es ging, wo immer ein Abhang oder eine zerbrochene Säule etwas Schatten versprach. Jeremy Street, ohne Hut, in königsblauen Leinenhosen und einem blassblauen Hemd, stand auf der Platte und wartete darauf, dass sie sich niederließen. Er hatte das Megaphon, das Nikki ihm reichte, abgelehnt.

Was immer auch seine Mängel als Gelehrter und Übersetzer sein mochten, es wurde sofort klar, dass Jeremy Street ein außergewöhnlich guter Redner war. Seine Stimme drang deutlich bis zu den äußersten Rändern der Menge. Er sprach ohne Notizen, ohne verwirrende Abschweifungen, ohne eine Spur von Unsicherheit. Man konnte seine Technik bewundern, dachte Nigel, so wie man die Phrasierung eines hervorragenden Sängers bewundert, weil sie meisterhaft war, aber nicht die Aufmerksamkeit auf sich zog.

»Wir befinden uns auf der Heiligen Insel«, begann er, »dem legendären Geburtsort von Apollo und Artemis. Die Legende ist ein Versuch der vorwissenschaftlichen Menschen, sich die Welt zu erklären, die geheimnisvollen Kräfte der Natur zu beschwören oder zu besänftigen. Was stellte diese vielseitige Gottheit Apollo für diejenigen dar, die ihn aus ihren Ängsten, Nöten und Sehnsüchten heraus geschaffen haben?«

Während die bezaubernde, klangvolle Stimme weitersprach, blickte Nigel in die Runde der verstreuten Zuhörer. Sie hörten überaus gebannt zu. Nur Ianthe Ambrose, die zusammengekauert mit dem Rücken an einem Grabhügel saß, stach heraus. Sie zupfte an einem drahtigen Grashalm neben sich, mit einem säuerlichen, skeptischen Gesichtsausdruck; vielleicht lag es daran, dass er gerade ihren scharfen Artikel über Streets *Medea* gelesen hatte, aber Nigel hatte den Eindruck, dass es etwas anderes als Skepsis war – war es Eifersucht, die sich kaum verhohlen hinter ihrem mürrischen und doch aufmerksamen Gesichtsausdruck verbarg, oder lauerte dort eine unerbittliche Feindseligkeit? Er befürchtete plötzlich, dass sie eine Szene machen und den Dozenten angreifen könnte.

Doch diesmal hielt Ianthe Ambrose sich zurück. Jeremy Street wurde lautstark beklatscht und machte Platz für den amerikanischen Professor. Während seines Vortrags bemerkte Nigel, dass Jeremy Street sich leise auf ein Stück Pflaster in der Nähe der blonden Faith Trubody setzte, die mit einem Ausdruck schüchterner, aber fast abgöttischer Bewunderung zu ihm aufsah. Auffallend war auch, dass Street, als sich das Publikum in kleinere Gruppen aufteilte, Faith und ihren Vater in die Halle der Stiere begleitete. Mr Bentinck-Jones, der zunächst in einer anderen Gruppe gewesen war, entfernte sich bald von dieser und schloss sich ihnen an, wobei er eifrig redete.

»Armer kleiner Mann. Er mag es nicht, wenn man ihn von allem ausschließt«, bemerkte Clare. »Nun, ich werde mich auf die Löwen konzentrieren.«

Nigel erkannte an ihrem Ton, dass sie eine Weile allein sein wollte. Daher verabredeten sie sich für die Mittagszeit vor dem Café, das an das Museum grenzte, und gingen getrennte Wege. Nigel folgte der Gruppe, zu der auch Street und die Trubodys gehörten, besichtigte das römische Viertel, bewunderte den Mosaikboden, der Dionysos auf einem Tiger abbildete, und stieg dann den steinigen Weg hinauf, der zur Höhle des Apollo auf dem Berg Kynthos führte. Auf halbem Weg sah er Melissa Blaydon allein auf einem Felsen sitzen. Sie gab ihm ein Zeichen, und er ging zu ihr hinüber.

»Ich habe eine Dummheit gemacht«, sagte sie, »mein Schnürsenkel ist gerissen. Haben Sie ein Stück Schnur?«

»Ich fürchte, nein.«

»Nun, dann muss ich hier sitzen bleiben, bis Hilfe kommt«, bemerkte sie fröhlich. Es ist seltsam, dachte Nigel, wie dieses mondäne Geschöpf sich hier so wohl fühlt wie eine Eidechse; ihre braune Haut saugte das starke Sonnenlicht auf; sie strahlte Vitalität aus, aber auch eine Art Kühle, die weitaus aufreizender war als die üblichen weiblichen Mittel, um Aufmerksamkeit zu erregen. Sie ist Artemis, dachte er, aber was sie jagt, sind Männer. Als er sich umschaute, stellte er fest, dass er ganz allein mit ihr auf dem Hügel war.

»Vielleicht könnten wir ein paar dieser langen drahtigen Grashalme pflücken und sie zu einem provisorischen Schnürsenkel flechten?«

»Oh, was für ein einfallsreicher Mann Sie sind!« Melissas Augen, grünlich-braun, mit goldenen Flecken in einem von ihnen, verweilten auf seinen. »Na dann an die Arbeit.«

Während er die Halme ausriss und sie sie flocht, erklärte sie, dass ihre Schwester sich nicht in der Lage gefühlt habe, auf den Hügel zu steigen.

»Ich hoffe, diese Kreuzfahrt wird ihr gut tun.«

»Ja. Ich mache mir ziemliche Sorgen um sie. Sie schien das Schlimmste überstanden zu haben, bevor wir losfuhren, und der Arzt sagte, es sei in Ordnung, wenn sie mitkäme. Aber ...« Melissas tiefe Stimme verstummte.

»Aber sie hat einen kleinen Rückfall?«

»Ich fürchte, ja. Gestern Abend, nachdem wir Sie verlassen hatten, geriet sie in einen furchtbaren Zustand, wissen Sie. Sie sagte, sie könne es nicht mehr ertragen, ihre Einsamkeit, nichts, wofür es sich zu leben lohne.«

»Aber sie hat Sie. Sie sind außerordentlich geduldig mit ihr und selbstlos.«

»Ich? Selbstlos?« Melissa lachte rau. »Mein lieber Mann, ich bin so egoistisch wie keine andere Frau auf der Welt. Ich hatte Ianthe seit Jahren nicht gesehen. Sie und ich haben uns nie gut verstanden. Als ich das Telegramm bekam, dass sie schwer krank sei, flog ich von den Bahamas zu ihr. Aber das und dass ich sie auf diese Kreuzfahrt mitgenommen habe – nun ja, ich nehme an, der Grund ist, dass ich mich schuldig fühle, sie so lange vernachlässigt zu haben. Und weil ich auf der Sonnenseite gelebt habe, während sie sich in der Schule abrackern musste.«

»Sie hat einen brillanten Verstand.«

»Oh ja, ich nehme es an.«

»Warum hat die Schule sie entlassen? Doch sicherlich nicht, weil sie einen Nervenzusammenbruch gehabt hat?«

»Ich weiß es nicht«, sagte Melissa vage. »Es gab einen Streit, glaube ich. Es gibt dort eine Menge gehässige alte Jungfern unter den Lehrerinnen. Ich nehme an, sie sind eifersüchtig, weil sie so viel klüger ist als sie. Und ich könnte mir denken«, – Melissa schenkte ihm ihr schiefes Lächeln – »sie hat es sie auch spüren lassen.«

»Nun, ich denke immer noch, dass Sie sehr gut zu ihr sind.«

»Natürlich war Ianthe schon immer scharf darauf, Griechenland zu besuchen. All diese Ruinen sind bei mir verschwendet. Ich hoffe nur, sie lässt sich nicht von ihnen ablenken.«

»Ablenken?«

Melissa wandte den Kopf ab. »Sie meint, sie müsse den Anstandswauwau für mich spielen. Ich bin eigentlich ein Jahr älter als Ianthe; aber irgendwie ist sie diejenige, die mich besicht... wie sagt man?«

»Beaufsichtigt?«

»Ja, sie beaufsichtigt mich, die Arme.« Melissa starrte Nigel an, ihre roten Lippen waren geschürzt. »Wie es aussieht, vertraue ich Ihnen eine ganze Menge an. Tut das jeder?«

»Absolut jeder.«

Melissa lachte. »Und doch wirken Sie kein bisschen neugierig – nicht wie dieser Bentinck-Jones. Oje. Da kommt eine weitere Horde von Kulturpilgern.«

Sie sprachen noch ein wenig über Ianthe. Dann fädelte Melissa die Grashalme, die sie fertig geflochten hatte, durch die Ösen ihres Schuhs. Sie wölbte Nigel einen braunen, hübschen Fuß entgegen, damit er ihr den Schuh anzog.

»Sie sollten lieber vorsichtig mit ihnen umgehen. Ich weiß nicht, wie lange sie halten werden«, sagte Nigel und band den geflochtenen Grasschnürsenkel.

»Dann begleiten Sie mich den Hügel hinunter. Und wenn sie reißen, können Sie meinen schwachen Körper den Rest des Weges stützen.«

Melissa Blaydon hielt es offenbar für selbstverständlich, dass jeder Mann seine Pläne ändern würde, um ihr zu gefallen; sie konnte kaum vergessen haben, dass Nigel den Hügel hinaufgegangen war, als sie sich getroffen hatten. Ja, sie war eine verwöhnte Frau, aber die selbstverständliche Annahme, dass alle ihr gerne jeden Wusch von den Augen ablesen würden, war im Grunde genommen eine ziemlich harmlose, dachte Nigel.

Dieser Gedanke veranlasste ihn, während sie den steinigen Weg hinuntergingen, zu der Bemerkung: »Ich kann mir vorstellen, dass Sie ein sehr gutes Verhältnis zu Ihrem Vater hatten.«

»Ja, das hatte ich. Aber wie ...«

»Und Ihre Schwester nicht?«

Melissa gab keine Antwort. Ihr Gesicht nahm einen seltsamen Ausdruck an, reumütig und besorgt zugleich. Sie stolperte über einen Stein und klammerte sich an seinem Arm fest; die Berührung schickte eine Art sofortigen Blitz durch seinen Körper.

»Sie sind nicht beleidigt?« fragte er.

Melissa sah ihn immer noch nicht an, während sie rief: »Warum darf man nicht einfach nur glücklich sein, wenn man dazu geboren ist?«

III

Clare konzentrierte sich unterdessen auf die Löwen. Sie hatte sich ihren Weg durch das zertrümmerte Mauerwerk gebahnt, vorbei an einer kopflosen Frauengestalt in voluminösen Draperien, deren rechter Arm offenbar in einer Schlinge steckte, hinter der ein hoher, viersäuliger Portikus – alles, was von einem Tempel übrig geblieben war – den Horizont beherrschte. Überall auf dem Gelände wuchsen Säulen, einzeln oder in Gruppen, wie ein versteinerter Wald, der im grellen Sonnenlicht blendend weiß leuchtete. In der Nähe des heiligen Sees saßen die fünf Löwen auf ihren Sockeln. Ihre flachen Köpfe und die klaffenden Kiefer, die durch jahrhundertelange Stürme erodiert waren, verliehen ihnen das Aussehen von Seelöwen. Aber die kräftigen Vorderpfoten, auf denen sie sich abstützten, und die geduckte Stärke der Schenkel hatten eine fast naturalistische Wahrheit.

Hatte der Mann, der sie geschnitzt hatte, jemals einen Löwen gesehen?, fragte sich Clare.

Sie saßen in einer Reihe, Wächter, selbstbewusst, aber wachsam, und warteten – so schien es Clare – darauf, dass etwas passierte. Sie hatten lange gewartet, in ihrer ruhigen, archaischen Pose. Sie suchte sich einen der Löwen aus, und richtete ihre ganze Aufmerksamkeit auf ihn. Die leicht geschwungene, diagonale Linie des Rückens vom Kopf bis zum Schwanz – konnte man diese Art von Schlichtheit heutzutage noch anstreben, ohne in einen selbstbewussten Primitivismus zu verfallen? Als Clare den Löwen betrachtete, schien seine einfache Kraft auf sie überzugehen. Sie fühlte sich erfrischt, gestärkt und herrlich schläfrig. Sie ging in den Schatten einer Mauer in der Nähe, streckte sich aus und schlief ein.

Sie wurde von Stimmen geweckt, die durch den Schlaf hindurch unnatürlich laut klangen.

»... habe nicht die Absicht, die Angelegenheit mit Ihnen zu besprechen.«

»Es tut mir leid, aber Sie müssen es tun.«

»Wollen Sie mir drohen? Wie können Sie es wagen, so mit mir zu sprechen?«

»Sie wissen, dass meine Schwester sehr krank war, nachdem ... Sie hatte eine Hirnhautentzündung. Wenn sie gestorben wäre, wären Sie dafür verantwortlich gewesen.«

»Das ist lächerlich. Es tut mir leid, von ihrer Krankheit zu hören, aber ...«

»Sie haben sie auf üble Weise beschuldigt, und sie wurde von der Schule verwiesen. Zufällig habe ich Faith sehr gern. Sie hat mir die ganze Geschichte erzählt.«

»Ihre Loyalität macht Ihnen alle Ehre. Aber es scheint Ihnen nicht in den Sinn gekommen zu sein, dass Faith sich die Geschichte, die sie Ihnen erzählt hat, ausgedacht haben könnte. Sie war noch nie sehr zuverlässig, wenn es um die Wahrheit ging.« Ianthe Ambroses Stimme war bestimmt und kühl, aber sie hatte auch etwas Schroffes.

»Es war nicht nur das, was Sie ihr vorgeworfen haben. Sie haben das ganze Schuljahr über auf ihr herumgehackt, obwohl sie doch vorher, weiß der Himmel warum, Ihre Lieblingsschülerin gewesen ist. Es ist ein Wunder, dass Sie sie nicht in den Selbstmord getrieben haben.«

»Oh, papperlapapp. Sie war ein kluges Mädchen, gewiss. Stipendiatenniveau. Aber wir fanden sie immer etwas unausgeglichen und hinterhältig. Sie wurde beim Betrügen erwischt, mit Prüfungsunterlagen, die sie aus meinem Zimmer gestohlen hatte. Außerdem war sie vor der ganzen Klasse unverschämt zu mir. Das sind die Fakten.«

»Wie bitte? Entschuldigung, das ist Ihre Version der Fakten. Faiths Version ist, dass Sie sie reingelegt haben.«

Peter Trubodys junge Stimme wurde lauter, und was er dann sagte, klang umso schrecklicher, als es in dem abgehackten, kultivierten, verschlingenden Akzent der öffentlichen Schule vorgetragen wurde.

»Sie haben ihr etwas angehängt, weil Sie ihr Avancen gemacht haben, und sie das nicht zugelassen hat.«

Es herrschte einen Augenblick lang absolute Stille. Dann hörte Clare einen lauten Knall. Miss Ambrose hatte Peter eine Ohrfeige verpasst.

»Das werden Sie noch bereuen«, sagte der Junge jetzt, seine Stimme war wieder ziemlich leise, hatte aber immer noch den absurd pompösen Tonfall des Vertrauensschülers. »Ich bin entschlossen, Faiths Namen reinzuwaschen.«

»Reden Sie nicht wie ein Groschenroman.«

»Ich weiß, Sie sind sehr schlau und all das. Aber die Wahrheit siegt am Ende immer. Nein, Sie gehen noch nicht. Ich werde etwas unternehmen, um die Dinge in Ordnung zu bringen, und das wird Ihnen nicht gefallen. Es wäre für alle am einfachsten, wenn Sie ein Geständnis unterschreiben würden.«

»Das ist absolut grotesk!«

»Wenn Sie es nicht tun, werden Sie feststellen, dass andere Leute genauso rachsüchtig wie Sie sein können. Ich warne Sie.«

»Lassen Sie mich sofort gehen!«

»Nicht bis ... Weiß Ihre Schwester, warum Sie letztes Schuljahr gefeuert wurden? Oh ja, eine Freundin von Faith hat ihr das geschrieben. Sie sagte ...«

»Wenn Sie mich nicht sofort gehen lassen, rufe ich um Hilfe.« Ianthes Stimme schwankte am Rand der Hysterie.

»Ich wette, das werden Sie«, sagte Peter verächtlich. »Und mich beschuldigen, ich hätte versucht, Sie zu vergewaltigen oder so. Eine weitere falsche Anschuldigung. Sie sind ziemlich geschickt im Umgang mit ihnen, nicht wahr, Miss Ambrose? Nun gut, Sie können jetzt gehen.« Der Junge sprach wie ein Vertrauensschüler, der gerade jemanden beim Direktor angeschwärzt hat. »Aber ich rate Ihnen, an meine Worte zu denken. Sie werden für das, was Sie Faith angetan haben, bezahlen. Auf die eine oder andere Weise.«

Es gab ein Geräusch von Füßen, die auf Steinen scharrten. Ein paar schluchzende Atemzüge kamen von Ianthe. Als Clare um das Ende der Mauer spähte, sah sie, wie sie und Peter Trubody sich in verschiedene Richtungen entfernten, wobei Ianthe zwischen den Steinen stolperte. Clare bemerkte auch die Gestalt von Primrose Chalmers, die hinter dem Löwen, der am nächsten war, hervortrat; das Kind steckte ihr Notizbuch und ihren Stift in den Sporran. Ihr Gesichtsausdruck war selbstgefällig und verwundert zugleich, als hätte ein Entomologe eine exquisite, aber nicht identifizierbare Motte gefangen.

Als sie sich aus dem Schatten der Mauer erhob, traf die

Sonne, die im Zenit stand, Clares Kopf wie ein Hammer. Aber nicht die Sonne war der Grund, warum sie sich krank fühlte.

Nigel wartete vor dem Café auf sie. Nachdem sie eine eiskalte Orangenlimonade getrunken hatte, fühlte sie sich besser. Die Tische um sie herum waren alle besetzt.

»Lass uns ins Museum gehen«, sagte Clare. »Ich muss dir etwas erzählen.«

In einer kühlen, leeren Galerie, zwischen den steinernen Ohren der Statuen, erzählte sie ihm mit leiser Stimme, was sie soeben mitangehört hatte.

»Ich weiß nicht, warum mich das so aufgeregt hat. Es war alles so unwirklich und melodramatisch. Aber das hat mich ganz krank gemacht. Und dann dieses Monster, Primrose, das sich alles aufschreibt.«

»Nun, ein Geheimnis ist geklärt. Wir wissen, warum Faith sich so angestellt hat, als sie Miss Ambrose an Bord kommen sah.« Nigel warf einen nachdenklichen Blick auf Clare. »Welche Geschichte glaubst du?«

»Welche Geschichte?«

»Ianthes? Oder die Version von Faith und Peter?«

»Ich weiß nicht«, sagte Clare leise. »Ich halte es für möglich, dass Ianthe rachsüchtig sein könnte – tja, und dann ist da noch die Kritik an Jeremy Street. Und vermutlich ist Faith Trubody ziemlich unausgeglichen. Nigel, er könnte ihr doch nicht wirklich etwas antun?«

»Peter? Ich denke nicht. Es könnte eine Art von Verfolgungskampagne sein. Das ist eine furchtbare Unart für einen Typen der öffentlichen Schule wie ihm.« Nigel warf ihr diesmal einen längeren Blick zu. »Was hast du auf dem Herzen, Liebes?«

»Ja. Du hast recht. Was mich wirklich beunruhigt, ist, was Ianthe Peter antun könnte, wenn er anfangen würde, ›Schritte zu unternehmen‹, wie er es genannt hat. Die Frau ist nicht ganz zurechnungsfähig.«

»Nun ja, sie hat Melissa, die auf sie aufpasst. Und es gibt einen Schiffsarzt.«

»Melissa wird keine große Hilfe sein, wenn sie mit den Männern erst mal so richtig warm geworden ist.« Clare blickte Nigel hellsichtig an. »Ah. Ist sie schon?«

»Es gibt Umstände, unter denen ein Mann, auch wenn er unschuldig ist, nicht anders kann, als schuldig auszusehen«, erkläre Nigel. »Ja, ich war mit Melissa auf dem Hügel, während du heimlich gelauscht hast. Ich würde nicht sagen, dass sie schon große Fortschritte gemacht hat, aber sie ist auf dem besten Weg dorthin. Sie blüht auf, wenn man sie näher kennenlernt.«

»Oh.«

»Sie denkt, ich sei sehr einfallsreich.«

»Ach ja?«

»Ja. Und sie hat Angst, dass ihre Schwester Selbstmord begehen könnte.«

IV

Nach dem Abendessen sollte im vorderen Salon ein Seminar stattfinden. Die beiden Dozenten, die am Vormittag gesprochen hatten, stellten sich zur Verfügung, Fragen über Delos zu beantworten, und die Passagiere wurden ermuntert, sich an der Diskussion zu beteiligen.

Für Nigel, der schon als Student nie durch den Besuch

von Vorlesungen aufgefallen war, klang das viel zu sehr nach Arbeit. Also ließen er und Clare sich in den Liegestühlen achtern nieder und verpassten so eine weitere Szene des Dramas, das sich allmählich auf der *Menelaos* entwickelte.

Sie saßen in kameradschaftlichem Schweigen da und hingen ihren Gedanken nach, während das Schiff auf einem gemäßigten Meer schlingerte, das durch den starken Wind aufgewühlt wurde, der, wie Mr Bentinck-Jones ihnen mitgeteilt hatte, in dieser Gegend bei Einbruch der Dunkelheit so oft aufkam. Clare grübelte immer noch über ihren Löwen nach, und Nigel dachte an Melissa Blaydon. Oberflächlich gesehen war sie nachgiebig und charmant, aber er vermutete, dass sie einen sehr harten Kern hatte. Wie Ianthe konnte sie rücksichtslos Hindernisse aus dem Weg räumen. Vielleicht war sie darin sogar noch geschickter und geübter. Aber sie hatte ihre Widersprüche: Kurz nach dem Abendessen hatte Nigel sie zu Ianthe sagen hören: »Aber Darling, das ist wirklich gar nichts für mich. Warum kannst du nicht allein hingehen?« Ianthe hatte etwas erwidert, das er nicht verstanden hatte, und ein paar Minuten später hatte er gesehen, wie die Schwestern zusammen zum Seminar gegangen waren. Melissa schien zu uneigennütziger Zuneigung, zu einer gewissen Selbstlosigkeit fähig zu sein.

Er erinnerte sich auch an etwas anderes, das sie ihm auf dem Hügel gesagt hatte. Ianthe war immer eine unabhängige Persönlichkeit gewesen, die ihren eigenen Weg ging, und die Schwestern hatten in den Jahren, in denen Melissa im Ausland gewesen war, wenig korrespondiert. Aber seit Ianthes Zusammenbruch war sie von ihrer Schwester abhängig geworden. Nicht nur, dass sie es hasste, Melissa lange aus den Augen zu lassen, sie wurde auch nicht müde, Melissa über ihr Leben im Ausland, ihre Ehe und ihre Reisen auszufragen.

»Nun«, hatte Nigel gesagt, »ich nehme an, dass sie eine Ersatzbefriedigung daraus zieht – sie, die Schwester, die zu Hause bleibt, schwelgt im romantischen Leben von ...

»Der verlorenen Schwester?«, hatte Melissa mit ihrem schiefen Lächeln eingeworfen. »Das frage ich mich. Wissen Sie, Ianthe hat die Art von Leben, das ich geführt habe, immer verachtet. Sie denkt, ich bin eine dumme Person. Ich kann mir nicht erklären, warum sie plötzlich so daran interessiert ist.«

»Wäre das nicht eine Folge ihrer Krankheit und des Verlusts ihres Arbeitsplatzes? Sie spürt eine Leere, die gefüllt werden muss, und das Bedürfnis nach einer engen Beziehung zu jemandem. Versucht sie nicht einfach, die Bindung zwischen Ihnen beiden wiederherzustellen?«

Daraufhin hatte Melissa Blaydon ihn nur skeptisch angeschaut ...

Eine Dreiviertelstunde später, als das Seminar zu Ende war, schlenderten Clare und Nigel nach vorn in den A-Salon, wo sie von jenem lauten Brummen empfangen wurden, das ein Bienenstock oder eine menschliche Gemeinschaft von sich gibt, wenn sie gestört wird. Nigel holte an der überfüllten Bar Drinks und trug sie in eine Ecke, wo Mrs. Hale ihnen zuwinkte. »Meine Liebe«, rief die gute Frau. »Sie haben wirklich etwas verpasst!«

»War das Seminar interessant?«, fragte Clare.

»Interessant? Es war der reinste Aufruhr.« Mrs Hale öffnete die Augen mit schockierter Freude. »Miss Ambrose und Mr Street haben sich heftig gestritten.«

»Ach, kommen Sie, meine Liebe«, sagte der Bischof von Solway mürrisch. »Nennen wir es einen kleinen Streit.«

»Oh, ich würde sagen, es ist nichts im Vergleich zu dem Radau, zu dem es in einer Versammlung kommt. Aber für mich sah es aus wie ein intellektueller Ringkampf.«

»Was ist denn passiert?«

»Miss Ambrose stand auf und stellte eine Frage. Mr Street beantwortete sie. Sie schickte eine zweite hinterher, und bevor man ›Artemis‹ sagen kann, waren sie schon dabei, sich zu streiten, dass die Fetzen flogen, irgendwas mit Linear B. Was zum Teufel ist Linear B? Klingt für mich wie Trigonometrie.«

»Das ist eine griechische Schrift«, sagte der Bischof. »Blegen fand Tafeln in Pylos, die in Linear B beschriftet waren, kurz vor dem Krieg. Wace fand 1952 weitere Tafeln in Mykene – im selben Jahr, in dem die Schrift als Griechisch entziffert wurde. Die Entdeckungen bestätigen Waces Theorie, dass die mykenische Zivilisation griechisch war und dass es in der letzten Phase in Knossos einen starken mykenischen Einfluss gab. Schliemann natürlich ...«

»Mein lieber Edwin, bleib doch bei der Sache«, unterbrach ihn seine Frau. »Der Punkt ist, dass Miss Ambrose unverzeihlich unhöflich zu dem armen Street war. Sie hat versucht, ihn in der Öffentlichkeit zu demütigen und ...«

»Ich fürchte, es ist ihr gelungen«, sagte der Bischof ernst zu Nigel. »Sie hat ein paar schlimme Lücken in seinem Wissen aufgedeckt und ihn wie einen schlecht unterrichteten Schuljungen aussehen lassen. Es war wirklich sehr unangenehm.«

»Und ziemlich irrelevant?«, fragte Nigel.

»Irrelevant für eine Diskussion über Delos sicherlich. Es sah für mich leider wie reiner Unfug von Miss Ambrose aus. Ich hatte das Gefühl, dass eine persönliche Animosität im Spiel war.«
»Ihre Schwester fand es furchtbar peinlich. Sie war ziemlich wütend auf Ianthe. Sie zerrte sie sogar aus dem Seminar, bevor sie fertig war ...«
»Sie meinen, sie hat sie körperlich herausgezerrt?«
»Na ja, nicht ganz. Aber Miss Ambrose hat am ganzen Körper gezittert und – da kommt ja der andere Duellant.«
Jeremy Street betrat in Begleitung von Faith Trubody und ihrem Vater den Salon. Es herrschte einen Augenblick lang Schweigen, dann begannen alle zu reden, lauter und schneller als zuvor, wie es schien. Faith näherte sich Jeremy und sah ihn herausfordernd an. Das Gesicht des Mannes errötete ein wenig, und er presste die Lippen zusammen. Nachdem auch sie ihre Drinks geholt hatten, gingen er und die Trubodys hinüber zu einer freien Stuhlgruppe neben der Gruppe des Bischofs.
»Nun«, sagte Mrs Hale ohne Einleitung, »ich denke, Sie brauchen einen Drink nach all dem. Was für ein Kampf!«
Nigel gab ihr die volle Punktzahl für das echte und unerwartete Taktgefühl, das sie mit diesem offenen Hinweis auf die Szene zeigte.
Jeremy Street lächelte angespannt. »Sie ist eine ziemliche Nervensäge, fürchte ich.«
»Das war absolut typisch für die Bross«, fügte Faith Trubody hinzu. »Sie liebt es über alles, Leute bloßzustellen ...« Sie brach ab, errötete und schaute unglücklich über ihren Fauxpas. »Natürlich meine ich nicht Sie, ich meine, sie ist eine

boshafte alte Schulmamsell und ...« Das Mädchen verhaspelte sich erneut. Jeremy Street machte keinen Versuch, ihr zu helfen, wie Nigel bemerkte. Das sprach nicht gerade für ihn.

»Meine Tochter wurde eine Zeitlang von Miss Ambrose unterrichtet«, sagte Mr Trubody, ein sympathischer Mann mit grauem Haar und einem leicht autoritären Auftreten.

»Und ich wurde von Miss Ambroses Vater unterrichtet. Vor dreißig Jahren«, sagte Jeremy Street. »Er war mein Tutor in Cambridge. Ein sehr fähiger Mann. Sie hat ihr Talent von ihm. Und ...« Street machte eine jener zarten und doch energischen Handbewegungen, mit denen er seinen Vortrag auf Delos begleitet hatte. »Und ihr etwas streitsüchtiges Wesen.«

Jeremys Lächeln war ruhig, fast olympisch. Er sprach ohne jede Spur von Ressentiment. Ist er wirklich unverwundbar in seinem Selbstwertgefühl, fragte sich Nigel, oder spielt er bloß Theater? Jeremy gehörte jedenfalls zu den Männern, deren öffentliche *persona* sie so vollständig umhüllt, dass das private Ich unsichtbar wird. Was würde man wohl unter diesem Panzer finden?

Nigel betrachtete Faith Trubody, die ihrerseits mit halb geöffnetem Mund verzückt Street anstarrte, während er sprach. Die kleinen, unregelmäßigen Zähne verliehen ihr im Profil ein verschlagenes, zänkisches Aussehen. Sie war hübscher, als Nigel gedacht hatte, obwohl sie noch ziemlich unsicher war; temperamentvoll, unberechenbar und verliebt in den gutaussehenden Jeremy Street. Oder war es nur Schwärmerei? Hoffte sie vielleicht, ihn für die Kampagne ihres Bruders gegen Ianthe Ambrose gewinnen zu können? Und dann war da natürlich noch das Problem von Faiths Schulverweis. Peter Trubody hatte vor Clare eine Erklärung dafür abgegeben,

Miss Ambrose eine andere; Nigel war keineswegs bereit, die erstere fraglos zu akzeptieren. Auch Faith, so dachte er, war durchaus in der Lage, falsche Anschuldigungen zu erheben.

Aus einem Impuls heraus fragte er das Mädchen, ob sie wisse, warum Miss Ambrose Summerton hatte verlassen müssen. Faith schien etwas verblüfft, antwortete aber.

»Na ja, ich weiß nicht, ich meine, sie hatte letztes Schuljahr einen Nervenzusammenbruch, aber ein Freund von mir, der immer noch dort ist, sagte mir, der Grund sei gewesen, dass Bross als Lehrerin versagt habe.«

»Aber sie ist doch eine hervorragende Gelehrte, dachte ich.«

»Oh ja, aber sie kann es irgendwie nicht vermitteln. Wir haben die Universitätsstipendien nicht bekommen, die wir hätten bekommen sollen.« Faiths grüne Augen zuckten, während sie Nigel ansah. »Und sie war nicht beliebt, wissen Sie. Sie hatte ihre Lieblinge und ignorierte alle anderen. Und natürlich war sie furchtbar sarkastisch.«

»Waren Sie einer ihrer Lieblinge?«, fragte Nigel lächelnd.

»Sie hat mich rausgeschmissen.«

Das war keine Antwort, aber Nigel ließ es dabei bewenden. Sie hatten sich leise unterhalten, während Jeremy Street und der Bischof über Cambridge sprachen. Die beiden bildeten einen interessanten Kontrast: der Bischof mit seinem gepflegten Vandyke-Bart, seinem zerknitterten grauen Alpaka-Anzug und seinen wikingerblauen Augen; Jeremy Street, dandyhaft gekleidet, sprach mit der absichtsvollen Eleganz eines Literaten und strich sich das goldblonde Haar glatt, das sich im Nacken kräuselte. Eine dröhnende Bassstimme, ein klangvoller Tenor.

Faith Trubody starrte Street jetzt mit offener Bewunderung an. Was Nigel am meisten beunruhigte, war, dass es ihn nicht verlegen zu machen schien, sondern dass er es als etwas akzeptierte, das ihm von Natur aus und von Rechts wegen zustand. Es wäre vielleicht besser für ihn – wenn auch nicht für Faith – gewesen, wenn er sich als freimütiger Frauenheld gegeben hätte. Aber Jeremy Street war kalt, fürchtete Nigel – so kalt wie Narziss.

Kurz nach zehn, als Clare sich müde fühlte, drehten sie und Nigel eine Runde an Deck, bevor sie in ihre Kabinen gingen. Das Promenadendeck war mit Liegestühlen gesäumt, die fast alle besetzt waren. Als sie an ihnen vorbeigingen, rief eine Frauenstimme:

»Oh, Miss Massinger, haben Sie meine Schwester gesehen?«

»Nein, Mrs Blaydon. Im großen Salon ist sie jedenfalls nicht.« Clare näherte sich der im Liegestuhl zusammengekauerten Gestalt. »Oh, es tut mir leid, Miss Ambrose. Ich habe Sie mit Ihrer Schwester verwechselt. Soll ich ihr sagen, dass Sie sie sprechen wollen, wenn ich sie sehe?«

»Ja, ich danke Ihnen.«

Am Heck der *Menelaos* bemerkte Nigel plötzlich, dicht nebeneinander, zwei Gestalten. Der breite Rücken und das schwarze geölte Haar von Nikki waren unverkennbar. Die Frau, die so dicht neben ihm stand, war Melissa Blaydon.

»Was machen wir jetzt?«, flüsterte Clare.

»Wir sollten es ihr sagen.«

»Mrs Blaydon. Ihre Schwester hat nach Ihnen gefragt. Sie ist dort hinten auf dem Promenadendeck.«

Melissa drehte sich um. Ihre Augen fokussierten sich allmählich, als erwachte sie aus einer Narkose. Ihre Nasenlöcher waren geweitet.

»Was? Oh, ich danke Ihnen. Ich gehe jetzt besser, Nikki.«

Sie warf dem Mann einen kurzen, tiefen Blick zu und eilte davon.

Nikki sah ihr mit unverhohlener Bewunderung nach. »Was für eine Frau!«, rief er und blitzte Nigel und Clare mit seinen Zähnen an. »Es ist traurig, dass sie – wie nennt es Ihr Dichter? – einen Albatros um den Hals hat.«

v

Am nächsten Morgen landeten sie auf Patmos. Angeführt von Nikki, schlenderte die Hauptgruppe vom Kai vorbei an Gruppen von Kindern, die Blumen hochhielten, zu einem von Bäumen gesäumten Platz auf der Landseite des kleinen Hafens. Hier waren die Maultiere versammelt, die sie hinauf zum Kloster des Heiligen Johannes bringen sollten.

Hier war Ivor Bentinck-Jones in seinem Element. Er half den Frauen beim Aufsitzen, kümmerte sich um das Geschirr, kam den Maultiertreibern in die Quere und ermutigte die sich entfernenden Reiter mit Rufen wie »Los geht's!«, »Canyons links von ihnen, Canyons rechts von ihnen!« und anderen passenden Sprüchen des Tages.

Nigel, der gesehen hatte, wie Clare und Mrs Hale davongetrottet waren, befand sich am Ende der Gruppe. Er beäugte sein eigenes Tier mit erheblichem Unbehagen. Es schien ihm einige Nummern zu klein zu sein und hatte einen zerstreuten, aber zielstrebigen Blick in den rollenden Augen, der ihn an die falsche Art von Gesellschaftsdamen erinnerte. Beim

Aufsitzen stellte er fest, dass seine Befürchtungen nur allzu berechtigt waren. Die Steigbügel waren so kurz, dass er seine Füße nur in ihnen halten konnte, wenn er seine Beine nach hinten beugte, so dass er wie ein Huhn gefesselt war, während zwei Metallstücke, die aus dem alten Sattel ragten, sich grausam in seine Schenkel bohrten, wenn er versuchte, sich an ihnen festzuhalten. Als Zügel hatte das Tier nur ein einziges Seil, so dass Nigel sich nach vorne beugen und das Seil über die Schnauze des Tiers auf die andere Seite des Kopfes führen musste, um die Richtung zu ändern.

Als der Maultiertreiber seinen markerschütternden Schrei ausstieß und dem Tier auf den Hintern schlug, entdeckte Nigel, dass das Maultier außerdem entweder schief wie der Turm von Pisa war oder eine unüberwindliche Fehde mit dem Maultier von Bentinck-Jones austrug. Während sie nebeneinander den steinigen Weg hinauffritten, rammte Nigels Maultier immer wieder gegen das seines Gefährten, als wollte es dieses über die Kante stoßen.

Bentinck-Jones zeigte sich jedoch unbeeindruckt. »Trittsichere Wesen, die Maultiere. Lassen Sie sie einfach ihren eigenen Weg finden«, bemerkte er fröhlich, als sein Tier, das von Nigels in den Graben neben dem Weg getrieben wurde, über einen Steinhaufen stolperte. Eine Minute später, sein pausbäckiges Gesicht war schweißüberströmt, sagte er: »Apropos Maultiere, Strangeways, was ist mit Miss Ambrose?«

»Was ist mit ihr?«

»Starrsinnig. Nikki und ihre Schwester haben beide versucht, sie davon abzubringen, ins Kloster mitzukommen. Anstrengender Aufstieg. Ständig der Sonne ausgesetzt. Aber nein, sie wollte unbedingt mitkommen.«

»Sie hat für die Besichtigung des Klosters bezahlt, also ...«

»Mrs Blaydon hat bezahlt, meinen Sie. Sie bezahlt die Reise, wissen Sie. Sie sind unzertrennlich, nicht wahr?«

»Wer?«, fragte Nigel und hielt sich mit aller Kraft am Sattel fest, als die Maultiere plötzlich zu galoppieren begannen.

»Na, wer denn wohl?«, sagte Mr Bentinck-Jones schnaufend und zwinkerte ihm unangenehm zu. Die Maultiere prallten mitten auf dem Weg zusammen und verlangsamten den Schritt wieder. Der Maultiertreiber schrie sie an, und sie verfielen in einen durchrüttelnden leichten Trab.

»Ein gutaussehender Kerl, Nikki. So männlich, oder?«, sagte Ivor Bentinck-Jones. »Ein echter Schwerenöter. Ziemlich schlechtes Benehmen, finden Sie nicht?«

»Was meinen Sie mit schlechtem Benehmen?« Nigel gab sich bewusst begriffsstutzig.

»Nun ja, als Kreuzfahrtmanager bekleidet er eine offizielle Position. Das macht sich nicht gut. Glauben Sie, er hat schon versucht, sie ins Bett zu kriegen?«

Entsetzt über diese plötzliche Vulgarität, sagte Nigel nichts. Ivor blieb jedoch unbeirrt. Wohlwollend strahlend, gurrte er:

»Ach ja, diese Schiffsromanzen. Schiffe, die in der Nacht vorbeiziehen. Aber natürlich sind sie nicht das einzige unverheiratete Paar an Bord.«

Nigel war sich des eindringlichen Seitenblicks des Mannes bewusst und tat so, als wäre er verwirrt. »Was meinen Sie damit?«, fragte er abrupt.

»Nun, die junge Miss Trubody und unser angesehener Dozent Jeremy Street.«

Nigel täuschte Empörung und Erleichterung vor. »Ach, kommen Sie! Er ist alt genug, um ihr ...«

»Es ist eine Tatsache«, verkündete Ivor jovial. »Das Mädchen ist reif genug, vom Ast zu fallen, merken Sie sich meine Worte. Aber so etwas ist gefährlich für einen Mann in einer öffentlichen Position. Oder«, fügte er hinzu, »für eine Frau.«

»Aber Miss Trubody ist keine öffentliche Person.«

»Ich habe nicht an Trubody gedacht, mein Guter«, sagte Bentinck-Jones in seiner gemütlichen Art.

Das Geschrei der Maultiertreiber und das Getrappel der Hufe ertönte von oben, wo der Weg im Zickzack von dem festungsartigen Kloster und den weißen Häusern, die es umgaben, den Hang hinunterführte und nur noch eine Viertelmeile entfernt war. Die Maultiertreiber hatten ihre ersten Kunden abgesetzt und jagten die Maultiere den Hügel hinab, um weitere aufzunehmen. Der Weg war schmal. Es war an dieser Stelle unmöglich, ihn auf beiden Seiten zu verlassen.

Die Maultierlawine stürzte herab, brachte eine Staubwolke und eine Flut von Steinen mit sich und prallte gegen Nigel und seine Begleiter, die sich an den Rand des Feldwegs quetschten. Durch die allgemeine Aufregung animiert, scherte Nigels Maultier plötzlich seitlich gegen seinen alten Feind aus, und Bentinck-Jones wurde abgeworfen und rollte den Abhang hinunter. Glücklicherweise war dieser nicht steil. Ein Felsen stoppte seinen Fall, und nachdem er auf den Weg zurückgeklettert war, wurde er von dem Maultiertreiber wieder auf den Esel gesetzt. Er trug den hartnäckig fröhlichen Gesichtsausdruck desjenigen, der entschlossen war zu zeigen, dass er den Unfug mit Humor nahm.

Als sie weiterritten, sagte Nigel sanft zu ihm:

»Stolz, so scheint es, ist nicht das Einzige, was vor dem Fall kommt.«

»Was ist das? Ich verstehe Sie nicht, Mann.« Ivors Augen hatten ihr gewohntes Funkeln verloren.

»Macht nichts. Tut mir leid, dass ich so anecke. Ich kann dieses Tier einfach nicht mit einem Seil lenken.«

»Oh, das ist schon in Ordnung, Strangeways. Ich werde nicht auf Entschädigung klagen müssen, hoffe ich.« Auf dem Wort »klagen« lag eine schwache Betonung. »Ich ziehe immer freundschaftliche Arrangements vor, Sie nicht?«

»Schwer fallen, aber glimpflich davonkommen? So was in der Art?«

»Könnte sein. Kommt ganz darauf an.«

»Es ist schön, Sie ungebeugt vorzufinden, wenn auch blutig. Worauf kommt es denn an?«

»Darauf, wie viel es zu verlieren gibt.« Bentinck-Jones zeigte auf eine Gruppe, die am Fuß der Stufen stand, die durch das Dorf hindurchführte. »Ah, da ist Miss Massinger. Eine reizende Frau. Großes Talent. Genial. Ich habe gehört, dass sie den Auftrag für eine Porträtbüste des Königshauses erhalten hat. Eine verdammt gute Leistung.«

»Und da ist das Chalmers-Kind«, sagte Nigel, und seine hellblauen Augen fixierten unverbindlich die kleinen grauen Augen von Ivor Bentinck-Jones. »Sie erinnert mich an Wordsworth.«

»Wordsworth? Großer Gott!«

»Erinnern Sie sich an die Zeilen: *A primrose by the rivers brim, A simple sucker was to him.*«

Mr Bentinck-Jones schien ausnahmsweise einmal nicht in der Lage zu sein, Worte zu finden, und als sie abgestiegen waren, entfernte er sich mit nachdenklichem Blick. Primrose Chalmers warf einen Blick auf seinen sich entfernenden Rücken mit ausdruckslosem Gesicht unter ihrem venezianischen Gondolierehut.

Im Innenhof des Klosters hielt der Bischof einen zwanzigminütigen Vortrag über die orthodoxe Kirche. Anschließend führten die griechischen Führer durch die dunkle und prachtvolle Kapelle, die Bibliothek mit ihren 735 byzantinischen Manuskripten und andere Einrichtungen des Klosters. Nigel bemerkte, dass er und Clare überall von Primrose beschattet wurden. Zweifellos erwartete das Kind, dass er mit einem der Mönche eine unheilvolle Unterhaltung führen würde; es gab viele unter ihnen, gutaussehende, braun gebrannte Männer, die ihre Besucher gewinnend anlächelten und mit ihren Bärten, hohen Hüten und Soutanen Doppelgänger von Bischof Makarios hätten sein können. Primrose, urteilte Nigel, war viel harmloser, wenn sie ihm folgte, als wenn sie einige seiner Mitreisenden ausspionierte. Dennoch war das Kind ein Ärgernis, und als sie auf das Dach des Klosters getreten waren, um das unglaubliche Panorama des Meeres und der Inseln unter ihnen zu betrachten, ging Nigel zu ihr hinüber.

»Wie geht es dem Elefantenkind heute?«, fragte er.

»Meinen Sie mich?«

»Ja. Das Elefantenkind war von einer unstillbaren Neugier besessen.«

»Oh?«

Die *Just-so-Stories* waren offensichtlich keine Pflichtlektüre im Hause Chalmers; es war unerwünscht, den Tierfetischismus zu fördern.

»Weißt du, ich bin wirklich *kein* verkleideter Eoka-Agent«, sagte Nigel ernst und freundlich.

Primrose starrte ihn mit steinerner Miene an. Dann nahm ihr Gesicht einen verschmitzten Ausdruck an.

»Ach das!«, sagte sie verächtlich. »Glauben Sie wirklich, dass ich so einen Quatsch glaube?«

»Am Anfang hast du es geglaubt, oder?«

»Der ganze Spionagekram ist nur ein kompensatorisches Fantasiegebilde. Ich habe es schnell durchschaut.«

»Hoffen wir, dass es nichts Schlimmeres ist.«

Primrose sah wieder schelmisch und geheimnisvoll aus. Nigel wagte einen Schuss ins Blaue.

»Und jetzt hast du Wichtigeres zu tun?«

»Ich weiß nicht, was Sie meinen.«

»Neugier«, sagte Nigel, »kann eine bewundernswerte Sache sein. Sie kann aber auch gefährlich sein. Die Neugier ist der Katze Tod.«

»Welche Katze?«

Nigel gab es auf. Das Kind stand einfach nur da, starrte ihn durch ihre dicken Brillengläser an und antwortete ihm mit einer flachen, pedantischen Stimme, als würde ein Diktiergerät ein Gespräch abspielen. Es schien unmöglich, irgendeinen menschlichen Kontakt zu ihr herzustellen.

Später bedauerte Nigel, dass er nicht beharrlicher gewesen war.

VI

Kurz vor Mittag stieg die Gruppe den Berg hinunter, um die Höhle zu besichtigen, in der der heilige Johannes im Exil die Offenbarung geschrieben haben sollte. Die Höhle war sehr dunkel, und erst als sich ihre Augen an die Dunkelheit gewöhnt hatten, erkannten sie, dass sie zu einer Kirche umgebaut worden war. Die niedrige Decke, der unebene Boden, der Schimmer einer Lampe, die zum Flüstern gedämpften Stimmen – man fühlte sich hier inmitten eines Geheimnisses.

Der Bischof von Solway hielt eine kurze Ansprache, las einen Abschnitt aus dem Buch der Offenbarung vor, wobei seine tiefe Stimme durch die Düsternis dröhnte wie ein Fluss, der Felsbrocken heranrollt, und bat sie dann, mit ihm gemeinsam zu beten. Kaum hatte er mit dem Gebet begonnen, brach eine Frauenstimme in ein wildes, murmelndes Geplapper aus, das in dem hohlen Raum unnatürlich laut klang.

»Hol mich hier raus, Mel! Ich halte es nicht mehr aus! Die Dunkelheit, es ist so dunkel. Mach, dass es aufhört! Lass mich raus – es ist, als wäre ich lebendig begraben!«

Ein erschrockenes Schweigen, dann ein Rascheln, als Mrs Blaydon ihre Schwester aus der Höhle führte. Der Bischof, der innegehalten hatte, begann sein Gebet erneut; die kräftige Stimme, die edlen Worte wirkten wie eine Reinigung, und das Amen, das sie alle gemeinsam aussprachen, war alles andere als routinemäßig.

Als sie aus der Höhlenkirche kamen, bat Nigel den Bischof, mit ihm zum Hafen hinunterzugehen.

»Ich mache mir Sorgen um Miss Ambrose«, sagte er, als sie losgingen.

»Sollten Sie ihren Fall nicht Dr. Plunket überlassen?«, erwiderte der Bischof ein wenig respekteinflößend; dann lächelte er. »Oder der Kirche?«

»Ich glaube, sie braucht beides. Aber es gibt noch ein paar weitere Aspekte.« Nigel zögerte. Dann zog er ein Dokument aus seiner Brieftasche und reichte es dem Bischof. »Das ist natürlich vertraulich.«

»Was ist das? ... Oh, vom Assistant Commissioner C. ... Nun, ich hätte nie gedacht, dass Sie sich in dieser Welt bewegen. Aber, mein lieber Freund, Miss Ambrose ist doch keine Kriminelle?«

»Nicht dass ich wüsste. Aber ich fürchte, dass auf dieser Kreuzfahrt noch schlimmere Dinge geschehen könnten, es sei denn ... Hören Sie, Sir, ich wäre Ihnen sehr dankbar, wenn Sie mir erzählen würden, was Sie über Miss Ambrose und ihre Schwester wissen, als sie noch Kinder waren. Sie sagten neulich beim Abendessen, es sei eine traurige Geschichte.«

Der Bischof von Solway warf Nigel unter seinen buschigen Augenbrauen einen durchdringenden Blick zu. Was er sah, schien ihn zu befriedigen.

»Nun gut, wenn Sie meinen, es könnte helfen. E. K. Ambrose und ich waren ein paar Jahre Fellows von St. Teresa, bevor ich in die Pfarrarbeit ging. Er war verheiratet und wohnte nicht im College, aber ich habe seine Familie oft gesehen. Melissa muss etwa sieben Jahre alt gewesen sein, als ich sie zum ersten Mal traf; Ianthe war ein Jahr jünger. Die Mutter starb bei Ianthes Geburt.«

»Ah.«

»Ja. Das erklärt einiges. E. K. konnte nie verhindern, dass er einen Groll gegen Ianthe hegte und diesen, so fürchte ich, auch zeigte. Er hat sich zwar bemüht, fair zu sein, aber es lag eine gewisse Kälte in seiner Haltung ihr gegenüber. Sie war ein sensibles Kind, und sie muss seine Bemühungen, fair zu sein, bemerkt haben. Ich bin sicher, sie fühlte sich ausgeschlossen.«

»Während Melissa der Liebling war?«

»Ja. Sie war ein schlaues Kätzchen – sie verstand es, den alten E. K. um den kleinen Finger zu wickeln.«

»Und viel attraktiver, nehme ich an.«

»Oh, das weiß ich nicht. Sie waren beide hübsche Mädchen. Sie waren sich sogar recht ähnlich. Aber Melissa hatte ihre eigene Art. Und Ianthe hatte die Mutter getötet. So sah es aus.«

»Ianthe versuchte, das Gleichgewicht auszugleichen, indem sie an den Gelehrten in ihrem Vater appellierte«, bemerkte Nigel.

»Sie sind sehr scharfsinnig. Ja. Die Lage war ziemlich erbärmlich. Sie war immer viel klüger als ihre Schwester. Sie lernte schneller lesen und so weiter. Sie kam immer zu E. K. und legte ihm ihre kleinen intellektuellen Triumphe zu Füßen. Und er konnte sie nicht wirklich akzeptieren – er musste Interesse und Begeisterung *vortäuschen*, und sie durchschaute es. Sie versuchte auf so viele Arten, an sein Herz heranzukommen!«

»Es zu stehlen, zweifellos?«

»Ja, ich fürchte, das war eine der Arten. Die Phase hat nicht lange angedauert. Clownerie war eine andere. Sie war eine außerordentlich gute Imitatorin und ahmte die Universitätsdozenten nach, die ins Haus kamen, um E. K. zum Lachen zu bringen. Damit gewann sie ihn, aber nur, solange die Vorstellung dauerte. Ja, sie war ein aufgewecktes kleines Ding, aber angespannt, ängstlich, sogar in jenen Tagen. Sie war zu sehr bemüht, wissen Sie – ständiges Stirnrunzeln. Ich plappere ziemlich viel, nicht wahr?«

»Kein bisschen. Hat sie versucht, ein Junge zu werden?«

»Wie bitte? Oh, ich verstehe, was Sie meinen. Ja, das kam später, wenn ich mich recht erinnere. Sie fing an, viel zu spielen. Reiten. Tennis. Caddy für ihren Vater. Solche Dinge. Und natürlich hatte sie schon sehr früh mit Latein und Griechisch angefangen. Aber es hat nicht geklappt. Es ist traurig, wenn ein Kind sich so verzweifelt nach Liebe sehnt und ...«

»Was ist mit Melissa? Hat es zwischen ihr und Ianthe funktioniert?«

Der Bischof zögerte. »Es ist schon so lange her. Ich kann mich nicht erinnern, dass sie sich viel gestritten haben. Aber ich bezweifle, dass sie sich je nahegestanden haben. Sie hatten im Grunde nicht viel gemeinsam, und für Melissa war alles so einfach – außer natürlich das intellektuelle Leben. Und das brauchte sie nicht.«

»Sie wurde also gründlich verwöhnt?«

»Nun, es ist für niemanden gut, wenn die Dinge zu leicht sind. Ich habe nichts gegen ein paar Frustrationen in der Kindheit. Und später. Es ist nicht gesund, sich als Mittelpunkt des Universums zu fühlen. Und genau das war sie für E. K. Abgesehen von seinen Studien, meine ich – das stand an erster Stelle.«

Die beiden schwiegen eine Minute lang, als sie einen unwegsamen Abschnitt passierten. Dann sagte Nigel nachdenklich:

»Und jetzt ist Melissa eine reiche Witwe und Ianthe eine gescheiterte Lehrerin. Nichts ist so erfolgreich wie Erfolg.«

Der Bischof warf ihm unter den grauen Augenbrauen einen weiteren durchdringenden Blick zu.

»Ich verstehe nicht, was Sie mit dieser ganzen Vergangenheit anfangen wollen.«

»Ach, wenn es denn *Vergangenheit* wäre ...« Nigel brach ab. »Ich weiß es nicht einmal selbst. Ich bin neugierig auf die Menschen und neige dazu, mich auf sie einzulassen«, fuhr er langsam fort. »Ich habe einen Großteil meines Lebens damit verbracht, mich in der Kriminologie zu versuchen. Ich habe dabei geholfen, ein paar Mörder zu hängen. Aber ich habe noch nie ein Verbrechen *verhindert*.«

»Aber welches Verbrechen wollen Sie hier verhindern?«

»Wenn ich *das* wüsste ... Ich habe einfach das Gefühl, dass zu viel Sprengstoff auf der *Menelaos* herumliegt.«

»Kann ich irgendetwas tun?«, fragte der Bischof in seiner unverblümten Art.

»Sie könnten beten«, sagte Nigel ernst. »Ganz besonders für Ianthe Ambrose.«

VII

Der Badeplatz war bereits überfüllt, als Nigel und Clare nach einem gemütlichen Mittagessen unter Bäumen vor einem kleinen Restaurant dort ankamen. Einige der Passagiere waren noch dabei, Patmos zu erkunden, einige waren zum Schiff zurückgekehrt; aber die meisten hatten ihre Badesachen und ihr Picknick mitgenommen und sich schon vor einiger Zeit vom Kai zum Strand aufgemacht.

Nigel vertrat die Theorie, dass die Verdauung erst vierzig Minuten nach einer Mahlzeit in Gang kommt und es daher völlig in Ordnung ist, in dieser Zeitspanne zu baden. Das Wasser war herrlich warm und enthielt so viel Salz, dass man sich auf der seidigen Oberfläche gut gepolstert treiben lassen konnte. Er schwamm fünfzig Meter weit. Dann drehte er um und lag auf dem Meer, die Augen vor dem grellen Sonnenlicht geschlossen, mit leerem Kopf. Nikki zog mit kräftigem Kraulen an ihm vorbei. Sein schwarzer Kopf war glatt wie der eines Seehunds. Die Rufe und das Lachen der Badenden schienen gedämpft aus dunstiger Ferne zu ihm zu dringen. Wie eine in Trance gehörte Stimme kehrte eine Zeile aus *Lucretia* irrational immer und immer wieder in Nigels Kopf zurück: »Zweifach stirbt der, der nah der Küst' ertrinkt.« Leicht beunruhigt schwamm er zurück zum Strand.

Dort, wo er an Land ging, saß Ianthe Ambrose, mit dem Rücken au einen Felsen gekauert.

»Gehen Sie nicht rein?«, fragte er freundlich.

»Ich kann nicht schwimmen.«

»Es ist ein Stück weit ziemlich flach, wissen Sie.«

»Und ich habe Angst vor den Seeigeln.«

Nikki hatte die Passagiere vor ihrem ersten Bad auf Delos gewarnt, sich vor diesen unangenehmen Kreaturen in Acht zu nehmen, die ihre Stacheln wie Glassplitter im Fleisch zurücklassen, wenn man auf sie tritt.

»Oh, ich glaube nicht, dass es hier welche gibt«, sagte Nigel. »Man findet sie nur auf Felsen, und man kann sie durch das Wasser sehen – schwarze Flecken auf weißen Felsen.«

Miss Ambrose erschauerte, obwohl sie ihm keine große Aufmerksamkeit geschenkt zu haben schien. Ihre Augen, die sich gegen das Sonnenlicht sträubten, waren auf einen Punkt hinter ihm gerichtet. Nigel folgre ihrem Blick aufs Meer und sah, wie Melissa Blaydon mit ihrer charakteristischen safrangelben Badekappe Peter Trubody einen Beachball zuwarf. Er warf ihn zurück. Der Ball flog weit, und Melissa schwamm ein Dutzend schnelle, mühelose Züge, um ihn zurückzuholen.

»Ihre Schwester schwimmt gut.«

»Sie beherrscht alle gesellschaftlichen Umgangsformen«, erwiderte Ianthe säuerlich.

»Ist das ihr Tauchgerät?«, fragte Nigel und deutete auf einen Gegenstand, der ganz in der Nähe lag.

»Nein. Ich glaube, er gehört dem Jungen, wie heißt er noch?«

»Peter Trubody?«

»Ja.«

Mit Ianthe Ambrose Kontakt aufzunehmen schien ebenso schwierig zu sein wie mit Primrose Chalmers, die ein paar Schritte entfernt mit ihren Eltern saß und ein Buch las, wobei sich ihr Bauch in einem engen blauen Badeanzug wölbte. Primrose, dachte er, wird zu einer zweiten Primrose heranwachsen, wenn sie nicht aufpasst. Sowohl das frühreife Kind als auch die unausgeglichene Frau waren ihm zuwider; ihre blassen Gesichter, ihre kieseligen Augen, ihre plumpen Körper. Warum muss Ianthe schwitzend in Wollpulli und Tweedrock dasitzen, sich selbst martern und diese ewige stillschweigende Forderung an ihre Schwester stellen?

Beschämt über seine körperliche Reaktion, versuchte Nigel es erneut.

»Der Bischof hat im Kloster gut gesprochen, nicht wahr?«

»Oh, er kennt sich eben aus«, erwiderte Ianthe ungnädig. Dann begannen ihre Finger sich auf ihrem Schoß zu krümmen. »Man sagt, ich habe mich danach in der Höhle ziemlich auffällig benommen.«

»Es ist ein ziemlich klaustrophobischer Ort«, sagte Nigel sanft.

»Hm. Aber niemand sonst dort hat angefangen, zu treten und zu schreien. Nein. Nur ich habe das getan«, fügte sie bestürzt hinzu.

»Nun ja, Sie waren krank, Sie können nicht erwarten, dass Sie ...«

»Ich weiß, was Sie wirklich denken«, platzte es aus ihr heraus. »Sie denken, dass ich meine Krankheit ausnutze. Nur ein hysterisches, anspruchsvolles Weib. Alle denken das. Melissa. Jeder.«

»Oh, nein, nein.« Nigel war konsterniert. Die Frau war so stachlig wie ein Seeigel. Sie überhörte seinen Protest.

»Aber sie werden anders denken, wenn ich weg bin«, murmelte die Frau vor sich hin, ohne auf Nigel zu achten, »das wird ihnen eine Lehre sein, all diesen Schürzenjägern, Langweilern und reichen Huren.«

»Sie denken also an Selbstmord?« Nigels Stimme war so frostig und leidenschaftslos, dass es auf Ianthe wie eine kalte Dusche wirkte. Sie hörte auf zu schimpfen und starrte ihn erstaunt an.

»Ja, ich gebe es zu!«

Ohne ihr eine Pause zu gönnen, sagte Nigel in dem gleichen emotionslosen Tonfall:

»Wie wollen Sie vorgehen?«

»Reden Sie leise! Die Leute können Sie hören.«

»Niemand hört zu. Werden Sie sich selbst töten oder werden Sie jemand anderen dazu bringen, es für Sie zu tun?«

»Das ist absurd. Sie müssen verrückt sein.«

»Da ist der junge Peter. Und Jeremy Street. Beide lechzen nach Ihrem Blut. Haben Sie sich in letzter Zeit noch andere Feinde gemacht? Oder sind Sie selbst Ihre schlimmste Feindin?«

Wie diese Schockbehandlung auf Ianthe gewirkt haben mochte, konnte Nigel nicht beurteilen, denn Melissa und Peter Trubody kamen aus dem Meer auf sie zu. Peter starrte Melissa an wie ein Hund sein Frauchen. Als er Ianthe bemerkte, nickte er kurz, nahm sein Tauchgerät und entfernte sich.

»Hallo, hallo!«, sagte Melissa fröhlich. »Also ich habe meinen Beitrag im Jugendclub geleistet. Jetzt kann ich mich entspannen.«

Sie trug nur einen Bikini. Sie konnte es sich leisten. Ihre braune Haut war makellos. Die breiten Hüften und ihr üppiges Gesäß standen im Kontrast zu ihren eher schmalen Schultern. Aber ihre Bewegungen waren so graziös, als sie den Strand hinauflief, dass sie den Eindruck einer perfekten Symmetrie vermittelte.

»Zieh das an, Mel«, rief Ianthe und warf ihrer Schwester einen Strandmantel zu. »Diese Aufmachung mag für die Riviera ganz gut sein, aber die Griechen mögen sie nicht.«

»Woher weißt du, was die Griechen nicht mögen?«, erwiderte Melissa gut gelaunt. Ianthe drehte ihren Kopf abrupt weg. Sie glaubt, Melissa bezieht sich auf Nikki, dachte Nigel. Oje, oje.

Melissa hatte ihren Lippenstift und ihren Spiegel aus einem Weidenkorb geholt, der die Form eines Aktenkoffers hatte, und schminkte ihre vollen Lippen. Alles war so normal. Nigel konnte kaum glauben, dass sein letztes Gespräch mit Ianthe tatsächlich stattgefunden hatte.

»Hast du meine Schere benutzt, Darling?«, fragte Melissa und kramte im Korb.

»Was? Um mir die Adern damit zu öffnen? Nein, natürlich nicht.«

»Sei nicht albern. Oh, da ist sie ja.« Sie drehte sich zu Nigel um und reichte ihm eine Traube, die sie aus dem Korb genommen hatte. »Möchten Sie ein paar Trauben?« Der Mantel öffnete sich, und ihr Körper schien sich ihm anzubieten; ihre Mundwinkel zitterten. Ihre Augen hielten ihn so fest, dass es ihm wie eine große körperliche Anstrengung vorkam, seine abzuwenden. Ein paar Sekunden lang wurde diese Pose der schamlosen, fast aggressiven Einladung aufrechterhalten; dann zog sich Melissa gleichsam hinter ihre eigenen Grenzen zurück.

Sie kann einfach nicht anders, dachte Nigel bei sich, während er die Weintrauben aß; vielleicht ist sie sich kaum bewusst, was sie tut. Lilith, die Verführerin. Eine gefährliche, urzeitliche Kraft.

Clare saß in einer Gruppe von Leuten – Faith Trubody und ihr Vater, Jeremy Street und der allgegenwärtige Bentinck-Jones – weiter oben am Strand. Faith sah in ihrem Badeanzug, der die dünnen Arme und Beine, die knochigen Knubbel an den Schlüsselbeinen und die gerundeten Schultern enthüllte, nicht sehr vorteilhaft aus. Aber ihr sommersprossiges Gesicht hatte, während sie mit Jeremy plauderte, den Charme von Unbefangenheit und Lebendigkeit.

»Haben Sie Peter gesehen?«, fragte Mr Trubody, als Nigel zu ihnen kam.

»Er ist mit seinem Tauchgerät irgendwo hingegangen.«

»Er sagte, er wolle es von den Felsen aus versuchen. Da ist tiefes Wasser«, sagte Faith.

»Ich hoffe, dass er sich vor den Seeigeln in Acht nimmt. Er ist ein leichtsinniger Junge.«

»Oh, sei nicht albern, Daddy!« Faith wandte sich wieder Street zu, dessen braun gebrannter, eingeölter Körper sich in voller Länge neben ihr ausstreckte. »Gehen Sie *nie* rein, Jeremy?«

»Ich ziehe Apollo Poseidon vor«, sagte der distinguierte Dozent leichthin.

»Das Wasser ist absolut traumhaft. Und ich wette, Sie sind ein guter Schwimmer.«

Jeremy Streets Lächeln war fast ein Grinsen. Er schien imstande zu sein, jede Menge dieser schulmädchenhaften Schmeicheleien aufzusaugen. Nigel vermutete, dass Streets Vorliebe für Apollo auf seine Schwächen als Schwimmer zurückzuführen sein könnte und seine Eitelkeit es ihm nicht erlauben würde, dies in der Öffentlichkeit preiszugeben.

»Nun, ich gehe wieder rein«, verkündete Bentinck-Jones. »Kommen Sie, Miss Trubody?«

»Nein, noch nicht.«

Ivor war ein absurder Anblick, wie er auf seinen kurzen Beinen zum Wasser flitzte. Aber sobald er im Wasser war, erwies er sich als äußerst geschickt.

»Dummer kleiner Mann«, sagte Faith schelmisch. »Warum treibt er sich ständig hier herum?«

»Er ist ein emotionaler Parasit.« Jeremy Streets Tonfall, wie ein dünner, unreifer Rotwein, ließ Nigel die Zähne zusammenbeißen. »Vermutlich hat er kein eigenes Leben. Also muss er sich an andere binden. Daher all diese vorgetäuschte Vitalität.«

»Was macht der Kerl beruflich?«, fragte Mr Trubody.

»Im Zug nach Venedig – er hatte sich aus irgendeinem Grund an mich gehängt – habe ich von ihm erfahren, dass er eine Art Exportgeschäft hat. Er hat aber noch nicht versucht, mir etwas zu verkaufen – außer sich selbst natürlich.«

»Oder Sie zu verkaufen?«, murmelte Nigel.

Jeremys Augen wurden von einer Sonnenbrille verdeckt.

»Mich verkaufen? Ich kann Ihnen nicht folgen. Aber die Abläufe in der Geschäftswelt sind für mich böhmische Dörfer.«

»Ach«, warf Mr Trubody ein. »Wir Geschäftsleute sind nicht alle Philister, wissen Sie, Street.«

»In der Tat«, erwiderte Jeremy mit einer nachlässigen, anmutigen Handbewegung. »Ich stelle fest, dass das aufgeklärteste, innovativste Mäzenatentum der Künste heutzutage von großen Industrieunternehmen ausgeht. Aber es gibt noch viel Raum für Erweiterungen.« In Streets Stimme schwang ein Ton des Mäzenatentums mit, den Nigel unerträglich fand.

Sie diskutierten noch immer über das Thema, als Faith rief: »Was ist los, Peter?«

Der Junge ging am Strand auf sie zu, sein Gesicht war leichenblass und grimmig.

»Jemand hat versucht, mich zu ertränken«, sagte er und warf seinem Vater das Tauchgerät vor die Füße.

»Dich ertränken? Was soll das heißen?«, rief Faith.

»Ich habe einen tiefen Tauchgang gemacht und festgestellt, dass das Tauchgerät nicht funktioniert hat. Sehen Sie das Loch in dem Schlauch hier?«

»Es muss beschädigt worden sein ...«

»Ich weiß ganz genau, dass es in Ordnung war, als ich es vor einer Stunde benutzt habe. Jemand hat ein Loch hineingebohrt. Ich wäre fast erstickt, bevor ich wieder an die Oberfläche kam.«

»Darf ich es sehen?«, fragte Nigel.

»Bitte sehr. Und ich weiß auch, wer es war. Als ich mit Mrs Blaydon reingegangen bin, habe ich es liegen lassen ...«

»Einen Moment, Peter«, unterbrach Nigel ihn mit einer solchen Autorität in der Stimme, dass der Junge abrupt verstummte. »Ich würde gern mit Ihnen reden.«

Er führte Peter an einen leeren Teil des Strandes.

»Bevor Sie einen weiteren Streit mit Miss Ambrose anfangen, denken Sie daran, dass sie sich in einem prekären Gesundheitszustand befindet und dass Sie keine Beweise dafür haben, dass das Tauchgerät eine Weile dort lag, wo jeder an es herangekommen konnte.«

»Ich habe nicht die Absicht, mich mit Miss Ambrose zu streiten, schon gar nicht vor Mel, ihrer Schwester«, sagte Peter mit der steifen Aufgeblasenheit seines Alters. »Ich möchte ihr nur eine einfache Frage stellen: Haben Sie sich an diesem Gerät zu schaffen gemacht oder nicht?«

»Und wenn sie nein sagt?«

»Na ja, ich, ich ...«

»Genau. Mehr können Sie nicht tun, mein lieber Freund.«

»Aber das ist doch unerhört«, schimpfte der Junge, und zwar in genau dem Ton, mit dem er dreißig Jahre später in seinem Club gegen die Ungeheuerlichkeiten des neuen Haushaltsplans wettern würde. »Die Frau muss verrückt sein.«

»Könnten Sie dieses Loch mit der Spitze einer Nagelschere machen?«

»Ich denke schon. Wenn man hartnäckig ist. Der Gummi ist ziemlich dick. Warum?«

»In diesem Fall ist es möglich, dass Miss Ambrose es getan hat.«

»Na dann!«

Nigel starrte unverbindlich auf die glühenden Augen in dem weißen Gesicht. Eine nasse Haarsträhne fiel dem Jungen über die Stirn. »Sie scheinen sich die naheliegende Frage nicht zu stellen.«

»Die naheliegende Frage?«

»Ja. *Warum* sollte sie es tun?«

Peter Trubody wich seinem Bick aus. »Weil sie verrückt ist natürlich.«

»Um Ihnen sozusagen zuvorzukommen?«

»Was in aller Welt ...«

»Sie haben ihr gedroht. Sie sagten ihr, Sie würden ›Schritte unternehmen‹ und ›andere Leute könnten auch rachsüchtig sein‹.«

»Hören Sie mal«, schimpfte der Junge. »Wer zum Teufel sind Sie? Verbringen Sie Ihre Zeit damit, Privatgespräche zu belauschen?«

»Ach, hören Sie auf, ich dulde keine Entrüstung. Sie haben einer kranken Frau gedroht. Nein, es ist egal, was sie in der Vergangenheit getan hat oder was Sie glauben, dass sie getan hat. Wenn Sie eine Blutfehde führen müssen, dann fangen Sie nicht an zu jammern, wenn Ihr Gegner Ihnen einen Schlag versetzt.«

»Ich habe nicht gejammert, verdammt noch mal. Ich verstehe absolut nicht ...«

»Es gibt vieles, was Sie absolut nicht verstehen, Junge. Zum

Beispiel, dass Ianthe Ambrose nicht die Art von Frau ist, die man mit Gewalt dazu bringen kann, einem zu geben, was man von ihr will.«

»Ich nehme an, ich sollte an ihre bessere Natur appellieren?«, spottete der Jüngling. »Die hat sie nicht. Fragen Sie Faith. Wenn Sie wüssten ...«

»Ich weiß, dass Sie mit Dynamit spielen«, sagte Nigel mit ernster Miene.

»Ein absolut abscheuliches – ein großes Unrecht wurde meiner Schwester angetan. Ich werde dafür sorgen, dass das wieder in Ordnung gebracht wird.«

Oh Gott, dachte Nigel, er ist wie einer dieser windigen Politiker, die verkünden: »Wir werden das Schwert nicht aus der Hand legen, bis ...«

»Sind Sie sicher, dass Sie nicht Gerechtigkeit mit Rache verwechseln?«, fragte er ruhig.

Einen Augenblick lang sah Peter Trubody unschlüssig aus; dann ging er mit sturer Miene wortlos davon.

VERNICHTUNG

I

Ein paar Passagiere befanden sich auf dem Sonnendeck unter der Brücke, als die *Menelaos* am nächsten Morgen um neun Uhr in Richtung Kalymnos in See stach. Diese Insel, so behaupteten einige Reiseführer, sei die schönste des Dodekanes. Der Hafen liegt in einer breiten, tiefen Bucht, über der sich Häuser etagenförmig an die Hänge schmiegen. Clare Massingers Augen waren auf den Teil der Stadt gerichtet, der sich über dem Backbordbug erhob. Die Entfernung, das Sonnenlicht und die Steilheit des Hügels bewirkten eine Verkürzung – eine Perspektivlosigkeit, die das Ganze weniger wie eine Stadt als wie das Bild einer Stadt aussehen ließ: ein Bild von Ghika. Die Häuser lagen in leuchtenden Farbwürfeln auf dem Hintergrund, weiß, himmelblau, recklittblau, und die Reinheit dieser Blau- und Weißtöne verlieh der Szene eine primitive Unschuld, die Clare bezaubernd fand.

»Wo jede Aussicht gefällt und nur der Mensch schäbig ist«, verkündete die Stimme von Ivor Bentinck-Jones neben ihr.

»Oh, guten Morgen«, sagte Clare. »Ja, das ist sehr seltsam und passend. Aber glauben Sie, dass der Mensch böse ist oder hier noch böser als irgendwo anders?«

»Das ist nur eine Redensart, gnädige Frau.«

Clare ertrug dieses »Gnädige-Frau«-Getue nicht.

»Ich wünschte, die Dichter würden denken, bevor sie sprechen«, sagte sie leicht gereizt. Dann, als sie Ivors niedergeschlagene Miene sah, lenkte sie ein. »Meinen Sie, das war die Stadtplanung? Ich kann mir nicht vorstellen, dass die Griechen sich eine Stadt planen lassen.«

»Ich weiß nicht recht ...«

»Diese Häuser. Alle weiß oder blau gestrichen.«

»Oh, das hat während der italienischen Besatzung angefangen. Sie haben die Stadt aus Protest in den griechischen Farben gestrichen, und das seitdem beibehalten.«

»Gut für sie. Wären sie Kommunisten gewesen, hätten sie die Stadt rot angemalt, nehme ich an.«

Ivor kicherte speichelleckerisch. »Werden Sie den Ball heute Abend beehren?«, fragte er dann.

»Ich denke, ich werde zum Ball kommen.«

»Dann darf ich vielleicht um die Ehre bitten ...«

»Ah, das hängt von Mr Strangeways ab«, sagte Clare in einem Anflug wahnsinniger Verantwortungslosigkeit. »Er ist furchtbar *eifersüchtig*, wissen Sie.«

Mr Bentinck-Jones' Gesicht nahm einen aufmerksamen, nach innen gerichteten Ausdruck an.

»Oh ja«, plapperte Clare weiter, »ein Mann hat mich einmal während eines Tanzes angesprochen, und Nigel hat das nicht gefallen. Der Mann musste ins Krankenhaus gebracht werden - zwölf Stiche im Gesicht und zwei gebrochene Rippen. Natürlich wurde die Sache vertuscht; der Mann hatte zufällig Verbindungen zu den Royals.«

»Zu den Royals? Tatsächlich?« Ivor hatte Clare während des ganzen Geplänkels misstrauisch betrachtet. Er entfernte sich schnell – vermutlich, um ihre Geschichte zu schlucken und zu verdauen, wenn er es denn konnte.

Clare bemerkte Melissa Blaydon und Nikki, die sich gemeinsam über die Reling lehnten; Ianthe Ambrose saß nicht weit entfernt von ihnen im Liegestuhl. Nikki schien auf eine Stelle der Küste links vom Hafen zu deuten; sein Finger bewegte sich, als würde er einen Weg von der Stadt dorthin zeichnen. Was Clare auffiel, war eine gewisse Zurückhaltung in Nikkis Gesten, ein Hauch von Geheimniskrämerei in der Art, wie er sich von Zeit zu Zeit umsah, als wollte er sich vergewissern, dass er nicht belauscht wurde. Aber wenn die beiden ein Rendezvous planten, würden sie es wohl kaum tun, wenn Ianthe in Hörweite war.

Der heutige Tag könnte jedoch ihre erste Gelegenheit sein. Es gab keine wichtigen kulturellen Ziele auf Kalymnos; daher würde Nikki bis zum Vortrag am Abend und dem anschließenden Tanz nur wenige offizielle Aufgaben haben.

Die *Menelaos* ging vor Anker. Ihre Dampfpfeife heulte, und ein träges Echo kam von den Hügeln zurück. Ianthe Ambrosee zuckte bei dem Geräusch krampfhaft zusammen und vergrub ihre Ohren in den Händen. Ein paar Minuten später kam ein Boot aus dem Hafen, um die Passagiere abzuholen.

Nigel und Mrs Hale gesellten sich zu Clare auf dem Sonnendeck und beobachteten, wie sich das primitiv aussehende Fahrzeug näherte. Nikki kam auf sie zu und begrüßte sie.

»Und was machen wir hier?«, fragte Mrs Hale.

»Sie müssen einen Schwamm kaufen, Madam«, erwiderte Nikki. »Ich werde persönlich einen für Sie aussuchen. Es ist nicht nötig, mehr zu bezahlen als ...«

»Aber ich kann nicht den ganzen Tag damit verbringen, einen Schwamm zu kaufen.«

»Die Insel Kalymnos lebt hauptsächlich vom Schwammfischen«, fuhr der Kreuzfahrtmanager fort. »Nicht weniger als dreitausend ihrer männlichen Einwohner gehen diesem Beruf nach. Sie sind den ganzen Sommer über abwesend, um an der nordafrikanischen Küste nach Schwämmen zu suchen. Dann ...« – ein strahlendes Lächeln erhellte sein Gesicht – »beißen sie nach ein paar Jahren ins Gras. Eine Lungenkrankheit. Verstehen Sie? Sehr traurig.«

»Und wenn ich meinen Schwamm gekauft habe?«

»Es stehen Transportmittel bereit, die Sie zu den Badestränden bringen. Hier kann man herrlich baden. Oder Sie können die Insel zu Fuß erkunden. Die Einwohner sind freundlich. Wissen Sie, sie freuen sich, wenn sie Touristen sehen.« Nikki strahlte wieder, und sein amerikanischer Akzent wurde noch deutlicher. »Ja, in einem toten Loch wie diesem freuen sie sich bestimmt über Besucher.«

»Gut für den Handel, hm?«, sagte Nigel.

»Ja, und für menschliches Interesse. Oh Mann!«, erwiderte Nikki mit einem ausgelassenen Lachen. »Also wir sehen uns.«

»Ich denke, bei dreitausend Männern, die den ganzen Sommer über abwesend sind, gibt es in der weiblichen Bevölkerung eine Menge menschliches Interesse«, bemerkte Mrs Hale trocken.

Nikki, dachte Clare, scheint noch euphorischer als sonst zu sein; es sieht wirklich so aus, als hätte er sich mit Melissa verabredet. Aber wie wollen sie Ianthe loswerden?

11

»Wozu brauchen wir eigentlich diese absurden Landgangkarten? Ich weiß, dass ich meine eines Tages verlieren werde«, rief Mrs Blaydon.

»Bürokratie. Reine Bürokratie«, schnaubte Mr Bentinck-Jones.

Die flache, pedantische Stimme von Primrose Chalmers ertönte. »Landgangkarten sind eine Erleichterung«, erklärte sie. »Hätten wir sie nicht, müssten wir jedes Mal, wenn wir an Land gehen, unsere Pässe zeigen.«

»Warum verfolgt uns dieses schreckliche Kind ständig?«, murmelte Ianthe nur allzu hörbar.

»Ich folge Ihnen nicht. Ich stehe in der Warteschlange hinter Ihnen. Landgangkarten sind auch nützlich, damit der Zahlmeister überprüfen kann, ob alle Passagiere, die von Bord gegangen sind, auf das Schiff zurückgekehrt sind. Ich hätte gedacht, das sei klar.«

»Sei nicht so frech, kleines Mädchen«, schnauzte Ianthe sie an.

»Ich habe nur die Fakten erklärt.«

»Ich bin sicher, meine Tochter hatte nicht die Absicht, Sie zu beleidigen«, sagte Primroses Mutter besänftigend. Ianthe war weit davon entfernt, besänftigt zu sein.

»Wenn ich von einem Schulmädchen belehrt werden will, werde ich darum bitten«, sagte sie, und ihr Gesicht zuckte.

Die Chalmers blieben gleichmütig – diese Art von Widerstand war für Laienanalytiker alltäglich; man hatte das Gefühl, eine Dampfwalze könnte über sie hinwegrollen, ohne sie zu zerquetschen. Primrose jedoch war weniger unempfindlich gegen neurotische Ausbrüche; sie warf Ianthe einen überaus bösen Blick zu und schien den Streit neu anfachen zu wollen.

In diesem Augenblick begann sich die Schlange in Richtung Gangway zu bewegen. Melissa, die ihren Weidekorb in einer Hand hielt, half ihrer Schwester die steile Gangway hinunter.

Nigel Strangeways wurde währenddessen von Mr Trubody beiseite genommen und in eine ruhige Ecke des Salons geführt. Der Vater von Faith und Peter war ein vornehm aussehender älterer Mann mit weißem Schnurrbart und dem forschen, autoritären Auftreten eines Geschäftsmanns.

»Sie gehen nicht sofort an Land?« Es war weniger eine Frage als eine Feststellung, wenn auch höflich formuliert.

»Nein. Wir haben den ganzen Tag Zeit.«

»Ich wollte mit Ihnen über Peter sprechen. Ich weiß nicht, was Sie gestern Nachmittag zu ihm gesagt haben, aber ...«

»Er hat es Ihnen nicht gesagt?«

Mr Trubody lächelte. »Ich habe nicht immer Peters Vertrauen. Aber ich kann es mir denken. Er hat ein bisschen Kopfschmerzen. Er schwört, dass Miss Ambrose sein Tauchgerät beschädigt hat, und er will, dass ich es mit ihr kläre.«

»Ich verstehe.«

»Die Sache ist ein bisschen verzwickt. Wissen Sie, Peter und Faith sind Zwillinge und stehen sich sehr nahe. Peter hat sich in den Kopf gesetzt, Miss Ambrose sei dafür verantwortlich, dass Faith letztes Jahr die Schule verlassen musste – also, dass Miss Ambrose es aus persönlicher Bosheit getan hat.«

»Und was denken Sie?«

»Ich war mit der Darstellung der Dinge durch die Direkto-

rin alles andere als zufrieden. Aber ich war nicht in der Lage, den Fall durchzufechten, also musste ich Faith mitnehmen.«
»Und jetzt kämpft Peter? In einer Guerillaaktion?«
Mr Trubody sah ein wenig verärgert aus. Er hatte seine Kinder spät bekommen und neigte nun als Witwer dazu, sie zu verwöhnen oder sie ihren eigenen Weg gehen zu lassen, vermutete Nigel. Die Zwillinge waren keineswegs ein besonders gutes Zeugnis für seine Erziehungsmethoden.
»Guerillaaktion? Das ist sicherlich etwas übertrieben, Mr Strangeways.«
Nigel beschloss, Trubody noch nicht zu erzählen, was Clare auf Delos mitangehört hatte. »Peter sagte mir, er will, dass seiner Schwester Gerechtigkeit widerfährt. Ich bin mir nicht sicher, wie gewissenhaft er die gute Sache vorantreiben würde«, sagte Nigel behutsam.
»Der Junge hat keinerlei böse Absichten. Wollen Sie andeuten ...?«
»Haben Sie das Loch im Schlauch des Tauchgeräts gesehen?«
»Gewiss.«
»Glauben Sie, dass man ihn mit einer kleinen Nagelschere hätte durchbohren können? Innerhalb von zwanzig Minuten?«
»Worauf wollen Sie hinaus?«, fragte Mr Trubody und sah ihn scharf an.
»Es besteht die Möglichkeit, dass Peter das Loch selbst hineingeschnitten hat.«
»Aber das ist eine absurde Unterstellung. Das reinste Melodrama.«
»Die Jugend kann sehr melodramatisch sein. Ist es weniger

absurd anzunehmen, dass Miss Ambrose es getan hat, dass sie versucht hat, Ihren Sohn zu ertränken?«

»Die Frau ist labil.«

»Das sehe ich auch so. Aber ich bezweifle, dass sie dieses Loch mit einer Nagelschere hätte machen können. Sollen wir annehmen, dass sie ein großes, spitz zulaufendes Instrument bei sich trug, für den Fall, dass sie die Gelegenheit bekäme, an Peters Tauchgerät heranzukommen und es zu beschädigen?«

Mr Trubody glättete seinen gepflegten Schnurrbart. Er war schockiert, aber durchaus in der Lage, die gut argumentierten Seiten einer Aussage zu erkennen.

»Was hätte Peter sich von einem so außergewöhnlichen Trick versprechen sollen?«

»Vielleicht hoffte er, dass es zu einem Kräftemessen zwischen Ihnen und Miss Ambrose kommen würde.«

»Ich kann Ihnen nicht folgen.«

»Er glaubt, ob zu Recht oder zu Unrecht, dass sie für die Schwierigkeiten Ihrer Tochter in der Schule und für die daraus resultierende Hirnhautentzündung verantwortlich ist. Er glaubt, dass Miss Ambrose Faith verfolgt hat. Es ist möglich – ich sage nicht, dass es die Wahrheit ist –, dass Peter beschlossen hat, Miss Ambrose ebenfalls zu verfolgen.«

»Oh, kommen Sie, kommen Sie, Jungenstreiche ja, aber keine kaltblütigen Rachegelüste wie diese.«

»Nun, Sie kennen Peter natürlich am besten. Aber er will leidenschaftlich den Namen seiner Schwester reinwaschen, wie er es ausdrückt. Vielleicht glaubt er, dass er Miss Ambrose dazu bringen kann zu gestehen, dass ihre Anschuldigungen gegen Faith falsch waren. Das ist es, was ich mit Verfolgungskampagne meine.«

Es herrschte Schweigen. Mr Trubody fummelte an seinem goldenen Zigarettenetui herum, nahm eine Zigarette heraus, starrte sie an und legte sie wieder zurück. Er versuchte, vermutete Nigel, sich an den Gedanken zu gewöhnen, dass Peter ein Beschützer war – der siebzehnjährige, klassische, etwas selbstgefällige Vertrauensschüler, der gutaussehende, anständige Sohn, der sich in solch schlammigen Gewässern herumtrieb.

»Was haben Sie damit zu tun?«, fragte er schließlich.

»Ich glaube nicht, dass es für irgendjemanden gut wäre – nicht einmal für Peter und Faith –, wenn Miss Ambrose an den Rand des Wahnsinns gebracht würde.«

»Nein«, sagte Mr Trubody nach einer weiteren Pause. »Ich kann es einfach nicht glauben. Ich habe Peter immer für einen verantwortungsvollen Jungen gehalten. Zugegeben, er ist körperlich leichtsinnig. Aber gerade jetzt ist er in der Phase, in der er sich selbst sehr ernst nimmt – nun ja, er ist ein bisschen selbstherrlich und hochnäsig. Ich kann mir nicht vorstellen, dass er sich so *kindisch* verhält. Er würde es für unter seiner Würde halten.«

»Vielleicht liegt es an der Seeluft.«

Mr Trubody runzelte angesichts dieses Leichtsinns die Stirn.

»Das Leben auf einer Kreuzfahrt«, fuhr Nigel fort, »begünstigt Verantwortungslosigkeit. Schauen Sie sich all die ›Romanzen‹ an Bord an. Für siebzehnjährige Jungen ist es leicht, in kindisches Verhalten zurückzufallen, vor allem, wenn er in der Schule eine Überdosis an Verantwortung tragen muss. Es ist eine Art Kompensation.«

»Da mögen Sie recht haben«, sagte Trubody energisch,

als wollte er eine gesellschaftliche Konferenz beenden. »Ich werde ein Auge auf den Jungen haben. Apropos Romanzen an Bord: Peter ist ein bisschen in die Schwester vernarrt, haben Sie es bemerkt? Na ja, ein bisschen jugendliche Schwärmerei wird ihm nicht schaden. Attraktive Frau. Vielleicht treibt sie ihm den Unsinn mit Miss Ambrose aus.«

Ja, dachte Nigel, das ist alles sehr einfach und zivilisiert, aber wie viele große Geschäftsleute haben auch Sie nicht viel Zeit für moralische Probleme.

III

Clare und Nigel saßen vor einem kleinen Café mit Blick auf den Hafen, auf dem Tisch standen Gläser mit Ouzo und Eiswasser. Die gesamte Bevölkerung von Kalymnos, so schien es, war gekommen, um die Besucher zu inspizieren. Ein hübscher Junge, der ein Tablett mit Kuchen trug, blieb an ihrem Tisch stehen, wurde vom Besitzer des Cafés weggeschickt, kam aber bald darauf wieder zurück. Nigel kaufte ein paar Kuchen, dann holte Clare ihr Skizzenbuch heraus und begann eine rasche Skizze des Jungen. Sofort versammelte sich eine Schar von Kindern, die von einem Fremdenverkehrspolizisten auseinandergetrieben wurde und sich erneut zusammenfand, sobald er weitergegangen war. Barfüßig, dunkelhäutig, zerlumpt, hatten sie genug Vitalität, um eine Fabrik zu betreiben. Die Mädchen neigten dazu, sich in einiger Entfernung kichernd zu gruppieren; die Jungen waren mutiger, sie drängten sich um Clare, hauchten ihr in den Nacken und ermutigten den Kuchenjungen, der vor Clare die verschiedensten Posen einnahm.

Dann nahm sie das Blatt heraus und zeigte ihm ihre Skizze. Er hielt sie in beiden Händen, mit einer natürlichen Ehrfurcht, die sie sehr berührte. Dann wählte er vier weitere Kuchen aus und gab sie ihr, wobei sein Gesicht vor Freude und Stolz förmlich leuchtete.

Ein größerer, mürrisch aussehender Junge, der in der Nähe stand, sich von der allgemeinen Verbrüderung aber distanziert hatte, entfernte sich nun.

»Beachten Sie ihn nicht. Er ist Kommunist«, sagte der Kuchenjunge.

»Du sprichst also Englisch.«

»Ich lerne es in der Schule.«

»Willst du nach Amerika gehen?«

»Nein. Ich bleibe hier. Mein Vater ist der am meisten gute Bäcker auf Kalymnos. Dann werde ich auch der meist gute sein.«

Nachdem sie eine Weile geplaudert hatten, kam der mürrisch wirkende Junge zurück, mit einem kleinen Oktopus, der sich um Hand und Handgelenk wickelte. Er schlug den Oktopus immer wieder auf das Kopfsteinpflaster. Clare wollte gerade protestieren, aber der Kuchenjunge sagte: »Macht mehr weich. Gut zu essen.«

Der mürrische Junge, der sein Haar zurückwarf und Clare schüchtern anlächelte, bot ihr den Oktopus an. Sie nahm ihn mit allen Anzeichen von Freude an. Nach einer taktvollen Pause gab Nigel dem Jungen einen 50-Drachmen-Schein. Dieser starrte ihn an: Erstaunen, Misstrauen. Gier und Stolz jagten über sein Gesicht. Dann strahlte er von einem Ohr zum anderen und rannte mit dem Geldschein davon, als hätte er ihn gestohlen. Die schreiende Kinderschar verfolgte ihn;

zwei von ihnen stürzten sich vor lauter Aufregung vom Kai ins Meer.

»Was um alles in der Welt soll ich mit diesem Oktopus machen?«, fragte Clare verzweifelt. »Er ist noch nicht tot.«

»Iss ihn lebendig, Darling.«

»Ich mag ihn nicht mal gekocht. Es ist, als würde man Streifen von Gummibällen essen. Hallo, ist das nicht Nikki?«

Nachdem sich die Kinder zerstreut hatten, konnten sie den gesamten Kai entlang bis zu den Hafenbüros sehen, in deren Nähe sie von Bord gegangen waren. Die breitschultrige Gestalt der Kreuzfahrtmanagers entfernte sich etwa hundert Meter vor ihnen. Er war allein. Er blickte sich ein- oder zweimal um, und sein Gang war der eines Mannes, der, ohne auf Zehenspitzen zu gehen, versucht, nicht aufzufallen. Er ging dicht an den Mauern der weißblauen Häuser entlang, in ihrem Schatten, und war im nächsten Augenblick nicht mehr zu sehen.

»Ein Kater auf Beutezug«, sagte Clare träge. »Er ist hinter deiner bezaubernden Brünetten her, wollen wir wetten?«

»Sie ist nicht meine ... Wie kommst du nur darauf?«

»Nach dem Frühstück entdeckte ich sie auf der Sonnenterrasse. Nikki hat Melissa die Landschaft gezeigt. Er deutete auf die linke Seite des Hafens – die Richtung, in die er jetzt geht.«

»Na dann viel Glück für ihn. Aber«, fügte er hinzu, indem er Clares Gedanken wieder aufnahm, »wie werden sie Ianthe loswerden?«

»Du siehst sehr hübsch aus, Liebling«, sagte Clare. »Auf deine verwahrloste Art.«

Nigel starrte sie an. Die Kaskade ihres schwarzen Haars,

die ihr über die Schulter fiel; die Haut, weiß und glänzend wie Magnolienblüten, die die Sonne kaum berührt hatte; die tiefen, dunklen, samtigen Augen; der blassrosafarbene Mund. Er schien Clare zum ersten Mal zu sehen. Wie oft hatte sie ihn schon dazu gebracht, sie zum ersten Mal zu sehen!

»Ja?«, sagte er.

»Ja.« Sie atmete ein wenig schneller, und das Blut färbte schwach ihre bleiche Haut.

»Sollen wir zurück zum Schiff gehen?«

»Nein. Ich will die Sonne auf mir haben. Dich und die Sonne!«

»Dann lass uns die Insel erkunden.«

»Lass uns die Insel erkunden.«

IV

»Wovor haben Sie Angst?«, fragte Faith Trubody. Sie zitterte selbst am ganzen Körper.

»Vor Ihnen, meine Liebe. Und vor mir.« Jeremy Street blickte sich mit einem beunruhigten Blick um. Der Hang fiel zu ihren Füßen ab, steinig und leer. Die Kiefern über ihnen flüsterten nicht einmal. Es war früher Nachmittag.

»Verstehen Sie nicht? Ich liebe Sie«, sagte das Mädchen eindringlich, fast wütend.

»Sie sind sehr süß, Faith. Und sehr jung.«

»Ich bin siebzehn.«

»Und ich bin fast dreimal so alt wie Sie.«

»Was spielt das Alter für eine Rolle?« Die Stimme des Mädchens klang wütend, und ihre unregelmäßigen Zähne waren zu sehen.

»Sie sehen aus wie ein kleiner grimmiger, knurrender Fuchs.«

Faith zitterte erneut. »Wenn Sie mit mir sprechen, fange ich an zu zittern, wie die Pedaltöne einer Orgel. Ich kann nicht anders.«

Ein Ausdruck von Müdigkeit überzog das Gesicht des Mannes. Diese sehnsüchtigen Frauen und ihr pathetisches, pseudo-literarisches Gerede.

»Sehen Sie, Faith, Sie sind noch ein Kind. Ihr Vater vertraut mir.«

»Mein Vater sei verflucht! Und wenn Sie mir noch einmal sagen, ich sei ein Kind, schlage ich Sie. Aber ich nehme an, Sie haben Dutzende von Frauen, die sich Ihnen an den Hals werfen.«

»Meine Güte, nein, ich bin jetzt ein alter Knacker.« Zum ersten Mal lag eine Spur von echter Emotion in Jeremy Streets Stimme – die Emotion des Selbstmitleids.

»Sie ein alter Knacker. Alle finden Sie wunderbar – Ihre Vorträge, Ihre Bücher. Alle«, fügte sie mit der verhängnisvollen Ehrlichkeit der Jugend hinzu, »Alle außer die Bross.«

Der Schulmädchen-Spitzname irritierte Jeremy. Eine weitere Welle der Depression, tödlich wie Übelkeit, überkam ihn. Er dachte an sein schwindendes privates Einkommen, an die sinkenden Verkaufszahlen seiner Bücher, an die nachlassende Nachfrage nach seinen Diensten als Dozent. Die Flaute hatte begonnen, davon war er überzeugt, als Miss Ambrose vor drei Jahren begonnen hatte, ihn im *Journal of Classical Studies* anzugreifen.

Sie war wie eine ätzende Säure, die an seinem Stolz und seinem Geldbeutel nagte. Seine Abneigung gegen diese Frau hatte sich seit Langem aufgestaut und vergiftete sein System umso mehr, als seine Eitelkeit ihn daran hinderte, jemandem zu offenbaren, wie tief sie ihn verletzte. Seine Angst vor dem Scheitern konzentrierte sich nun auf Ianthe Ambrose. Der Groll hatte sich zu Hass gesteigert – und könnte bald zu einer Monomanie werden. Die öffentliche Demütigung, die sie ihm nach seinem letzten Vortrag zugefügt hatte, nagte an ihm wie ein chronisches Sodbrennen.

»Worüber denken Sie nach?«, fragte Faith.

»Miss Ambrose.«

»Oh, Sie müssen sich keine Sorgen um sie machen. Sie ist nur eine verbitterte alte Lesbe.«

»Ich mache mir keine Sorgen um sie«, erwiderte der Mann gereizt. »Aber sie ist ein öffentliches Ärgernis.«

»Ich hasse sie eigentlich auch.«

Jeremy sah auf das Mädchen hinunter, das neben ihm lag. Seine Verzweiflung über Ianthe und seine uneingestandene Angst vor ihr wurden plötzlich auf eine leichtere Beute übertragen. Er zog Faith auf seinen Schoß und begann sie heftig zu küssen, als würde er seine aufgestaute Wut an dem Mädchen auslassen. Sie erstarrte, ihre scharfen Zähne pressten sich zu einer Art Grimasse zusammen, dann aber wurde sie weicher und schlang ihre Arme um seinen Hals.

Sie lehnte sich an Jeremys Schulter und sagte:

»So ist es also?«

»Wie?«, murmelte er.

»Hart, grausam. Als würdest du mich hassen.«

»Ich sollte mich dafür hassen.«

Faith schüttelte ungeduldig ihren blonden Kopf. Trotz ihrer Verliebtheit konnte sie jetzt Unaufrichtigkeit erkennen, wenn sie sie hörte.

»Dich hassen? Nur weil du mich geküsst hast? Sei nicht albern.«

Die leichte Verachtung in ihrer Stimme kitzelte seine Eitelkeit. Er drückte sie zu Boden und wollte schon über den Kuss hinausgehen, als ein Lichtblitz am Hang, hundert Meter entfernt, seinen Blick auf sich zog.

»Was ist das?«

»Na los! Liebe mich!« Die Augen des Mädchens waren geschlossen.

»Ich glaube, jemand beobachtet uns. Ein Fernglas! Ich habe etwas aufblitzen sehen.«

»Oh, verdammt!«

Die kindliche Grobheit ließ ihn vor Abscheu zusammenzucken. Er wich vor dem erröteten, zerzausten Mädchen zurück. Aber wenn sie beobachtet worden waren, würde alles von ihm abhängen. Mr Trubody war ein einflussreicher Mann.

»Dein Vater würde vor Wut explodieren.«

»Daddy? Warum sollte er davon wissen?«

»Ich meine, wenn ich ihm sagen würde, dass ich dich heiraten will.«

»Mich *heiraten*?« Faith setzte sich kerzengerade auf. Oh Gott, dachte Jeremy, gleich wird sie »toll« sagen.

»Oh nein, Jeremy. Das ist etwas ganz anderes. Ich will dich nicht *heiraten*. Ich will überhaupt nicht heiraten.«

»Also, was zum Teufel ...«

»Natürlich bin ich verrückt nach dir. Aber ich will Erfahrungen machen.«

»Oh, ich verstehe«, sagte er, aufs Höchste verwirrt. »Ich soll dir einen Grundkurs in Sex geben? Ist es das, was du willst? Nun, du scheinst ja wohl einen zu brauchen.«

Faith lächelte innerlich. Sie kostete zum ersten Mal die Macht einer Frau, und der Geschmack gefiel ihr. Ihre grünen Augen blickten in seine, jetzt nicht mehr schüchtern. »Du willst mich doch«, sagte sie.

»Ich will nicht, dass die Person mit dem Fernglas zu deinem Vater rennt und ihm sagt, dass ich versucht habe, dich zu verführen.«

»Ja. Das wäre ein bisschen peinlich.«

»Peinlich!« In Jeremys Kopf herrschte ein Wirrwarr von Gedanken. Ianthe Ambrose war auch für dieses neue Dilemma verantwortlich. Wäre ihre Feindseligkeit nicht zu einer Besessenheit für ihn geworden, wäre er niemals in diese unangenehme Situation mit Faith geraten. Irgendwie musste Ianthe zum Schweigen gebracht werden. Und dann war da noch Mr Trubody. Geld und Einfluss. Jeremy hatte sich während der Kreuzfahrt mit den Trubodys versöhnt, mit dem Plan, einen Teil des Trubody-Vermögens in ein kulturelles Projekt umzuleiten, von dem er selbst in hohem Maße profitieren würde. Er hatte das Thema »Big Business als Mäzen der Künste« aufgegriffen und sich herausgeputzt, um Mr Trubody zu beeindrucken. Aber Ianthes Auftritt bei seinem letzten Vortrag hatte wohl all seine Bemühungen zunichte gemacht. Faith zu heiraten – und natürlich, so redete er sich ein, hatte er es nie ernsthaft vorgehabt – wäre in der Tat ein verzweifeltes Unterfangen gewesen. Heute Abend, vor dem Tanz, musste er wieder einen Vortrag halten, vielleicht seine letzte Chance, sich in Trubodys scharfen Augen wieder als würdiger Kandidat für die Schirmherrschaft zu etablieren. Ja, die Sache mit Ianthe Ambrose musste geregelt werden, und zwar schnell.

Er blickte auf die Uhr, stand abrupt auf und schulterte den Rucksack, in dem sie ihr Picknick mitgenommen hatten.

»Ich muss los«, sagte er, ohne das Mädchen anzusehen. Selbst in seinem jetzigen Gemütszustand war er pikiert, weil sie keinen Versuch machte, ihn aufzuhalten.

Er machte sich auf den Weg den Hang hinunter. Faith lehnte sich unter den Kiefern zurück, ein leichtes, verschlagenes Lächeln auf dem Gesicht, fast so etwas wie Schadenfreude. Der gleiche Gesichtsausdruck lag auf dem Gesicht des Mannes, der jetzt, unbemerkt von Faith, hundert Meter entfernt hinter dem Felsen hervorkam und mit seiner Kamera um den Hals Jeremy Street hinunter zum Hafen folgte.

v

Später am Nachmittag stapften Primrose Chalmers und ihre Eltern den staubigen Weg entlang, der vom Hafen nach Westen führte. Sie hatten am Vormittag ein venezianisches *Castro* in den Hügeln besichtigt, ein Picknick und eine Siesta gemacht und waren nun auf der Suche nach einem Platz zum Baden.

Etwa eine Meile von der kleinen Stadt entfernt, bog der gewundene Weg nach rechts um einen Steilhang herum ab, und eine tiefe Bucht wurde sichtbar. Auf der anderen Seite der Bucht gab es einen Felsen, und oberhalb davon verschwand der Weg um einen weiteren Steilhang. Zwischen diesen Felsen saßen zwei Frauen. Die leuchtend gelbe Badekappe von Melissa Blaydon hob sich wie eine Koralle von einem grauschwarzen Felsen ab.

Die Chalmers umrundeten die Bucht und grüßten die beiden Frauen von der Straße oben.

»Hallo! Was für einen wunderbaren Platz zum Baden Sie da gefunden haben. Dürfen wir ihn mit Ihnen teilen?«

»Er ist nicht gut«, rief Ianthe Ambrose, die aufgestanden war. »Völlig schwarz von Seeigeln. Wir nehmen nur ein Sonnenbad.«

Eine halbe Meile weiter gebe es einen sicheren Strand, fügte sie hinzu.

»Jetzt sind wir sie los«, sagte sie zu Melissa, als die Chalmers um den Steilhang herumgegangen waren. »Ich könnte dieses abscheuliche Kind nicht einen ganzen Nachmittag lang ertragen.«

»Meint ihr, dass es dort wirklich Seeigel gibt?«, fragte das abscheuliche Kind seine Eltern. »Oder will sie alles für sich allein haben?«

»Nun, Nikki hat uns davor gewarnt, zu einem der normalen Badestrände zu gehen.«

»Das Wasser dort sah schön tief aus. Ich wette, Nikki hat Mrs Blaydon heimlich davon erzählt, damit sie ganz allein dort baden kann.«

»Komm schon, Primrose. Das ist keine sehr selbstlose Bemerkung«, sagte ihre Mutter.

»Nikki ist nicht sehr selbstlos, wenn es um Mrs Blaydon geht«, erwiderte das Kind entschieden.

»Es ist unklug, Primrose«, erklärte ihr Vater, »jedes Problem, das mit Sexualität zu tun hat, zu sehr zu vereinfachen.« Er setzte sein Thema fort, und Primrose ging mit vorgeschobener Unterlippe neben ihm her, bis der Weg sie zu einem Streifen Betonpflaster, ein paar verlassenen Hütten und einem kleinen, steinigen Strand unter ihnen führte.

Es war keine sehr einladende Stelle zum Baden, aber wenigstens gab es keine unmittelbar sichtbaren Felsen und somit auch keine Seeigel.

Primrose planschte eine Weile, mit den Gedanken anderswo, dann zog sie sich wieder an und verließ ihre Eltern, die gerade Melanie Kleins Erkenntnisse über die Bedeutung der Unfähigkeit zu trauern diskutierten. Sie ging eine halbe Meile auf der holperigen Straße zurück, da sie eigene Nachforschungen anstellen musste, und sah sich rund um den Steilhang um, der über die Westseite der Bucht hinausragte.

Neugier hatte sie hierher geführt, aber Angst hielt sie ab, sich weiter zu nähern. Sie wollte ihre Theorie beweisen, dass die Bucht wirklich ein sicherer, idealer Ort zum Baden war, aber sie hatte einen gewissen Respekt vor Miss Ambroses Zunge – die Lehrerinnen an ihrer eigenen fortschrittlichen Schule hatten nie, auch nicht, wenn sie bis aufs Äußerste provoziert wurden, so mit ihr gesprochen wie Miss Ambrose. Es wäre erfreulich, dachte Primrose, wenn sie beweisen könnte, dass Miss Ambrose über das Vorhandensein von Seeigeln gelogen hatte.

Leider verbarg der steile, felsige Hang zwischen dem Weg und dem Meer die Stelle, an der sich die beiden Schwestern gesonnt hatten, als sie über die Böschung blickte. Sie dachte daran, ihn weiter hinaufzuklettern, um sie zu überblicken. Doch in diesem Augenblick fiel ihr Blick auf einen Gegenstand, der allmählich unter dem Überhang der Felsen hervor ins Blickfeld trieb. Aus seiner Form und Farbe schloss sie, was dieser Gegenstand sein musste – ihre Sehkraft reichte nicht aus, um es deutlich zu erkennen. Einen Augenblick lang geschah nichts weiter. Dann ertönte ein plätscherndes Geräusch, und der dunkle, schlanke Kopf eines Schwimmers tauchte auf. Der Schwimmer ergriff den Gegenstand, der vom Ufer weggeschwommen war, und schwamm wieder aus Primroses Blickfeld hinaus.

Das Kind verließ seinen Aussichtspunkt, kehrte zum Strand zurück, wo ihre Eltern sich noch immer unterhielten, und holte Notizbuch und Stift aus ihrem Sporran. Der Füllfederhalter war ausgetrocknet. Daher lieh sie sich von ihrem Vater einen Bleistift, setzte sich in einigem Abstand hin und schrieb ihre jüngsten Beobachtungen auf. Ihre Zunge hing an einer Seite ihres Mundes heraus, während sie ihre Notizen machte. Sie war mit sich zufrieden. Miss Ambrose *hatte* gelogen. Gelogen womöglich nicht nur, was die Seeigel betraf, sondern ...

Primrose legte das Notizbuch beiseite und begann, einen Plan zu schmieden.

Eine halbe Stunde später machte sich die Familie Chalmers auf den Rückweg zum Hafen. Die Sonne sank in Richtung Westen, so dass die nähere Seite der Bucht, der sie sich näherten, nun im Schatten lag. Sie umrandeten die Landzunge. Zwischen den Felsen am gegenüberliegenden Ufer der Bucht saß im vollen Sonnenlicht eine Frau im Bademantel. Sie winkte ihnen zu. Als sie näher kamen und sahen, dass es Melissa war, wickelte diese sich ein Handtuch um den Kopf; die gelbe Badekappe, ihr Bikini und ihr Kleid waren auf einem Felsen ausgebreitet, der Weidenkorb stand neben ihr.

»Haben Sie doch gebadet, Mrs Blaydon?«, fragte Frau Chalmers.

»Ja. Auf dieser Seite geht es. Ich fürchte, meine Schwester hat übertrieben.«

»Na dann kommen Sie nicht zu spät. Die *Menelaos* fährt in

einer Dreiviertelstunde ab«, sagte Mr Chalmers und sah Melissa vom Weg aus an.

»Das werde ich nicht.«

»Wo ist Miss Ambrose?«, fragte Primrose.

»Sie ist vorausgegangen. Vielleicht holen Sie sie ein.«

Auf ihrem Weg zurück zum Hafen sahen sie Ianthe Ambrose jedoch nicht. Am Kai wartete eine Gruppe von Passagieren auf das nächste Boot, das sie zur *Menelaos* zurückbringen sollte. Mrs Hale trug einen riesigen Schwamm in ihrem Einkaufsnetz. Auf einem Poller, abseits von den anderen, saß Peter Trubody. Er starrte auf nichts Bestimmtes – oder vielleicht auf ein Bild in seinem Kopf. Die Augen des Jungen hatten einen so gequälten, kranken Ausdruck, seine ganze Haltung war so niedergeschlagen, dass Mr Chalmers ihn fragte, ob es ihm gut gehe.

»Warum sollte es? Sie sind die Dritte, der ... Lassen Sie mich einfach in Ruhe!«, murmelte Peter ungnädig.

Der Junge, dachte Mr Chalmers bei sich, hat ein traumatisches Erlebnis gehabt.

VI

»Oje, bin ich müde«, sagte Clare gähnend. »Und es ist erst sechs Uhr.«

»Das überrascht mich nicht. Wenn man bedenkt ...« Nigels Worte wurden durch ein drittes Brüllen der Dampfpfeife der *Menelaos* unterbrochen, gefolgt vom Schreien und Gestikulieren der Matrosen, die gerade die Gangway hochziehen wollten. Ein Boot verließ den Hafen, ein Mann stand am Bug und winkte wie wild. Als es längsseits kam, sah man in dem

Kaik drei Ruderer, eine Schar von Kindern, Peter Trubody und Melissa Blaydon.

Nigel sah, wie ein Matrose die Gangway hinunterging und ihr heraushalf. Sie hinkte stark. Ihr Gesicht war durch ein Kopftuch halb verdeckt.

»Ich habe mir auf dem Rückweg den Knöchel verstaucht. Schrecklich dumm von mir. Eure verdammten Straßen«, sagte sie zu Nikki, der mit besorgter Miene am Ende der Gangway stand.

»Ich sage Dr. Plunket, dass er in Ihre Kabine kommen soll.«

»Nein, sicher nicht, Nikki. Diese Art der Behandlung brauche ich nicht«, fügte sie leise hinzu und warf dem Kreuzfahrtmanager einen tiefen Blick zu.

Sie kramte in ihrer Tasche, übergab ihre Landgangkarte dem eleganten, weiß gekleideten Quartiermeister, der in der Nähe wartete, bedankte sich bei Peter für seine Begleitung und humpelte mit ihrem Weidenkorb zu ihrer Kabine.

»Sie haben es also geschafft«, bemerkte Clare.

»Wer hat was geschafft?«, fragte Nigel.

»Melissa und Nikki haben es geschafft, Ianthe loszuwerden. Ich muss aber sagen, dass sie es mit der Vorsicht ein wenig übertreiben.«

»Vorsicht?«

»Na ja, sie kommen mit verschiedenen Kaiks zurück. Und Melissa tut so, als hätte sie sich den Knöchel verstaucht, um zu erklären, warum sie so spät dran ist. Sie hätte die Chance ergriffen, dass ein gutaussehender Arzt ihren kleinen Fuß streichelt, wenn damit wirklich etwas nicht in Ordnung wäre.«

»Miez, miez«, sagte Nigel, aber er erinnerte sich an Melissa auf Delos, die ihm ihren hübschen Fuß entgegengestreckt hatte, damit er ihr den Schuh anziehen konnte. »Ich nehme an, Nikki muss vorsichtig sein. Er könnte seinen Job verlieren, wenn es Beschwerden darüber gäbe, dass er mit weiblichen Passagieren anbändelt.«

»Das Einzige, was ich gegen das Kreuzfahrtleben habe«, sagte Clare und gähnte erneut, »ist, dass es uns alle zu Wichtigtuern und Klatschmäulern macht.«

An Bord eines Schiffs verbreiten sich Gerüchte sicherlich schneller und unberechenbarer als anderswo. Eine Stunde später, beim Abendessen, konnte Mrs Hale Clare mit Bestimmtheit mitteilen, dass Ianthe Ambrose am Nachmittag mit einem Sonnenstich auf das Schiff zurückgekehrt und in ihrer Kabine geblieben war, die Dienste des Arztes jedoch abgelehnt hatte. Jeremy Street, fügte sie hinzu, müsse sich freuen: Er werde von Miss Ambroses Aufmerksamkeiten verschont bleiben, wenn er heute Abend seinen Vortrag halte; ein klares Beispiel dafür, dass das Gute aus dem Bösen hervorgeht.

»Und so«, fügte Mrs Hale hinzu, »ist Kalymnos. Ein schrecklicher, steiniger Ort, nichts als Seeigel und Landigel. Aber daraus entstanden ist *das*.« Sie griff unter ihren Stuhl und holte einen monströsen Schwamm hervor, den sie auf den Tisch legte, damit sie ihn bewundern konnten.

»Meine Frau kann sich nicht von ihm trennen«, sagte der Bischof. »Sie trägt ihn überall mit sich herum, wie ein schlechtes Gewissen.«

»Mach keinen Ärger, *bitte*, Schatz. Wir sind im Urlaub.«

Gegen Ende des Abendessens näherte sich Mrs Blaydon mit einem Obstteller ihrem Tisch. Sie trug das indische Tuch über dem Kopf, das ihr schönes Gesicht in ein Oval von leuchtender Farbe verwandelte. Als sie vorbeiging, sagte Mrs Hale:

»Ich hoffe, dass es Ihrer Schwester bald wieder besser geht.«

»Oh, es war nur ein leichter Sonnenstich, danke. Ich bringe ihr etwas Obst. Sie ist fest entschlossen, gleich aufzustehen und den Vortrag zu besuchen.«

Als Melissa weitergegangen war, sagte Mrs Hale: »Ich fürchte, Mr Street wird noch mehr Ärger bekommen. Die lustige Witwe hat sich heute Abend ganz schön stark geschminkt.«

»Ihr Teint muss mit diesem indischen Tuch konkurrieren«, sagte Clare.

»Und mit deinem, meine Liebe, beim Tanzen.«

»Aber so, wie sie hinkt, wird sie nicht tanzen können«, sagte der Bischof.

»Sie kann aber draußen sitzen«, erwiderte seine Frau, deren braune Augen vor Schalk leuchteten.

»Sie würden nie vermuten«, sagte der Bischof zu Clare und Nigel, »dass meine Frau wirklich eine der gutherzigsten Frauen der Welt ist, wenn sich jemand in Schwierigkeiten befindet.«

Mrs Hale errötete angesichts des Lobes und des impliziten sanften Tadels.

Der Tanz sollte um 21:30 Uhr im großen Salon auf dem Vorschiff beginnen. Der Vortrag von Jeremy Street, der auf dem Schiffsdeck achtern gehalten werden sollte, war von 21 Uhr bis 21:30 Uhr angesetzt. Die Stühle im Salon waren an die Wände geschoben worden, und die drei griechischen Musiker wärmten sich mit Bouzouki-Liedern auf. Nigel saß mit Clare auf einem Platz neben einem der Fenster mit Blick auf das Vorschiff, lauschte den virilen, mitreißenden Melodien und beschloss, sich den Vortrag nicht anzuhören. Er bemerkte Melissa Blaydon an der Bar und auch, wie sehr sich die Musiker ihrer Anwesenheit dort bewusst waren. Die Trubodys saßen in einer Gruppe auf der gegenüberliegenden Seite des Salons. Jeremy Street war ausnahmsweise bei ihnen; Peter betrachtete Melissa Blaydon auf der anderen Seite des Raums mit einem Ausdruck, den Nigel beunruhigend fand.

In diesem Augenblick verließ Melissa den Salon. Die Musik schien ein wenig von ihrem Funkeln zu verlieren. Peter Trubody starrte mürrisch vor sich hin. Etwa zehn Minuten später leerte sich der Salon ein wenig, als einige Passagiere zum Vortrag gingen. Das Schiff schlingerte jetzt. Wind war aufgekommen, und auf dem ungeschützten Schiffsdeck würde Jeremy Street Mühe haben, sich Gehör zu verschaffen. Da einige der Fenster geöffnet waren, untermalte das Rauschen der Wellen das Stakkato der griechischen Musik.

»Nigel, mach das Fenster zu. Mein Haar wird in alle Richtungen geweht«, sagte Clare, nachdem sie eine Weile zugehört hatte. Die Musiker hatten soeben ein weiteres Lied beendet. Er kurbelte gerade das Fenster hoch, als er inmitten des Meeresrauschens einen leisen Schrei und ein Platschen hörte. Vielleicht zehn Sekunden später wiederholten sich die Geräusche. Im Swimmingpool des Schiffs tummelten sich noch immer Menschen. Nigel schaute hinaus, aber die Überdachung des Beckens verhinderte, dass er etwas sehen konnte. Zu spät zum Baden, dachte er und schaute automatisch auf seine Uhr, die 21:13 Uhr anzeigte. Er kurbelte das Fenster ganz hoch.

Etwa zehn Minuten später kam Nikki in den Salon. Er sprach kurz mit den Musiken, sah sich um im Saal, wie um sich zu vergewissern, dass alles für den Tanz bereit war, und bleckte die Zähne in Richtung Clare. Aber er tat all dies, so hatte Nigel das vage Gefühl, ohne seinen üblichen Elan. Nikki schien – besorgt? Ein wenig unsicher? Verwirrt?

Es blieb keine Zeit, darüber zu spekulieren. Der Salon füllte sich allmählich wieder. An der Bar herrschte reger Betrieb. Die Musiker, gestärkt vom Ouzo, nahmen ihre Plätze wieder ein und begannen, die Geige und die Gitarre neu auf das Klavier einzustimmen.

Ivor Bentinck-Jones, der ein schreckliches Hawaii-Hemd trug, war in seinem Element und wuselte zwischen den Musikern, den vornehmeren Passagieren und Nikki hin und her. Wie Clare bemerkte, war er der geborene Zeremonienmeister.

Der Tanz begann kurz nach 21:30 Uhr. Während des zweiten Foxtrotts hatte Melissa Blaydon ihren Auftritt. Sie war ein atemberaubender Anblick, in einem goldenen und purpurroten Sari. Sie humpelte zur Bar, bestellte einen Brandy und setzte sich auf einen hohen Hocker, von wo sie aus der Ferne geheimnisvoll in die Runde lächelte.

Während einer Pause, in der Ivor Bentinck-Jones versuchte, einen Highland Reel zu organisieren und den Musikern den Rhythmus zu vermitteln (»Der Mann war noch nie näher an Schottland als das Ende eine Whiskyflasche«, kommentierte Mrs Hale.), bemerkte Nigel, wie Mr und Mrs Chalmers den Salon betraten, sich ängstlich umsahen und sich dann wieder zurückzogen. Zehn Minuten später waren sie wieder da. Mr Chalmers nahm Nikki zur Seite. Der Kreuzfahrtmanager wartete, bis die Musiker ihre Nummer beendet hatten, und ging dann zur Lautsprecheranlage, die auf dem ganzen Schiff zu hören war.

»Ich habe eine Nachricht für Primrose Chalmers. Primrose Chalmers möchte sofort nach vorne in den großen Salon kommen. Deine Eltern warten dort auf dich.«

Der Tanz wurde fortgesetzt. Nigel, der hinüberging, um einen Drink für Clare zu holen, traf Peter Trubody mit Mrs Blaydon an der Bar.

»Sie sehen in diesem Kleid einfach fantastisch aus«, sagte der Junge enthusiastisch mit seiner tiefen Stimme.

»Danke, Sir.«

»Was haben Sie in Ihrem Haar?«

»Das ist parfümiertes Öl, das ich draufsprühe«, sagte Melissa und ordnete mit einer zarten Geste den Sari, der auf ihrem Kopf ein wenig verrutscht war und den dunklen, nassen Glanz ihres Haars enthüllte.

»Schade, dass Sie heute Abend nicht tanzen können«, sagte der Junge. »Ich hätte so gern mit Ihnen getanzt.«

»Das nächste Mal, Peter.«

Nikki unterhielt sich ernst mit dem Ersten Offizier, einem eleganten jungen Mann in weißer Uniform mit blau-goldenen Schulterklappen. Nigel brachte Clare ihren Drink. Nikki ergriff das Mikrofon und wiederholte die Nachricht für Primrose Chalmers. Das Tanzen ging weiter, aber nur noch halbherzig. Irgendeine Vorahnung schien ihren Schatten auf die Nachtschwärmer zu werfen, trotz der Bemühungen von Herrn Bentinck-Jones, für Stimmung zu sorgen.

Als Nigel, nachdem Primrose auch auf die zweite Durchsage nicht reagiert hatte, zu der kleinen Gruppe nahe der Tür zum Salon ging, sah er Bentinck-Jones in unmittelbarer Nähe. Nikki teilte den Chalmers mit, dass er eine Durchsuchung des Schiffs veranlassen würde. Sie hatten selbst schon überall nach ihrer Tochter gesucht, die sich noch vor Ende des Vortrags davongemacht hatte und seitdem nicht mehr gesehen worden war. Ihre Schlafenszeit sei schon lange überschritten, sagte Mrs Chalmers.

Nikki sprach mit dem Ersten Offizier. Als dieser sich gerade auf den Weg machen wollte, zog Nigel Nikki außer Hörweite der Eltern. »Sagen Sie ihnen, dass sie den Swimmingpool bei ihrer Durchsuchung nicht vergessen sollen.«

Der Kreuzfahrtmanager starrte Nigel erstaunt und mit einer Spur von Misstrauen an. Er wandte sich jedoch erneut in schnellem Stakkato an den Ersten Offizier.

Nikkis Unruhe, die jetzt offensichtlich war, steckte alle an. Das Tanzen hörte auf, und die Passagiere standen unruhig herum oder gingen an Deck. Mrs Blaydon hatte den Salon verlassen, ebenso wie Bentinck-Jones. Nigel dachte über den Impuls nach, der ihn veranlasst hatte, auf den Swimmingpool hinzuweisen; ein paar leise Schreie, ein paar Platscher – alles deutete darauf hin, dass die Leute dort nur herumgealbert hatten, wie er ursprünglich angenommen hatte.

Es schien sehr lange zu dauern, ein Schiff zu durchsuchen. Es gab vielleicht 70 Kabinen, die Küchen, den Maschinenraum, die Boote – das Kind könnte überall eingeschlafen sein, oder es könnte, da die *Menelaos* heftig geschlingert hatte, über Bord gegangen sein.

Mehr als eine halbe Stunde später betrat Nikki den Salon und winkte dem rothaarigen Dr. Plunket zu. Nigel folgte den beiden über das Promenadendeck auf das Vorschiff. Der Erste Offizier war da, und zwei Matrosen, einer von ihnen klatschnass, aber ausnahmsweise nicht der allgegenwärtige Ivor Bentinck-Jones. Auf dem Eisendeck lag die Leiche des

Kindes Primrose. Sie war vollständig bekleidet, einschließlich des Sporrans.

»Mein Gott, das ist ja furchtbar«, rief Nikki. »Ein Unfall auf unserer ersten Kreuzfahrt. Was werden die Direktoren sagen? Sind Sie sicher, dass sie tot ist, Doktor?«

Dr. Plunket kniete neben der Leiche und blickte auf. »Sie ist wirklich tot. Aber es war kein Unfall.« Er deutete auf den Hals des Kindes, wo im Licht der Bogenlampe, die am Vorschiff hing, hässliche Blutergüsse zu sehen waren. »Erwürgt und dann in den Pool geworfen, würde ich sagen.«

Der Kreuzfahrtmanager sah halb wahnsinnig aus. »Wie soll ich das der Mutter dieses armen Kindes beibringen?«

»Nikki«, sagte Nigel schroff, »gehen Sie zu Mrs Hale, Sie wissen schon, der Frau des Bischofs von Solway. Sagen Sie ihr, was passiert ist. Bitten Sie sie, es den Eltern des Kindes mitzuteilen.«

»Ja, ja. Eine sehr gute Idee. Ich gehe.«

Nikki entfernte sich. Aus dem Salon über ihnen ertönte Musik. Die Musiker versuchten, die Stimmung wieder anzukurbeln. »Das sollte *Nearer, my God, to Thee* sein, oder?«, bemerkte Dr. Plunket trocken.

»Sehen Sie doch mal in ihrem Sporran nach, Doktor«, sagte Nigel eindringlich. »Ist da ein Notizbuch drin?«

»Nein. Ein Taschentuch, ein Bleistift, ein Kugelschreiber, ein Miniatur-Golliwog«, sagte der Doktor, während er diese Gegenstände neben der Leiche auf das Deck legte. »Kein Notizbuch. Was soll das? Wir sollten nichts anfassen, bis die Polizei ... verdammt, ich hatte vergessen, wo wir sind.«

»Die Polizei *ist* hier, mehr oder weniger.«

»Was zum Teufel ...?«

Nigel sprach schnell, ein oder zwei Minuten lang. Die griechischen Matrosen sahen ihn neugierig an; einer von ihnen hob den Miniatur-Golliwog auf, streichelte seinen wolligen Kopf und legte ihn wieder hin.

»Ich verstehe«, sagte Dr. Plunket. »Das ist die Identität des Mannes, den ich in meiner Kabine beherbergt habe. Nun, Sie haben eine verdammt schwierige Aufgabe vor sich.«

Wie viel Arbeit das sein würde, wurde Nigel zehn Minuten später klar. Der Erste Offizier war mit zwei weiteren Matrosen gekommen, die eine Bahre trugen. Primroses Leiche war in ihre Kabine gebracht worden. Das Gerücht hatte sich verbreitet, und Passagiere strömten zum Vorschiff. Dr. Plunket bahnte sich, der Bahre folgend, einen Weg durch die Flut der Passagiere. Nigel ging in den Salon, um nach Clare zu sehen.

Als er eintrat, sah er Nikki, der wie eine Gestalt aus einem wiederkehrenden Albtraum zur Lautsprecheranlage ging. Er schwitzte; sein dunkler Teint war zu einem schlammig gelben Gesicht verblasst, und er hatte seine Stimme kaum unter Kontrolle. Er nahm das Mikrofon und sagte:

»Ich habe eine Nachricht für Miss Ambrose. Miss Ianthe Ambrose. Miss Ambrose wird gebeten, sich sofort in ihre Kabine zu begeben, wo ihre Schwester auf sie wartet. Jeder Passagier, der Miss Ambrose seit dem Vortrag heute Abend gesehen hat, möchte sich bitte in den vorderen Salon auf dem Promenadendeck begeben und mich informieren. Hier spricht der Kreuzfahrtmanager.«

UNTERSUCHUNG

1

Die *Menelaos* neigte sich heftig nach Steuerbord und drehte sich. Ihr Suchscheinwerfer zeichnete einen Bogen über das Meer; auf der Brücke und am Bug hielten Matrosen Ausschau. Es musste getan werden, aber die Schiffsoffiziere wussten, dass die Suche aussichtslos war. Ianthe Ambrose hätte nach 21:10 Uhr jederzeit über Bord gehen können, nachdem sie gesehen worden war, wie sie den Vortag verlassen hatte. Ihrer eigenen Aussage nach konnte sie nicht schwimmen.

Es war jetzt fast zwei Uhr morgens. Der Kapitän gab dem Zweiten Offizier ein Zeichen, und dieser ging ins Ruderhaus. Der Telegraf ertönte; die *Menelaos*, die bei der Kreuz-und-quer-Suche ein Stück zurück in Richtung Kalymnos gefahren war, wendete jetzt und nahm mit voller Geschwindigkeit Kurs nach Westen in Richtung Athen. Der Kapitän stand über Funk mit seinen Eignern in Verbindung, die ihn angewiesen hatten, die Dauer der Suche nach eigenem Ermessen zu bestimmen, dann die Fahrt abzubrechen und direkt nach Athen zurückzukehren. Dort würden die griechische Polizei und die britische Botschaft die Angelegenheiten regeln.

Nigel Strangeways, der dem Kapitän seine Beglaubigungsschreiben gezeigt und die Erlaubnis erhalten hatte, eine vorläufige, halboffizielle Untersuchung durchzuführen, saß nun in der Kabine des Kapitäns. Ebenfalls anwesend waren der Kreuzfahrtmanager, Dr. Plunket und der Erste Offizier. Der Kapitän, ein grauhaariger Mann mit einer Hakennase und einem schroffen Auftreten, forderte Nigel auf zu beginnen; er verstand ein gewisses Maß an Englisch, bat Nikki aber, hin und wieder zu dolmetschen.

»Ich werde Ihnen zuerst die Fakten darlegen, meine Herren«, sagte Nigel. »Mr Chalmers besuchte den Vortrag mit seiner Frau und seiner Tochter. Miss Ambrose saß am Ende der Reihe ihnen gegenüber. Er bemerkte, dass sie sich in einem sehr bedrückten Zustand befand; sie saß zusammengesunken da, das Gesicht in die Hände gestützt, und gelegentlich murmelte oder stöhnte sie vor sich hin. Mr Chalmers vermutete, dass das Murmeln und Stöhnen als Protest gegen den Vortrag zu verstehen war – sie war wenig erbaut von Mr Streets Fähigkeiten ...«

»Erbaut?«, fragte der Kapitän.

»Entschuldigung. Sie hielt ihn für einen Scharlatan, sie fand seine Arbeit schlecht.«

»Aber Mr Street ist ein sehr berühmter ...«, protestierte Nikki. Der grauhaarige Kapitän unterbrach ihn mit einer schroffen Handbewegung.

»Der Vortrag begann pünktlich um 21 Uhr. Etwa zehn Minuten nach Beginn hörte Mr Chalmers, wie Miss Ambrose einen lauten Seufzer von sich gab. Dann stand sie auf und ging. Mehrere andere Passagiere bestätigten dies. Primrose Chalmers, die am Ende ihrer Reihe saß, hat sich *möglicherweise* unmittelbar nach Miss Ambrose davongestohlen. Ihre Eltern bemerkten erst ein oder zwei Minuten später, dass sie weg war, und es gibt noch keine Augenzeugen für ihr Verschwinden – es ist ziemlich dunkel auf dem Schiffsdeck zu dieser Zeit, und das Publikum hörte sehr aufmerksam zu. Mr Street war anscheinend besonders gut in Form. Nun, Miss Ambrose verließ den Vortrag um etwa 21:10 Uhr und Primrose zwischen 21:10 und 21:12 Uhr.«

»Sie glauben, dass es eine geheime Absprache zwischen ihnen gab?«, fragte der rothaarige Doktor Plunket.

»Absprache?«, fragte der Kapitän.

Nikki übersetzte.

»Keine Absprache«, sagte Nigel. »Irgendeine *Verbindung* zwischen Miss Ambrose und Primroses Weggehen. Um 21:13 Uhr hörte ich, als ich an einem Fenster im großen Salon über dem Swimmingpool saß, einen leisen Schrei und ein Platschen. Etwa zehn Sekunden später wiederholten sich diese Geräusche. Ich schaute hinaus, konnte aber nichts sehen – die Überdachung des Swimmingpools war noch an ihrem Platz.«

Der Kapitän sprach kurz mit dem Ersten Offizier. Nigel vermutete, dass er sich fragte, warum zum Teufel das Vordach angesichts des starken Windes, der zu dieser Zeit wehte, nicht abgenommen worden war.

»Ich nahm an, dass ein paar Passagiere noch im Pool herumplanschten. Als ich jedoch hörte, dass Primrose vermisst wurde, riet ich Nikki, den Swimmingpool durchsuchen zu lassen. Ihre Leiche wurde, wie Sie wissen, knapp unter der Wasseroberfläche gefunden. Wir haben noch keinen Beweis dafür, dass sie unmittelbar nach Verlassen des Vortrags getötet wurde. Wir müssen uns morgen erkundigen, ob jemand sie zwischen diesem Zeitpunkt und der Entdeckung der Leiche gesehen hat und ob sich andere Passagiere um 21:13 Uhr im Swimmingpool aufgehalten haben.«

Der Kapitän, der Nigel aufmerksam beobachtete, nickte zustimmend.

»Nehmen wir für den Augenblick an«, fuhr Nigel fort, »dass die Geräusche, die ich gehört habe, von Primrose und ihrem Mörder stammen. Wie sollen wir sie deuten? *Zwei* Schreie und *zwei* Platscher im Abstand von zehn Sekunden?«

»Bevor in Athen keine Autopsie durchgeführt wurde«, fügte Dr. Plunket hinzu, »können wir nicht mit Sicherheit sagen, ob sie im Swimmingpool erwürgt oder außerhalb des Beckens erwürgt und dann hineingeworfen wurde. Aber die Tatsache, dass die Leiche knapp unter der Wasseroberfläche gefunden wurde, deutet stark auf Ersteres hin. Wenn sie geschrien hätte, als sie in den Pool fiel oder geworfen wurde, wäre ihr Mund offen gewesen und sie hätte so viel Wasser in die Lunge bekommen, dass die Leiche tiefer gesunken wäre. Ihre Kleidung hätte sie außerdem nach unten gezogen.«

Er sprach schnell, und Nikki musste für den Kapitän übersetzen. Während er dies tat, sah Nigel vor seinem geistigen Auge die unansehnliche Leiche von Primrose, die zwischen diesen riesigen Eiswürfeln abgelegt worden war, die, wie er beobachtet hatte, in Piräus an Bord gebracht worden waren und irgendwo im Laderaum mit anderem Fleisch gelagert worden war.

»Sie sprachen von den Geräuschen«, sagte der Kapitän.

»Ja. *Zwei* Platscher. Hat der Mörder Primrose am Rand erwürgt, sie hineingeworfen, gesehen, dass sie nicht ganz tot war, und ist selbst hineingesprungen, um die Sache zu beenden? Ist es dem Kind gelungen, nach dem ersten Angriff aus dem Becken zu klettern, und musste es wieder hineingeworfen werden? Das sind nur zwei von vielen Möglichkeiten.«

»Ich glaube nicht, dass das wichtig ist«, sagte der Kapitän.

»Es könnte wichtig sein, um herauszufinden, ob der Mörder Miss Ambrose selbst war.«

Nikkis braune Augen weiteten sich. »Oh, aber sie hat doch sicher Selbstmord begangen – sich über Bord gestürzt?«

»Sie könnte es getan haben, nachdem sie Primrose getötet hatte.«

»Oder *weil* sie sie getötet hatte«, gab der Arzt zu Bedenken.

»Der Punkt ist folgender«, sagte Nigel. »Miss Ambrose konnte nicht schwimmen oder hat immer behauptet, es nicht zu können. Das Wasser im Swimmingpool wird auf einer Höhe von knapp 1,70 Meter gehalten. Miss Ambrose war etwas kleiner. Sie konnte das Kind also nicht *im* Swimmingpool erwürgen. Aber wenn sie es auf dem Deck erwürgt hat, was war dann das zweite Platschen?«

»Sie haben zwei Schreie gehört«, sagte der Kapitän in seinem langsamen Englisch. »Von einem Mann oder einer Frau?«

»Ich bin mir nicht sicher. Ich würde sagen, sie waren weiblich. Oder von einem Jungen. Aber der Wind blies zu stark. Es ist unvorstellbar, dass der Tod des Kindes und das Verschwinden von Miss Ambrose innerhalb einer Stunde nicht miteinander zu tun haben. Miss Ambrose war selbstmordgefährdet – dafür gibt es viele Beweise. Aber sie hat keinen Abschiedsbrief hinterlassen ...« – Nikki übersetzte für den Kapitän – »... und sie ist zum Vortrag gegangen; man geht nicht zu einem Vortrag, wenn man sich umbringen will.«

»Selbstmörder tun verdammt seltsame Dinge, aber ich bin geneigt, dem zuzustimmen«, sagte Dr. Plunket.

»Haben Sie eine Theorie?«, fragte Nikki.

»Mehrere Personen an Bord hatten ein ziemlich starkes Motiv, Ianthe Ambrose zu töten. Und da sie offensichtlich labil war, konnte ein Mörder damit rechnen, dass ihr Ableben, als er sie über Bord warf, als Selbstmord gewertet werden würde. Die naheliegende Theorie ist, dass Primrose gesehen hat, wie er Ianthe über Bord warf, und zum Schweigen gebracht werden musste.«

»Aber Sie glauben doch nicht, dass es so gewesen ist?«, sagte der Kapitän. Er verfiel ins Griechische, das Nikki übersetzte.

»Der Kapitän sagt: Haben Sie jemals versucht, eine erwachsene Frau über die Reling eines Schiffs zu werfen? Einfach so? Außerdem waren viele Leute an Deck.«

»Sagen Sie dem Kapitän, dass ich es nicht versucht habe, aber dass das Vorschiff von den Passageren kaum benutzt wird, es sei denn, sie baden im Pool.«

Als Nikki übersetzt hatte, fuhr Nigel fort: »Es gibt eine andere Theorie, nämlich dass der Mörder Primrose töten wollte, dass Ianthe ihn dabei beobachtet hat und er sie deshalb zum Schweigen bringen musste.«

»Aber warum erwürgte er Ianthe dann nicht und stieß auch sie in den Swimmingpool?«, fragte Dr. Plunket.

»Warum sollte jemand einem harmlosen Kind wie Primrose Chalmers etwas antun wollen?«, fragte Nikki.

»Harmlos, das weiß ich nicht. Sie schnüffelte herum. Belauschte die Passagiere und schrieb alles in ein Notizbuch. Dieses Notizbuch könnte Dynamit sein.« Nigel machte eine Pause, während Nikki übersetzte, »Und es ist verschwunden. Sie bewahrte es immer in ihrem Sporran auf – dem Lederbeutel, den sie über ihrem Rock trug. Als Dr. Plunket die Leiche untersuchte, war das Notizbuch nicht an seinem Platz. Und Mr Chalmers kann es nirgendwo in ihrer Kabine finden.«

»Aber der Kerl hätte das Kind nicht ermorden müssen, um an das Notizbuch zu kommen«, wandte Dr. Plunket ein. »Er hätte es ihr einfach wegnehmen können.«

»Das kommt darauf an. Sie hätte die Informationen vielleicht noch im Kopf gehabt, nachdem das Notizbuch entwendet wurde.«

»Nun, dann wäre sie für den Mörder gefährlich.«

»Nicht unbedingt.«

»Ich kann Ihnen nicht folgen«, sagte Dr. Plunket.

»Sie wäre nur dann gefährlich für ihn, wenn sie die Bedeutung ihres Wissens erkannt hätte. Kapitän, ich möchte mit den Matrosen sprechen, die die Leiche gefunden haben.«

Der Kapitän rasselte Befehle herunter. Der Erste Offizier verließ die Kabine. Ein Steward betrat sie und brachte Tassen, gefüllt mit griechischem Mokka, und der Kapitän entkorkte eine Flasche Brandy.

Als der Erste Offizier mit den beiden Matrosen zurückkehrte, befragte Nigel sie über Nikki. Ihre Aussagen erwiesen sich als interessant. Sie hatten das Vorschiff durchsucht, dann war einer von ihnen in den Swimmingpool gestiegen (sie hatten ihn sich bis zum Schluss aufgehoben, vermutete Nigel, weil sie, wie so viele Seeleute, den körperlichen Kontakt mit dem Element, von dem sie lebten, verabscheuten). Nachdem sie die Leiche herausgezogen hatten, ging einer der Matrosen zum Ersten Offizier, um Bericht zu erstatten. Der andere wurde von einem Passagier angesprochen, der durch die Tür vom Promenadendeck kam. Eingehend von Nigel befragt, gab dieser Matrose zu, dass der Passagier seine Aufmerksamkeit für ein paar Augenblicke von der Leiche abgelenkt hatte, lange genug, um das Notizbuch zu nehmen. Der Matrose beschrieb den Passagier als einen kleinen Mann mit dickem Gesicht und amerikanischem Hemd. Das passte gut zum Aussehen von Bentinck-Jones.

Der Passagier, antwortete der Matrose auf Nigels letzte Frage, habe nicht besonders beunruhigt gewirkt, als er die Leiche sah.

»Ich möchte, dass dieser Mann den Passagier sofort identifiziert«, sagte Nigel zum Kapitän, der eine zustimmende Handbewegung machte. Nikki mischte sich mit einem griechischen Wortschwall ein – er wies ohne Zweifel darauf hin, dass die Schiffseigner es nicht gutheißen würden, wenn Passagiere in den frühen Morgenstunden aus ihren Betten gezerrt und des Leichenraubs beschuldigt würden; aber der Kapitän widersprach ihm.

Nigel wandte sich an Dr. Plunket. »Wie kommt Mrs Blaydon damit zurecht?«

»Ziemlich schlecht. Ich musste ihr ein Beruhigungsmittel geben. Sie ist noch nicht in der Lage, befragt zu werden.«

»Das kann warten. Aber ich möchte, dass Sie mir einen Gefallen tun. Sehen Sie sich ihren Knöchel an. Sie hat ihn sich verstaucht oder verdreht oder so etwas. Prüfen Sie, ob er behandelt werden muss.«

Dr. Plunket starrte Nigel einen Augenblick an. »In Ordnung. Sie sind der Boss.«

11

»Das ist ein Skandal!«, rief Ivor Bentinck-Jones. »Wer hat Sie bevollmächtigt ...«

»Der Kapitän. Ich bin froh, dass Sie ebenfalls der Meinung sind, dass der Mord an einem Kind ein Skandal ist«, sagte Nigel ruhig.

»Was? Wie bitte? Sie wurde ermordet?«

»Erwürgt. Haben Sie die blauen Flecken an ihrem Hals nicht bemerkt, als Sie die Leiche untersuchten?«

»Untersucht? Ich habe sie nicht untersucht.«

»Sie waren zu sehr damit beschäftigt, sie auszurauben, nicht wahr?«

Bentinck-Jones' Gesicht war für einen Moment wie tot, bevor es wieder den Ausdruck des heftigen Protests annahm. »Diese Art von Bemerkung könnte Sie in ernsthafte Schwierigkeiten bringen«, sagte er.

»Dann ist es ja gut, dass sie niemand gehört hat«, erwiderte Nigel spöttisch.

Bentinck-Jones war in die Kabine des Ersten Offiziers gebracht worden, die der Kapitän Nigel für die Befragungen zugewiesen hatte. Der Mann hatte eine Hose und einen weiten Pullover über seinen Schlafanzug gezogen; sein schütteres Haar stand in alle Richtungen ab, und er hatte vergessen. seine falschen Zähne einzusetzen. Er sah nicht mehr wie die gute Seele der Gruppe aus.

»Wenn das Ihre Meinung ist«, sagte er kühl, »verlange ich, dass ein Zeuge bei der Befragung anwesend ist.«

»Sind Sie sicher, dass das klug ist? Stört es Sie nicht, dass eine dritte Person von Ihren, äh, privaten Aktivitäten erfährt?«

»Keine Einwände.«

Nigels blassblaue Augen, die jetzt besonders frostig blickten, musterten den Mann mehrere Sekunden lang.

»Ist Ihnen klar, dass Sie für den Tod dieses Kindes verantwortlich sein könnten?«, fragte er.

»Das ist der größte Unsinn, den ich je gehört habe. Und eine anfechtbare Aussage noch dazu. Ich warne Sie ...«

»Verantwortlich für ihren Tod, sagte ich. Sie haben ihr weisgemacht, Sie seien ein Geheimagent auf der Suche nach Eoka-Terroristen an Bord. Das würde kein Kind täuschen. Das hat auch Primrose nicht getäuscht. Aber Sie hatten sie ermutigt, die Passagiere auszuspionieren und alles in ihrem Notizbuch festzuhalten. Dadurch hat sie etwas entdeckt, was sie zu einer Gefahr für einen der Passagiere machte. Deshalb musste sie getötet werden.«

»Also *wirklich!* Ich habe ein kleines Spiel erfunden, um das Kind zu unterhalten.«

»Ein Spiel, das Ihnen nützte.«

»Ich verstehe Sie nicht.«

»Das Notizbuch von Primrose hätte Ihnen, mit etwas Glück, ein paar lukrative Erpressungsmöglichkeiten aufzeigen können.«

Schweigen trat ein. Ivors Mund machte eine knabbernde Bewegung, seine Augen waren wachsam. Wie die meisten Erpresser, dachte Nigel, hat dieser Mann eiserne Nerven und ein dickes Fell; mal sehen wie dick.

»Möchten Sie immer noch einen Zeugen?«

»Ich bestehe darauf.«

»Also gut.« Nigel öffnete die Tür, vor der ein bewaffneter Matrose stand, ging zu Nikkis Kabine und bat ihn mitzukommen. Als sie eintraten, bemerkte Nigel ein Aufflackern von Berechnung – oder war es Zufriedenheit? – auf Bentinck-Jones' Gesicht.

»Wir haben über Erpressung gesprochen«, sagte er zu Nikki. Dann wandte er sich an Ivor: »Wir haben Ihre Beschreibung an das Archiv von Scotland Yard gemeldet. Wir werden schon sehr bald eine Antwort erhalten, wenn Sie dort bekannt sind.«

Bentinck-Jones lehnte sich zurück, die Hände leicht gefaltet auf seinem dicken Bauch.

»Sie beschuldigen mich der Erpressung, und das vor einem Zeugen? Welche Beweise haben Sie?«

»Sie haben zum Beispiel angefangen, mich zu erpressen. Während unseres Maultierausflugs auf den Berg Patmos.«

»Sie träumen wohl«, protestiere Ivor. Aber eine Erleichterung, die er nicht ganz verbergen konnte, zeigte sich auf seinem Gesicht; das bedeutete für Nigel, dass es noch jemanden an Bord gab, in den der Mann wirklich seine Krallen geschlagen hatte.

»Ihre Methoden«, fuhr Nigel fort. »sind ziemlich clever – auf eine drittklassige Weise. Hinterhältige Andeutungen, zarte Unterstellungen zunächst, um die Moral eines potenziellen Opfers zu testen. Sie achten darauf, zunächst nichts zu sagen, was man nicht als harmlos interpretieren könnte. So schützen Sie sich. Und dann ist da noch Ihr doppelter Bluff – der als wichtigtuerischer Amateur getarnte professionelle Erpresser, die echte Nervensäge, die hinter dem harmlosen kleinen Schädling steckt. Eine ziemlich gute Tarnung.«

Würde das sein dickes Fell durchdringen?, fragte sich

Nigel. Es sah nicht so aus. Der Ausdruck des Mannes war selbstgefällig, fast verächtlich, als wären diese Anschuldigungen zu absurd, um darauf zu antworten.

»Auf Patmos sprachen Sie mit mir über unverheiratete Paare im Zusammenhang mit dem möglichen Auftrag von Miss Massinger, eine Porträtbüste der Royals anzufertigen. Sie wollten nur herausfinden, wie ich reagiere. Wenn ich Anzeichen von Beunruhigung gezeigt hätte ...«

»Schauen Sie sich Nikki an. Er ist genauso verwirrt von diesem Zirkus wie ich.«

Nigel hielt seine blassblauen Augen auf den Mann gerichtet.

»Nun gut. Kehren wir also zu Primrose Chalmers zurück. Haben Sie etwas dagegen, dass Ihre Kabine und Ihre Person durchsucht werden – nach ihrem Notizbuch?«

»Überhaupt nicht.« Bentinck-Jones sagte es zu schnell. Nigel stellte mit Bedauern fest, dass der Mann das Notizbuch, das er aus Primroses Sporran gestohlen hatte, entsorgt haben musste. Er hatte immerhin vier Stunden Zeit gehabt, sich dessen Inhalt einzuprägen. Für den unwahrscheinlichen Fall, das Bentinck-Jones bluffte, fuhr Nigel jedoch mit der Suche fort. Das Notizbuch befand sich weder an ihm noch in seiner Kabine. Schlimmer noch, der Mann, der die Kabine mit Ivor teilte und nichts dagegen hatte, dass auch seine Sachen durchsucht wurden, sagte, Ivor sei gegen 23:15 Uhr in die Kabine gekommen und habe ihm gesagt, dass das vermisste Kind ertrunken aufgefunden worden sei. Er selbst habe nicht einschlafen können und könne mit Bestimmtheit sagen, dass Bentinck-Jones weder das Licht eingeschaltet noch die Kabine verlassen habe, bis Nigel ihn zu sich rief.

Die Leiche war kurz vor 23:00 Uhr gefunden worden. Ivor war ein oder zwei Minuten später am Swimmingpool aufgetaucht. Damit hatte er weniger als eine Viertelstunde Zeit gehabt, um sich den Inhalt des Notizbuchs einzuprägen, bevor er es über Bord geworfen hatte und in seine Kabine zurückgekehrt war. Also sicher doch nicht lang genug?

Zurück in der Kabine des Ersten Offiziers, wurde Nigel, als der Inhalt von Primroses Sporran vor ihm auf dem Tisch lag, verzweifelt klar, dass dies eine Sackgasse war. Er hatte das Kind gesehen. Wie es sich Notizen machte, immer mit diesem Füllfederhalter. Die Leiche hatte fast zwei Stunden im Wasser gelegen. Die Tinte wäre verlaufen, die Schrift völlig unleserlich geworden.

Er blickte abrupt zu Bentinck-Jones auf. Die Augen des Mannes waren auf den Tisch gerichtet, auf dem ein Taschentuch, ein Bleistift, ein Miniatur-Golliwog und ein Füllfederhalter lagen. Auf seinem Gesicht zeichnete sich ein leichtes Grinsen ab.

»Morgen«, sagte Nigel, »werde ich mich an die Passagiere wenden. Ich werde ihnen, ohne Namen zu nennen, sagen, dass es auf dieser Kreuzfahrt einen Erpresser gibt. Ich werde jeden, der von diesem Erpresser angesprochen worden ist, bitten, sich privat an mich zu wenden. Ob die Aktivitäten des Erpressers mit den Morden an Primrose Chalmers und …«

»Sie können sich den Atem sparen«, sagte Ivor Bentinck-Jones mit seiner fetten Stimme, die jetzt heiser war, »und diesen Mann fragen, was er gestern Abend um Viertel nach neun in Miss Ambroses Kabine gemacht hat.«

Nigel drehte seinen Kopf. Der Kreuzfahrtmanager starrte Ivor mit einem fast theatralischen Gesichtsausdruck der Bestürzung an. »Sie beschuldigen *mich?* Das ist eine weitere Ihrer verlogenen Erpressungen!«

»Immer mit der Ruhe, Nikki.«

»Er ist ein Lügner!«

»Nein, Sie können sich da nicht herauswinden.« Ivor gluckste. »Ich bin Ihnen zufällig auf dem Gang gefolgt, auf meinem Weg zu meiner Kabine. Sie haben die Kabine von Miss Ambrose betreten – Sie sollten immer anklopfen, Nikki, bevor Sie die Kabine einer Dame betreten. Als ich an der Tür vorbeikam, hörte ich einen Kampf ...«

»Halt, ich kann es erklären, ich ...«

»Etwa eine Minute später kamen Sie an meiner Tür vorbei, die zufällig einen Spalt offen stand. Sie atmeten schwer, Ihr Haar war zerzaust, Ihre Krawatte halb um den Hals, und ...« – mit einer unglaublich schnellen Bewegung streckte Bentinck-Jones die Hand aus und zog einen von Nikkis Ärmeln hoch – »ja, da waren Kratzer an Ihren Handgelenken.«

Nikki verpasste dem Mann einen bärenstarken Schlag, der ihn taumeln ließ. Der bewaffnete Matrose schaute kurz in die Kabine und schloss die Tür dann wieder.

»Sie behaupten, dass es um 21:15 Uhr geschah«, sagte Nigel und ließ den Miniatur-Golliwog auf dem Tisch vor sich tanzen. »Wie können Sie sich so genau an die Zeit erinnern?«

»Ich habe die Bar für eine Minute verlassen – die Uhr zeigte kurz vor 21:15 Uhr an –, um hinunterzugehen und mir ein Taschentuch zu holen. Ich ging direkt nach unten.«

Und um 21:10 Uhr hatte Ianthe Ambrose den Vortrag verlassen, dachte Nigel bei sich.

»Ich werde mit Mr Strangeways unter vier Augen sprechen«, sagte Nikki und sah Bentinck-Jones an. »Ich werde nicht vor diesem Dreckskerl, dieser grinsenden Kröte, diesem lausigen Mistkerl von einem ...«

»Seien Sie still, Nikki. Das war's für heute Abend, Bentinck-Jones. Vielen Dank für Ihre Hilfe.«

»Sehen Sie sich vor, Strangeways. Sehen Sie sich einfach vor. Gute Nacht.«

III

»Nun, Nikki?«

»Sie glauben diese Lügen doch nicht, Mr Strangeways? Er ist ein Erpresser – Sie sagen es selbst –, ein Krimineller.«

»Aber das waren doch keine Lügen, Nikki, oder?«

Die dunklen Augen der Kreuzfahrtmanagers wandten sich ab, dann richtete er seine massigen Schultern auf und warf Nigel einen reumütigen, charmanten, fast jungenhaften Blick zu.

»Nein, es waren keine. Aber ich habe niemanden getötet. Ich kann Miss Ambrose nicht getötet haben.«

»Warum nicht?«

»Weil Mel, ihre Schwester, in der Kabine war.«

»Hatten Sie eine Verabredung mit ihr? Eine Vereinbarung, sie dort zu treffen?«

»Na klar doch. Während ihre Schwester beim Vortrag war.« Nikki riss die Augen weit auf und blitzte Nigel mit seinen prächtigen Zähnen an. »Oh Mann, was für eine Frau! Das ist privat und vertraulich, ja?«

»Wir werden sehen.«

»Frauen sind verrückt, wissen Sie. Sie sagt, ich soll in ihre Kabine kommen, und als ich zu ihr gehe, will sie nicht und kämpft wie eine Katze. Sie sind launenhaft. Sie sind verrückt in ihren Launen. Dabei hatte sie eine Dusche genommen und war nackt.«

»Warten Sie einen Moment, Nikki. Lassen Sie uns am Anfang beginnen. Wann wurde diese Verabredung getroffen?«

»Morgens. Bevor wir an Land gingen.«

»Der Plan war, sich während des Vortrags in der Kabine zu treffen?«

»Genau. Richtig.«

Nigel erinnerte sich an etwas, das Clare gesagt hatte. »Sind Sie sicher, dass Sie sich in ihrer Kabine und nicht an einem Badestrand auf der Insel verabredet hatten?«

»Ich ... Oh, ich verstehe. Ich habe Mrs Blaydon von einem guten Platz zum Baden erzählt, an dem sie ungestört sein kann.«

»Haben Sie ihr das aus Gefälligkeit gesagt?«

»Aber sicher.«

»Sie wollten sie dort nicht treffen?«

»Was hätte ich davon gehabt? Ihre Schwester war ja bei ihr.«

»Aber Miss Ambrose kehrte am Nachmittag allein aufs Schiff zurück.«

»Ach ja? Dann habe ich wohl eine Gelegenheit verpasst«, bemerkte der Kreuzfahrtmanager schamlos.

»*Haben* Sie sie verpasst? Miss Massinger und ich haben Sie in Richtung Bucht gehen sehen.«

Ein Rolladen senkte sich über Nikkis Augen. »Sie müssen sich geirrt haben.«

Nigel ließ es vorerst auf sich beruhen, bemerkte aber die Erleichterung des Mannes, als er auf die Ereignisse der letzten Nacht zurückkam. Nikki war in die Kabine von Melissa

Blaydon gegangen. »Es war ziemlich dunkel. Melissa war dort – entkleidet, unverhüllt«, sagte Nikki mit einer gewissen Selbstgefälligkeit. Sie musste kurz zuvor geduscht haben, denn ihr Körper war noch feucht und ihr Haar klatschnass. Als sie mit ihm rang, dache er zuerst, sie wollte sich nur ein wenig zieren, aber die Heftigkeit ihrer Reaktion änderte seine Meinung bald. »Ich bin niemand, der eine Dame bedrängt, wenn sie unwillig ist«, bemerke er edelmütig.

»Aber hat sie nicht erklärt, warum sie nicht wollte?«

»Nein. Sie hat nichts gesagt.«

»*Überhaupt nichts?* Wie seltsam. Sie meinen, sie hat nicht einmal geschrien oder ...«

»Sie kämpfte ziemlich lautlos. Sie war stärker, als ich erwartet hatte – sehr stark. Ich spürte, dass sie, nun ja, irgendwie panisch und verzweifelt war. Also habe ich davon abgesehen, Druck auf sie auszuüben.«

»Sehr gentlemanlike von Ihnen, da bin ich mir sicher. Und hat sie danach, während des Tanzes irgendwie erwähnt, was geschehen war?«

»Ich habe während des Tanzes nicht mit ihr gesprochen. Ich war wütend auf sie.«

Nigel blickte Nikki nachdenklich an, der sich eine Zigarette anzündete und den Kopf abwandte, weil ihm die Situation sichtlich unangenehm war. Nigels Gedanken kreisten jedoch nicht um den Kreuzfahrtmanager; er dachte darüber nach, wie seltsam es war, dass eine Frau wie Melissa sich kurz vor dem Tanz noch die Haare nass machte. Wenn sie geduscht hätte, hätte sie doch sicher eine Badekappe getragen? Und warum hatte sie nichts zu Nikki gesagt, kein Wort des Protests oder der Erklärung?

»Was hat das alles damit zu tun, dass das arme Kind ertrunken ist?«, fragte dieser jetzt.

»Man wird nass, wenn man jemanden ertränkt«, sagte Nigel, mehr zu sich als zu seinem Gesprächspartner. Und Nikki hatte ihm gesagt, dass der Widerstand der Frau etwas »Panisches, Verzweifeltes« gehabt habe.

Nikki sah nun selbst ein bisschen panisch aus. Es könnte ihn seinen Job kosten, wenn diese Episode mit Melissa herauskäme. Oder die Panik könnte einen schlimmeren Ursprung haben.

»Wie funktionieren diese Landgangkarten?«, fragte Nigel. »Werden sie jeden Abend kontrolliert, nachdem die Passagiere an Bord gegangen sind?«

»Meine Sekretärin zählt sie, um zu überprüfen, ob die Anzahl die gleiche ist wie am Morgen, als sie ausgegeben wurden. Auf diese Weise sollten wir wissen, ob ein Passagier zurückgelassen wurde.«

»Und gestern Abend – hat die Anzahl gestimmt?«

»Ja, Sir. Worauf wollen Sie hinaus?« Nikki sah verwirrt aus.

»Lassen Sie uns ganz vernünftig vorgehen, Nikki. Entweder wurde Miss Ambrose ermordet, oder sie beging Selbstmord. Sie hätte sich möglicherweise von Bord stürzen können, ohne gesehen oder gehört zu werden. Aber hat sie Primrose Chalmers vorher erwürgt und ertränkt? Warum sollte sie das tun? Jemand, der sich umbringen will, nimmt sich nicht die Zeit, um *en route* jemand anderen zu töten. Außerdem deuten die Aussagen darauf hin, dass das Kind *im* Swimmingpool erwürgt wurde; Ianthe konnte nach allem, was man hört, nicht schwimmen, also konnte sie es nicht getan haben. Was ist die Alternative? Dass innerhalb kurzer Zeit eine Frau Selbstmord begeht und ein Kind ermordet wird, auf demselben Schiff, völlig unabhängig voneinander? Das wäre wirklich ein seltsamer Zufall. Gehen wir von Mord aus: Ianthe wurde ermordet, möglicherweise weil sie die Person überrascht hat, die Primrose getötet hat. Das *klingt* plausibel. Aber die Leiche von Ianthe ist nicht auf dem Schiff. Wenn sie also ermordet wurde, muss sie über Bord geworfen worden sein. Aber das Risiko, dies zu tun, wo doch ständig Leute auf den Decks herumspazieren, wäre enorm. Und was hätte sie getan? Hätte sie, wenn sie gesehen hätte, wie jemand Primrose tötet, nicht um Hilfe gerufen? Und wenn jemand sie festhielt, um sie über Bord zu werfen, hätte sie nicht geschrien und sich gewehrt? Es wäre ein schweres Unterfangen, wie der Kapitän gerade sagte, eine ausgewachsene, sich wehrende Frau über die Reling zu heben.«

»Der Mörder könnte sie zuvor betäubt haben.«

»*Vielleicht*. Aber wenn sie gesehen hätte, wie er Primrose tötete, glauben Sie, sie hätte ihn dann in ihre Nähe gelassen? Wenn Ianthe nicht ermordet wurde, weil sie Zeugin dieses Verbrechens war, muss man von zwei verschiedenen Mördern ausgehen, die unabhängig voneinander zur selben Zeit agierten, oder aber von einem Mörder, der aus unterschiedlichen Gründen sowohl Ianthe als auch Primrose loswerden wollte und in derselben Nacht die Gelegenheit dazu fand.«

»Ah, das ist es!«, rief Nikki begeistert. »Das hat einiges für sich. Es ist ein Privileg, die Methoden der britischen Polizei bei der Arbeit zu beobachten. Reine Vernunft! Göttliche Vernunft!«

»Nein, nein. Das ergibt keinen Sinn. Mehrere Leute hatten ein Motiv für den Mord an Ianthe. Aber Primrose? Ein Kind mit einem Notizbuch? Sie war keine wirkliche Bedrohung. Was könnte sie herausgefunden haben, das jemanden zwingen könnte, sie zu töten? Es sei denn ...« Nigel brach ab.

»Es sei denn?«

»... sie hat den Mörder von Ianthe Ambrose gesehen. Immerhin hat sie sich kurz nach Ianthe aus dem Vortrag geschlichen.« Nigel gähnte und streckte sich. »Nun, ich werde bald zu Bett gehen. Und nun: Vorbereitungen für morgen früh ...«

IV

Unmittelbar nach dem Frühstück versammelten sich die englischsprachigen Passagiere im großen Speisesaal – alle, mit Ausnahme von Melissa Blaydon und den Chalmers. An einem Ende, hinter einem Tisch, saß der Kapitän der *Menelaos*, flankiert von Nigel und dem Kreuzfahrtmanager. Die Passagiere flüsterten untereinander, zappelten, rauchten und warteten, weil sie nicht so recht wussten, was geschehen würde.

»Woran erinnert Sie das?«, flüsterte Mrs Hale Clare Massinger zu.

»An einen öffentlichen Vortrag in einem Café in einer kleinen Stadt in den Midlands«, antwortete Clare prompt.

»Die Jahreshauptversammlung einer Firma, die bankrott geht«, warf Mrs Hale ein. »Ich hoffe, Mr Stangeways wird mit den empörten Aktionären fertig.«

Mr Strangeways fragte Dr. Plunket, der sich gerade neben ihn gesetzt hatte: »Wie geht es Mrs Blaydon heute Morgen?«

»Sie ist noch ein bisschen benommen. Aber die natürliche Eva ist unbezähmbar. Sie hatte ihr Gesicht für mich geschminkt. Eine eitle Frau, aber durchaus attraktiv. Puls normal und ...«

»Ist ihr Knöchel normal?«

»Was haben Sie nur mit Ihrem Knöchel? Er ist geschwollen – eine leichte Verstauchung. Kein Grund zur Sorge.«

»Wann kann ich sie sehen?«

»Gegen Mittag vielleicht. Sie hat letzte Nacht einen schweren Schock erlitten. Wir dürfen nichts überstürzen.«

Ein Steward, der in der Tür stand, gab Nikki ein Zeichen und klemmte sich die Passagierliste unter den Arm. Der Kreuzfahrtmanager erhob sich und strahlte eine Aura der Zuversicht mit einem Hauch von Traurigkeit aus.

»Der Kapitän hat Sie gebeten, anwesend zu sein, meine Damen und Herren, und hofft, dass Sie alle mit Mr Strangeways zusammenarbeiten werden, dem er die vorläufige Untersuchung der unglücklichen Vorfälle anvertraut hat, die sich, äh, auf seinem Schiff zugetragen haben.«

»Das hat er auswendig gelernt«, flüsterte Mrs Hale in Clares Ohr.

»Mr Strangeways steht in Verbindung mit Scotland Yard«, fuhr Nikki fort und strahlte plötzlich wie ein Zauberer, der ein Kaninchen hervorzaubert. Das Interesse der Passagiere war geweckt, und viele von ihnen reckten die Hälse, um die Berühmtheit, die bis dahin inkognito geblieben war, zu sehen.

»Sie hatten recht«, flüsterte Mrs Hale. »Ein Vortrag. Nikki vergaß zu sagen, dass unser verehrter Redner keine Vorstellung braucht.«

Nigel Strangeways stand jetzt auf. Das unordentliche hellblonde Haar, von dem ihn eine Locke über das Auge hing, die gebückte Haltung, das zerfurchte Gesicht, die zielstrebige Abstraktion – all das deutete auf einen Dozenten der weniger orthodoxen Art hin.

»Ich habe keinen offiziellen Status«, begann er abrupt. »Der Kapitän hat mich gebeten zu tun, was ich kann. Wenn wir Athen erreichen, wird diese Angelegenheit in die Hände der griechischen Polizei übergeben. Keiner von Ihnen ist gezwungen, meine Fragen zu beantworten oder in irgendeiner Weise mit mir zusammenzuarbeiten. Je mehr wir jedoch vor der Ankunft in Athen erledigen können, desto eher können wir unsere Kreuzfahrt fortsetzen. Nikki trifft Vorkehrungen, damit die Kreuzfahrt fortgesetzt werden kann, auch wenn es eine verkürzte Route sein muss. Es gibt keinen Grund ...« – Nigels blassblaue Augen blickten sein Publikum unverbindlich an –, »... es gibt keinen Grund, warum die Unschuldigen mit den Schuldigen leiden sollen. Es wird sich also für Sie lohnen zu kooperieren. Für alle bis auf einen von Ihnen.«

Nigel hielt inne, um sich eine Zigarette anzuzünden, das Gesicht zerknittert, die Augen zusammengekniffen. Sein letzter Satz, den er in der gleichen trockenen, direkten Art und Weise wie alle anderen vorgetragen hatte, hatte das gesamte Publikum in Spannung versetzt.

»Ziemlich beeindruckend«, kommentierte Mrs Hale.

»Er ist im Grunde ein alter Angeber, wirklich. Er mag es gern ein bisschen dramatisch«, sagte Clare liebevoll.

»Letzte Nacht wurde, wie Sie alle wissen, Primrose Chalmers ermordet, und Miss Ianthe Ambrose ist verschwunden. Die bequemste Theorie wäre, dass Miss Ambrose das Kind erwürgt hat und dann über Bord gesprungen ist. Aber ich fürchte, wir dürfen uns durch diesen Balsam für unsere Seele nicht beeinflussen lassen. Aus Gründen, auf die ich nicht näher eingehen werde, ist diese Theorie kaum haltbar. Tatsächlich ist es fast sicher, dass der Mörder noch auf dem Schiff ist – wahrscheinlich sitzt er an einem dieser Tische.«

Nigel machte eine Pause, bis sich die aufkommende Unruhe wieder gelegt hatte.

»Soweit wir wissen, wurde Miss Ambrose zuletzt gesehen, wie sie den Vortrag um 21:10 Uhr auf dem Schiffsdeck verließ, und Primrose wurde zwei Minuten später von ihren Eltern vermisst. Die erste Information, die wir brauchen, ist folgende: Hat irgendjemand hier eine der beiden nach 21:10 Uhr gesehen? Da einige von Ihnen die beiden wahrscheinlich nicht kannten, werden wir nun ihre Pässe mit den Lichtbildern herumgehen lassen. Der Besatzung und den Passagieren anderer Nationalitäten wurde diese Frage bereits gestellt, ohne Ergebnis. Während die Pässe herumgehen, versuchen Sie – diejenigen von Ihnen, die sich auf dem Vorschiff oder in dessen Nähe befunden haben –, sich bitte zu erinnern, ob Sie verdächtige Geräusche gehört haben zwischen 21:10 Uhr und dem Zeitpunkt, zu dem über die Lautsprecher verkündet wurde, dass Primrose vermisst wird.«

Nigels Fragen erbrachten ein Beweisstück. Mehrere Passagiere identifizierten Miss Ambrose auf dem Passfoto als eine Frau, die sie zur fraglichen Zeit, von achtern kommend, auf dem Promenadendeck gesehen hatten. Ihr Auftreten war ihnen nicht besonders aufgefallen. Eine der letzten Passagierinnen, die sich das Foto ansah, eine mausgraue Frau mit Zwicker, erhob sich daraufhin und sagte, sie habe gesehen, wie Primrose Chalmers Miss Ambrose auf dem Promenadendeck einholte, kurz bevor diese die Tür zum vorderen Salon erreicht habe.

»Was ist dann passiert?«

»Das Kind ergriff den Ärmel von Miss Ambrose. Sie sprach mit ihr – ich konnte nicht hören, was sie sagten.«

»Das könnte sehr wichtig sein. Wirkte Miss Ambrose überrascht? Ungeduldig?«

»Nun, ich dachte, sie sei irgendwie steif geworden, aber ich habe nicht wirklich darauf geachtet.«

»Haben sie lange geredet?«

»Oh nein. Tatsächlich weiß ich nicht, ob Miss Ambrose überhaupt etwas gesagt hat. Sie versuchte – ja, ich erinnere mich jetzt – ihren Arm wegzuziehen, und ich hatte den Eindruck, dass sie das Deck verlassen wollte – hinunter in die Kabine gehen wollte, meine ich. Aber das Kind wollte nicht loslassen und sagte noch etwas. Dann gingen sie gemeinsam in Richtung des hinteren Teils des Schiffs davon. Es geschah alles innerhalb kürzester Zeit, einer Minute oder weniger.«

»Ist Ihnen etwas aufgefallen an der Art, wie sie weggegangen sind? Wirkte eine von ihnen verstohlen?«

»Es ist komisch, dass Sie das sagen, Mr Strangeways. Ich erinnere mich, dass ich dachte, wie seltsam es ist, dass das kleine Mädchen die Führung übernimmt – ich dachte, es sei vielleicht ein Spiel, das sie vorgeschlagen hat. Dass Miss Ambrose mitspielte, so wie man das bei Kindern tut, obwohl sie anfangs nicht begeistert war. Aber nein, ich würde nicht sagen, dass sie sich heimlich davonstahlen.«

Während die Frau sprach, formte sich ein unangenehm groteskes Bild in Clares Kopf – Primrose, die Ianthe Ambrose fortlockt und in den Swimmingpool stößt. Sie fragte sich, ob Nigel die gleiche Fantasie hatte. Seltsamerweise war es so.

Nigel notierte sich den Namen und die Kabinennummer dieser Augenzeugin. Dann wandte er sich wieder an alle.

»Hat sonst niemand etwas beizutragen? Nun gut. Was jetzt kommt, wird lästig für Sie werden, aber ich möchte, dass Sie alle gehen und Ihre Bewegungen aufschreiben – wo Sie waren und wer bei Ihnen war, zwischen 21 Uhr und 22:30 Uhr. Machen Sie einen möglichst detaillierten und genauen Zeitplan Ihrer Standorte auf dem Schiff. Die Polizei in Athen wird uns alle zu diesen Punkt befragen, also sollten wir die Antworten bereit haben. Es wäre ebenfalls hilfreich«, fuhr Nigel fort, ohne seinen Tonfall oder seine Mimik zu ändern, »zu wissen, wo sich jeder ab Mittag aufgehalten hat, während das Schiff vor Kalymnos lag.«

»Ich fürchte, ich kann nicht erkennen, was das bringen soll«, bemerkte Jeremy Street etwas lauter. »Miss Ambrose wurde nicht auf Kalymnos ermordet ...«

»Vielleicht bringt es nichts. Aber wenn wir alle noch einmal gründlich über den gestrigen Tag nachdenken, könnte etwas auftauchen, das uns einen Hinweis auf den Mörder gibt. Und natürlich, das versteht sich von selbst, wenn einer von Ihnen während der Fahrt etwas gesehen oder gehört hat, von dem Sie glauben, dass es etwas mit diesem Verbrechen zu tun haben könnte, kommen Sie und erzählen Sie es mir. Zeugnisse aus erster Hand, kein Hörensagen. Ich werde ab zehn Uhr in der Kabine des Ersten Offiziers auf dem Brückendeck sein.«

Mrs Hale flüsterte Clare zu: »Ist es erlaubt, dem Dozenten Fragen zu stellen?«

Clare grinste. »Versuchen Sie es, dann sehen Sie es.«

Mrs Hale erhob sich. »Wenn wir von Leuten wissen, die ein Motiv für eines dieser Verbrechen hätten, sollten wir es Ihnen sagen, oder würden Sie das als spekulatives Geschwätz betrachten?«

Das Publikum erstarrte in tiefer Stille.

»Sagen Sie es mir auf jeden Fall. Unter vier Augen.« Nigel hielt inne und musterte die Passagiere nachdenklich. »Es sind mehrere Personen an Bord, die ein starkes Motiv hatten, Miss Ambrose zu töten. Aber das macht sie nicht zu Mördern. Ich muss Ihnen auch sagen, dass sich ein mutmaßlicher professioneller Erpresser an Bord befindet. Jeder, der unter dieser Person gelitten hat, wäre gut beraten, mich zu informieren.«

Nigel verbeugte sich kurz vor dem Kapitän, der die Hand zum halben Gruß hob, dann verließ er den Salon und löste damit eine lebhafte Gesprächswelle aus.

v

Clare holte ihn ein und führte ihn zu einem ruhigen Platz auf dem Schiffsdeck.

»Die Aussage dieser Frau war merkwürdig, oder?«, sagte sie.

»Ja.«

»Wenn man bedenkt, wie Ianthe Primrose gestern Morgen angegangen ist, als wir an der Gangway Schlange standen.«

»Ja?«

»Man fragt sich, was das Kind letzte Nacht zu ihr gesagt hat, das Ianthe dazu brachte, mit ihr zu gehen – wohin auch immer sie gingen!«

»In der Tat.«

Nigel schien verwirrt zu sein, aber Clare konnte sich nie sicher sein, ob er nicht sogar hinter seinem glasigsten Blick das verstand, was sie gesagt hatte, und fuhr fort:

»Ich hatte gerade ein absurdes Bild vor meinem geistigen Auge. Ich sah Primrose, wie sie Ianthe in den Swimmingpool stieß.«

»Ja«, sagte Nigel und starrte auf die Wellen, die an der weißen Seite des Schiffes vorbeirauschten. »Ich auch.«

»Absurd, nicht wahr?«

Nigel drehte sich langsam zu ihr um, mit dem Rücken zur Reling.

»Warum würdest du jemanden in einen Swimmingpool stoßen?«

»Vielleicht weil ich wütend auf sie war«, erwiderte Clare.

»Primrose hat Ianthe gestern Morgen einen ziemlich tödlichen Blick zugeworfen.«

»Oder?«

»Lass mich nachdenken. Um zu sehen, ob sie schwimmen kann?«

Nigels blasse Augen leuchteten. »Ja, Liebes, da ist was dran.«

»Aber wir wissen, dass Ianthe nicht schwimmen konnte.«

»Wir wissen nur, dass sie nicht geschwommen *ist*. Der Bischof erzählte mir, dass sie als Mädchen eine sportliche Phase durchmachte, in der sie versuchte, ein Junge zu sein, um die Liebe ihres Vaters zu gewinnen. Es wäre verwunderlich, wenn sie es damals nicht gelernt hätte.«

»Das kannst du leicht herausfinden. Frag Faith Trubody. Aber ich wüsste nicht, was ...«

»Das würde die beiden Platscher erklären, die ich gehört

habe. Primrose stößt Ianthe hinein. Ianthe schwimmt ein paar Züge zum Rand des Beckens, packt Primrose an den Knöcheln, zieht sie hinein (zweiter Platscher) und erwürgt sie, wobei sie ihren Kopf unter Wasser hält.«

»Ich hätte gedacht, Primrose würde weglaufen, nachdem sie sie hineingestoßen hat.«

»Nicht, wenn sie herausfinden wollte, ob Ianthe schwimmen kann.«

»Aber du würdest doch kein Kind erwürgen, weil ... meinst du, das Ianthe plötzlich vor Wut durchgedreht ist?«

»Das ist nicht die wichtigste Frage.«

»Und welche ist es?«

»*Warum* wollte Primrose wissen, ob Ianthe schwimmen kann?«

»Ich verstehe. Aber natürlich beruht das alles auf unserer etwas dünnen Annahme, dass ...«

»Weißt du, irgendetwas stimmt an diesen Fall nicht, Irgendwie ist das alles zu einfach. Eine neurotische Frau wird von einem Kind in das Becken geschubst, bekommt einen Tobsuchtsanfall, ertränkt das Kind und stürzt sich dann in einem Anfall von Selbsthass über Bord.«

»Ich verstehe nicht, was daran nicht plausibel sein soll.«

»Ianthe droht schon seit einiger Zeit mit Selbstmord. Sie geht zum Vortrag und sieht aus wie der Tod. Es ist eine weitere Chance, die Unzulänglichkeiten ihrer *bête noire* Jeremy Street aufzuzeigen. Stattdessen stößt sie einen tiefen Seufzer aus und verschwindet nach zehn Minuten. Worauf deutet das hin? Dass sie es eben nicht mehr erträgt und dem ein Ende setzen will. Aber wenn sie da schon entschlossen war, sich umzubringen, warum um alles in der Welt sollte sie sich dann von Primrose ablenken lassen? Das ergibt doch keinen Sinn.«

»Ja. Aber wenn sie ermordet wurde, kennen wir zumindest eine Person, die es nicht getan haben kann.«

»Wen?«

»Die *bête noire*. Sein Vortrag dauerte bis 21:30 Uhr.«

»Allerdings ...«

Peter und Faith saßen auf dem Sonnendeck unter der Brücke, mit dem Rücken gegen das Schanzkleid gelehnt. Als Nigel sich näherte, hatte er den Eindruck, dass zwei junge Tiere sich zwecks Wärme und Geborgenheit zusammenkuschelten. Peter stand höflich auf, warf Nigel aber einen ebenso zornigen wie misstrauischen Blick zu.

»Halten Sie die Handschellen bereit?«, murmelte er.

»Warum sagen Sie das?«

»Man hat gehört, wie ich Miss Ambrose bedroht habe. Miss Ambrose ist verschwunden. Q. E. D.«

»Sei kein Dummkopf, Peter«, sagte Faith nervös.

»In den Büchern«, beharrte der Junge, »zieht der Amateurdetektiv immer voreilige Schlüsse.«

»Wir sind nicht in einem Buch. *Haben* Sie Miss Ambrose ermordet?«

»Also wirklich!« Peter Trubody war erneut der Vertrauensschüler und sprach in dem schockierten, überlegenen Tonfall desjenigen, der einen Verstoß gegen die Etikette an öffentlichen Schulen rügt.

»Wenn Sie es nicht getan haben, dann lassen Sie mich in Frieden. Miss Trubody, hat Ianthe jemals das Schwimmbad in der Schule benutzt?«

Faiths Lippen öffneten sich und zeigten die spitzen Schneidezähne. »Was für eine außergewöhnliche ...! Nein, das hat sie nicht, soweit ich weiß. Warum?«

»Denken Sie gut nach. Hatten Sie nie einen Grund zu glauben, dass sie schwimmen kann?«

»Aber nein. Tatsächlich hat sie nie an einem unserer Spiele teilgenommen. Sie verachtete sie, nehme ich an. Sie schimpfte immer über das System, das uns zu Ersatzjungen machen wollte. Ich weiß nicht, warum sie so verbittert darüber war. Missgunst, denke ich. Stellen Sie sich die Bross vor, wie sie versucht, einen Hockeyschläger zu schwingen.«

Das war es also, dachte Nigel. Ianthe gelang es als Kind einfach nicht, das Herz ihres Vaters dadurch zu gewinnen, dass sie eine gute Sportlerin, ein »Ersatzjunge«, wurde. Deswegen reagierte sie so heftig auf den Sport. Aber sie hätte in jenen fernen Tagen immer noch schwimmen lernen können. Wir sind also wieder da, wo wir angefangen haben ... Nur, *warum* hätte sie zu mir sagen sollen: »Ich kann nicht schwimmen«? Warum nicht: »Ich schwimme nicht gern«? Eine weitere winzige, nagende, wahrscheinlich irrelevante Frage.

Nigels Träumerei wurde von Faith unterbrochen, die ihrem Zwillingsbruder zuflüsterte: »Warum sagst du es ihm nicht?«

»Was willst du? Es war eindeutig mein Fehler. Schließlich ist sie zum Vortrag gegangen, ich habe sie aufs Schiffsdeck gehen sehen.«

»Aber es war sehr merkwürdig, was Mrs Blaydon getan hat.«

»Sei nicht so pingelig, Faith. Es sah nur zu der Zeit seltsam aus. Ich war weit weg, erinnere dich. Und ich wusste da noch nicht, dass sie einen Sonnenstich hatte. Das erklärt alles.«

»Na ja, ich denke immer noch ...«

Bruder und Schwester stritten sich halblaut, anscheinend ohne auf Nigel zu achten, der spürte, dass dieser Streit schon einmal stattgefunden hatte, ohne dass eine Einigung erzielt worden war.

»Mein Gehör ist übernatürlich scharf«, bemerkte er lächelnd. »Was hat das alles zu bedeuten?«

Faith begann: »Ich sage Peter immer wieder, dass sich in polizeilichen Ermittlungen jede Tatsache als nützlich erweisen kann.«

»Nur allzu wahr.«

»Und wenn es etwas so Besonderes ist ...«

»Faith, ich verbiete dir strengstens ...«

»Ach, sei doch nicht so spießig und aufgeblasen!«, rief das Mädchen ohne Bitterkeit.

»*Ich* werde *Ihnen* etwas über polizeiliche Ermittlungen erzählen«, fuhr Peter fort. »Die Polizei wird ständig von Schwachköpfen und Wichtigtuern belästigt, die absurde Theorien und irrelevante Fakten vorbringen.«

»Auch das ist wahr«, sagte Nigel. »Aber nur derjenige, der die Untersuchung leitet, kann entscheiden, was relevant ist.«

»Was gestern Nachmittag passiert ist, kann unmöglich Auswirkungen auf den Fall haben«, sagte Peter dogmatisch. Dann errötete er und sah plötzlich viel jünger aus. »Außerdem ist es nicht mein einziges Geheimnis. Es gibt Dinge, über die ein Gentleman nicht spricht.«

»Oh, puh!«, rief Faith kichernd. »*Mir* hast du es erzählt.«

»Das ist etwas anderes. Du bist mein zäher, zermürbender, zwanghafter Zwilling.«

Die beiden begannen, sich wie Welpen auf dem Deck zu wälzen und sich gegenseitig zu kitzeln. Nigel ließ sie gewähren, merkte sich aber, dass Peter später befragt werden müsse. Jetzt stand erst einmal das Gespräch mit dem trauernden Mr Chalmers an, das Nigel offen gesagt fürchtete.

VI

Die Disziplin seines Berufs machte Primroses Vater zu einem guten Zeugen. Jedenfalls hielt er seine Gefühle von seinem Verstand getrennt und schien sich gut unter Kontrolle zu haben. Leider hatte er zu den Ereignissen des vergangenen Abends nichts beizutragen. Er war ein wenig überrascht gewesen, dass Primrose den Vortrag verlassen hatte, denn sie interessierte sich für Jeremy Streets Thema; aber ihre Eltern hatten das Kind nie unnatürlichen Regeln unterworfen. Es war vereinbart, dass sie von allein zu Bett ging, wenn sie müde war. Als sie jedoch nach dem Vortrag nicht zu ihnen zurückgekehrt und auch nicht in der Kabine zu finden gewesen war, hatte ihre Mutter sich Sorgen gemacht, und sie hatten auf den Decks, in den Salons und im Lesesaal nach ihr gesucht.

Nigel betrachtete den Mann, der ihm in der Kabine des Ersten Offiziers gegenübersaß. Er war klein, mit einem glatten Gesicht und einer Stirn, die sich kahl zum Scheitel hin wölbte; die Augen hatten diesen milden, aufmerksamen und doch irgendwie unscharfen Blick, den Nigel schon früher bemerkt hatte – den Blick eines Mannes, der zuhört, der zuhören muss, wie der Analytiker, um Andeutungen, Obertöne, verborgene Stimmen zu erkennen, sowohl bei seinen Patienten als auch bei sich selbst.

»Wie ist sie Ihnen beim Abendessen vorgekommen?«,

fragte Nigel und tastete in der verwirrenden, desorientierenden Dunkelheit dieses Falles nach einem Lichtschalter. »Hat sie irgendwelche Anzeichen von Besorgnis oder Aufregung gezeigt?«

»Ich würde sagen, sie hatte ein Geheimnis«, sagte Mr Chalmers nach einer Pause. »Sie hatte sich etwas überlegt oder einen Plan gemacht. Ja, das wäre meine Interpretation.«

»Sie sagten, sie hätte sich etwas überlegt. Schon länger?«

Mr Chalmers glättete seine massive Stirn. »Mir ist aufgefallen, dass Primrose gestern Nachmittag, nachdem wir schwimmen waren, ungewöhnlich still war.«

»Könnten Sie mir alles erzählen, woran Sie sich erinnern?«

In seiner versierten Art trug Mr Chalmers die Fakten zusammen. »Wir besichtigten das venezianische *Castro*, picknickten auf einem Hügel in der Nähe und ruhten uns dann eine Weile aus. Meine Frau wollte schwimmen, aber wir wussten nicht genau, wo die Badestrände waren. Also gingen wir hinunter zum Hafen und nahmen dann auf gut Glück einen Weg, der westlich aus der Stadt führte, oberhalb des Meers. Bald kamen wir zu einer Bucht – etwa eine Meile vom Hafen entfernt, glaube ich. Miss Ambrose und ihre Schwester sonnten sich zwischen den Felsen auf der anderen Seite. Es sah nach einem guten Platz zum Baden aus, aber sie sagten uns, dass er von Seeigeln verseucht sei. Also gingen wir weiter.«

»Welche der beiden hat Ihnen das gesagt?«

»Miss Ambrose. Ich dachte, es könnte eine irrationale Phobie von ihr sein, aber meine Frau wollte nicht riskieren, dass Primrose auf einen Seeigel tritt.«

»Hat Mrs Blaydon etwas gesagt?«

»Ich glaube nicht. Sie winkte, als wir sie verließen. Ihre

Schwester sagte, dass es weiter hinten einen besseren Strand gebe.«

»Wann war dieses Treffen?«

»Ich bin nicht besonders gut, was die Zeit betrifft.« Mr Chalmers' dünne Lippen verzogen sich zu einem vorgetäuschten Lächeln. »Es war vielleicht gegen drei Uhr.«

»Und dann?«

»Wir gingen weiter, etwa eine halbe Meile, bis wir einen anderen Strand fanden. Wir gingen schwimmen. Dann ist Primrose allein losgezogen.«

»In welche Richtung ist sie gegangen?«

»Zurück auf dem Weg, den wir gekommen waren.«

»Wie lange war sie weg?«

»Ich weiß nicht genau. Meine Frau und ich haben eine Theorie von Melanie Klein im Zusammenhang mit einem meiner Patienten diskutiert.«

»Fünf Minuten? Eine Stunde?«

»Vielleicht eine halbe Stunde. Weniger nicht, denke ich. Als Primrose zurückkam, hatte ich den Eindruck, dass sie sich in der von mir erwähnten Gemütslage befand.«

»Woran haben Sie das gemerkt?«

»Primrose wirkte verstört, vertieft in ein – wie soll ich sagen – eigenes Problem oder eine Spekulation. Sie setzte sich abseits von mir, was natürlich symptomatisch war.«

»Sie saß nur da und dachte nach?«

»Sie nahm ihr Notizbuch heraus und begann zu schreiben. Aber ihr Füller war leer, also lieh sie sich einen Bleistift von mir.«

Nigel hielt ein paar Sekunden den Atem an und fragte dann: »Einen unauslöschlichen Bleistift?«

»Nein, einen ganz normalen.« Ein kaum merkliches Runzeln der riesigen Stirn von Mr Chalmers war das einzige Anzeichen dafür, dass er Nigels letzte Frage merkwürdig gefunden hatte.

»Sie haben Ihre Tochter weder in dem Augenblick noch später gefragt, was sie auf dem Herzen hatte?«

»Gewiss nicht.« Mr Chalmers' Tonfall war leicht vorwurfsvoll. »Die Privatsphäre der Kinder muss immer respektiert werden.«

»Sie hat mir gesagt, dass sie eine Analyse machte.«

»Ja, bei einem Kollegen von mir.«

Der Telegraf des Schiffs piepte. Nigel reichte Mr Chalmers seine Zigarettenschachtel. Dieser zündete sich eine Zigarette an.

»Sie sind sehr hilfreich. Würden Sie von der Stelle an weitererzählen?«

»Etwa eine halbe Stunde später gingen wir zurück zum Hafen. Wir unterhielten uns kurz mit Mrs Blaydon. Sie sagte uns, sie hätte schließlich doch gebadet.«

»Wo haben Sie sie getroffen?«

»Auf der anderen Seite der Bucht – auf der Ostseite; sie war umgezogen, wohl um in der Sonne zu bleiben. Ihre Badesachen und ihr Kleid waren zum Trocknen auf den Felsen ausgebreitet. Sie hatte einen Bademantel an.«

»In der Sonne?«

»Ja. Auf der Westseite fällt der Weg steil zu den Felsen ab, und der Hang eines Hügels erhebt sich direkt über dem Weg. Diese ganze Seite lag im Schatten.«

»Und ihre Schwester? Ist sie auch schwimmen gegangen?«

»Das kann ich nicht sagen. Mrs Blaydon hat uns gesagt,

Miss Ambrose sei vorausgegangen; sie meinte, wir könnten sie vielleicht noch einholen.«

»Haben Sie das?«

»Nein. Sie muss aufs Schiff gegangen sein, bevor wir den Kai erreichten.«

»Mrs Blaydon hat keinen Grund genannt, warum ihre Schwester vorausgegangen ist?«

»Nein. Ich erinnere mich, dass ich dachte, dass es fast das erste Mal war, dass ich sie getrennt gesehen habe. Miss Ambrose war so etwas wie ein emotionaler Vampir, würde ich sagen.«

»Können Sie einen ungefähren Zeitpunkt angeben?«

»Nein. Moment mal. Doch, kann ich. Ich habe auf die Uhr gesehen und Mrs Blaydon gesagt, dass die *Menelaos* in einer Dreiviertelstunde abfahren würde. Es muss also 17:15 Uhr gewesen sein.«

Nigel lehnte sich in seinen Stuhl zurück. Seine Fragen waren dem einzigen Weg der Befragungslinie gefolgt, der ihm logisch erschien; aber obwohl sie ein oder zwei merkwürdige Fakten und ein wirklich vielversprechendes Detail enthüllt hatte, sah Nigel nicht, wie dieser Weg ihn zum Mörder führen konnte.

»Haben Sie im Laufe des Nachmittags außer Mrs Blaydon noch andere Passagiere gesehen?«

»Nicht, nachdem wir die Stadt verlassen hatten. Ich bemerkte Mr Street und diesen Bentinck-Jones am Kai.«

»Gab es nichts, was Ihnen merkwürdig vorkam?«

»Als wir zum Kai zurückkamen, fiel mir auf, dass es dem jungen Trubody nicht gut zu gehen schien.«

»Was? Krank, meinen Sie?«

»Ich schätze, dass er einen schweren Schock erlitten hatte oder sich in einer akuten emotionalen Krise befand. Er wies meine Annäherungsversuche schroff zurück. Er hat mit niemandem gesprochen. Er kam nicht mit uns auf das Kaik, er hat ein späteres genommen, nehme ich an.«

»Ja«, sagte Nigel, »er hat es gerade noch rechtzeitig aufs Schiff geschafft. Er und Mrs Blaydon.«

VII

Mr Chalmers hatte gerade die Kabine verlassen, als es an der Tür klopfte und Faith Trubody, gefolgt von Jeremy Street, hereinkam. Nigel hatte den Eindruck, dass der Dozent wider besseren Wissens mitgeschleppt worden war; jedenfalls stand er unbeteiligt daneben, als wollte er sich vom Geschehen distanzieren, und sah sich die Einrichtung der Kabine des Ersten Offiziers an. Sein faltiges, schönes Gesicht schien mehr denn je eine Fassade zu sein – eine Fassade, die jeden Augenblick zerbröckeln konnte – und dabei was enthüllen würde? Den wahren Mann oder die Leere?

»Jeremy wird erpresst«, rief das Mädchen atemlos aus. »Ich habe ihm gesagt, dass er Ihnen davon erzählen muss. Natürlich kann es sein, dass es nichts mit dem Mord zu tun hat, aber ein Mann, der so etwas tun kann, könnte ...«

»Einen Moment«, warf Nigel ein. »Könnten Sie am Anfang beginnen? Und setzen Sie sich doch bitte, Miss Trubody.« Faith ließ sich auf das Bett des Ersten Offiziers plumpsen. »Es geht um diesen schrecklichen kleinen Mann, Bentinck-Jones. Er hat uns auf dem Hügel ausspioniert. Jeremy sah etwas aufblitzen, und dann ...«

»Mein liebes Mädchen«, protestierte Jeremy mit kalter Gereiztheit in der Stimme, »wenn wir schmutzige Wäsche in der Öffentlichkeit waschen müssen ...«

»Schmutzige Wäsche!« Ein leicht boshafter Ausdruck erschien auf dem Gesicht des Mädchens. »Als du mich gebeten hast, dich zu heiraten!«

Jeremy Street warf ihr einen wütenden Blick zu; dann erzählte er sehr kontrolliert mit belegter Stimme die Geschichte. Als er geendet hatte, sagte Nigel:

»Aber ich verstehe nicht, was Sie beunruhigt. Sie sagen, dass Bentinck-Jones Sie und Miss Trubody in einer Situation gesehen hat, die er als kompromittierend empfand. Er folgte Ihnen zum Kai, nachdem Sie sie verlassen hatten, und drohte, Ihrem Vater zu erzählen, was er gesehen hatte. Richtig?«

»Ja.«

»Aber welche Beweise könnte er haben, um Mr Trubody zu überzeugen? Ihr und Faiths Wort würden gegen seins stehen, oder nicht?«

Jeremy Streets Kopf mit seinem gebleichten, goldblonden Haar scheute wie ein Pferd. »Er hatte eine Kamera mit Teleobjektiv«, sagte er, wobei sich seine Lippen kaum bewegten.

»Ich verstehe. Hat er Ihnen einen Abzug gezeigt?«

»Noch nicht.«

»Ich weiß nicht, warum du seine Kamera nicht zertrümmert oder ins Meer geworfen hast«, rief Faith.

»Also wirklich. Das hier ist kein amerikanischer Film.«

»Wissen Sie, Jeremy versucht, Daddy für ein Projekt zu interessieren, und wenn ...«

»Um Gottes willen, halt dich da raus, Faith!« Jeremy wandte

sich an Nigel. »Wir haben uns gefragt, ob Sie nicht Druck auf Bentinck-Jones ausüben und ihm den Film abnehmen können.«

»Druck? Was für einen Druck?«, sagte Nigel unfreundlich. »Ich soll in einem Mordfall ermitteln.«

»Genau darum geht es ja«, sagte Faith und sah Nigel mit ihren grünen Augen an. »Wissen Sie, gestern Abend – es war kurz vor 21:15 Uhr – sah ich, wie dieser widerliche kleine Bentinck-Jones die Treppe von Miss Ambrose Kabine her heraufkam und auf dem Deck zum Swimmingpool ging.«

»Sie beschuldigen ihn des Mordes?«

»Na ja, das ist doch ziemlich verdächtig, oder?«

»Und ich soll diese Informationen nutzen, um zu erreichen, dass er mir den Film aushändigt? Hat noch jemand gesehen, wie er zum Vorschiff gegangen ist?«

»Ich habe keinen blassen Schimmer. Ich war allein.«

»Aber warum tun Sie es nicht selbst? Wenn es darum geht, den Erpresser zu erpressen ...«

»Das bringt uns nicht weiter«, unterbrach Jeremy mit hochmütiger Miene. »Ich hätte gedacht, dass Sie, da Sie die Ermittlungen leiten, die Kabine des Kerls durchsuchen lassen könnten.«

»Sie wurde gestern Abend durchsucht«, sagte Nigel.

»Ach ja? Dann ...«

»Aber nicht auf den Film hin.«

»Na dann«, sagte das Mädchen, »suchen Sie noch einmal.«

Jeremy hob seine Hände in einer theatralischen Geste der Verzweiflung.

»Wenn wir schon dabei sind«, sagte Nigel, »haben Sie beide Ihre Bewegungen von gestern Abend aufgeschrieben?«

Jeremy Street zog ein Blatt aus seiner Tasche und reichte es Nigel, der einen Blick darauf warf.

21:00–21:30 Uhr	*Vortrag auf dem Schiffsdeck.*
21:30–21:35 Uhr	*Gespräch mit ein paar Zuhörern.*
21:35 Uhr	*Ging in meine Kabine.*
21:40 Uhr	*Besuch der Bar auf dem Achterdeck.*
22:00 Uhr	*Zum Tanz erschienen.*

»Haben Sie für all das Beweise?«, fragte Nigel.

»Während meines Vortrags haben mich etwa fünfzig Personen gesehen. Ich kenne die Namen der Leute, mit denen ich danach gesprochen habe nicht, obwohl ich sie herausfinden könnte, wenn man eine Gegenüberstellung arrangieren würde. Ich weiß nicht, ob mich jemand in meine Kabine gehen sehen hat – der Mann, der sie mit mir teilt, war nicht da. Der Barkeeper kann sich vielleicht daran erinnern, dass ich von 21:40 Uhr bis 22 Uhr getrunken habe, es waren sonst eine Menge Franzosen an der Bar. Faith wird bestätigen, dass ich gegen zehn Uhr zum Tanz kam und dort blieb.«

Nigel ignorierte den bewusst ärgerlichen Ton des Mannes und wandte sich Faith zu.

»Können Sie das bestätigen?«

»Oh, ich denke schon. Aber ich habe nicht auf die Uhr geschaut.

»Und was ist mit Ihren Bewegungen?«

»Ich war im Salon und habe darauf gewartet, dass der Tanz beginnt, etwa ab 21 Uhr. Peter und mein Vater waren bei mir.«

»Haben Sie den Salon zu irgendeinem Zeitpunkt zwischen 21 und 22 Uhr verlassen?«

»Oh nein.«

»Wie haben Sie dann gesehen, dass Mr Bentinck-Jones sich an Deck schlich, um Primrose zu ermorden?«

Faith biss sich auf die dünne Unterlippe und errötete. »Ich nehme an, Sie halten sich für sehr schlau. Ich stand zufällig an der Glastür zum Salon. Von dort aus sah ich ihn die Treppe heraufkommen. Er ging hinaus aufs Deck und wandte sich nach rechts zum Bug des Schiffs.«

»Gut«, sagte Nigel schnell, »danke. Ich werde Sie nicht mehr brauchen, Miss Trubody.«

Das Mädchen zögerte, warf Jeremy einen Blick von der Seite zu und verließ den Raum.

»Faith scheint eine geborene Lügnerin zu sein«, bemerkte Jeremy. »Wie die meisten Frauen.«

Nigel gab keinen Kommentar dazu ab. »Um auf gestern Nachmittag zurückzukommen«, sagte er, »haben Sie sie tatsächlich gebeten, Sie zu heiraten, oder ist das eine weitere ihrer Erfindungen?«

»Das habe ich. Sie hat abgelehnt.«

»Wie merkwürdig.«

Der Anflug eines Lächelns auf Jeremys Gesicht verriet, dass er Nigels Bemerkung als Kompliment für seine Qualitäten auffasste. »Sie ist ein bisschen kriminell, wenn Sie mich fragen, sie sagte mir, sie wolle sexuelle Erfahrungen, keine Ehe.«

Diese ungewöhnliche, wenn auch nicht sehr sympathische Offenheit ließ Nigel vermuten, dass der Mann Erleichterung verspürte, weil sie sich vom gefährlichen Terrain entfernt hatten, oder aber dass er plapperte, um das Gespräch davon abzulenken. Er stellte wahllos weitere Fragen und wartete auf

Anzeichen – eine unbeabsichtigte Geste, ein zu vorsichtiger Blick oder ein Gefühl größerer Spannung in der Luft –, die seinem durch viele Befragungen von Verdächtigen geschulten Instinkt verrieten, dass die Untersuchung sich einem sensiblen Punkt näherte.

»Bentinck-Jones wollte Geld, nehme ich an?«

»Vermutlich. Seine Vorgehensweise war allerdings äußerst hinterhältig.«

»Haben Sie ihm irgendetwas versprochen?«

»Meine Güte, nein. Ich habe ihn hingehalten.«

»Wo ist das passiert?«

»Am Kai. Ich habe ihn sofort abgeschüttelt und ein Boot zurück zum Schiff genommen. Ich wollte mir ... ich wollte einfach über alles nochmal nachdenken.«

In Nigels Kopf ertönte eine leise Alarmglocke. Jeremy Street hatte den Verlauf seines letzten Satzes geändert. Was hatte er wirklich »gewollt«?

»Aber Sie sind wieder an Land gegangen. Sie kehrten später in demselben Kaik zurück wie Miss Massinger und ich.«

»Das stimmt.«

»Wo sind Sie das zweite Mal hingegangen?«

»Ein Stückchen aus dem Hafen hinaus. Westwärts. Ich fand ein schattiges Plätzchen und las ein Buch.«

Die Alarmglocke war wieder verstummt.

»Welches Buch?«, fragte Nigel, ratlos, was er nun tun sollte. Die Wirkung dieser schwachsinnigen Frage war jedoch erstaunlich. Jeremy Streets schöner Kopf hob sich, er strich sich mit zitternden Fingern die Haare am Hinterkopf glatt, und sein fein ziselierter Mund sah plötzlich verpfuscht aus.

»Was für eine verdammte, dumme, impertinente Frage!«, rief er.

»Dumm, zugegeben. Aber warum impertinent?«

»Ich verwende das Wort im Sinne von nicht sachdienlich, irrelevant.«

»Sie erinnern sich nicht an den Titel des Buchs?«

»Hören Sie! Ich ...« Jeremy riss sich sichtlich zusammen. Mit einem einschmeichelnden Lächeln fuhr er fort: »Nein, ich weiß es wirklich nicht. Es war ein Krimi, den ich aus der Schiffsbibliothek mitgenommen habe. Tatsache ist, dass ich nicht viel gelesen habe – ich konnte dieses Schwein Bentinck-Jones einfach nicht aus dem Kopf kriegen.«

Nach einer kurzen Pause fragte Nigel: »Konnten Sie von dort, wo Sie saßen, den Weg sehen, der westlich aus der Stadt herausführt?«

»Ja. Ich war oberhalb davon, auf dem Hügel.«

»Haben Sie jemanden, den Sie kennen, vorbeikommen sehen?«

»Ich sah Primrose Chalmers und ihre Eltern, die in die Stadt zurückgingen.«

»Haben Sie eine Ahnung, wann das war?«

»Ja. Ich habe auf meine Uhr geschaut, um zu sehen, ob es Zeit wäre, mich auf den Rückweg zu machen. Es war zwischen 17:20 und 17:25 Uhr.«

»Miss Ambrose muss vorher den Weg entlanggegangen sein. Sie haben sie nicht bemerkt?«

»Nein.«

Nigel schien zu spüren, dass die Spannung zurückkehrte, die sich gelegt hatte, nachdem sie das Thema von Streets Lesestoff abgehakt hatten.

»Sonst haben Sie nichts gesehen oder gehört?«

»Ich glaube nicht. Oh, da war jemand – aber es könnte eine Ziege gewesen sein, die auf dem Hügel über mir herumgeklettert ist. Vielleicht eine Stunde, bevor die Chalmers vorbeikamen.«

Eine Ziege vielleicht, dachte Nigel; oder vielleicht eine menschliche Ziege – eine, die die Insel gut kannte.

VIII

Nigel hatte das Gefühl, dass er nicht weiterkam, bevor er Melissa Blaydon befragt hatte. Eine Meeresbrise wehte durch das Kabinenfenster herein, ließ den Vorhang flattern und milderte die Hitze des Tags. Wenn er hinausschaute, sah er den Himmel und eine verschwommene Insel in der Ferne.

Er setzte sich und begann, auf ein Blatt Papier zu schreiben. Es war seine Gewohnheit, in der Ruhepause einer Untersuchung eine Anthologie von Merkwürdigkeiten zusammenzustellen – Informationsfetzen, Dialoge, Fragen, Beobachtungen, die ihm als anomal und daher herausfordernd aufgefallen waren und die er wahllos aufschrieb, wie sie ihm in den Sinn kamen. Drei weitere Zigarettenstummel stapelten sich im Aschenbecher, bevor er geendet hatte.

1. *Ianthe. Hatte einen Sonnenstich, kehrte aber allein zum Schiff zurück.*
2. *»Badesachen und Kleid zum Trocknen auf den Felsen ausgebreitet.« Ein Versprecher? Freudscher? Wenn nicht, warum?*
3. *Eine Menge Nässe überall – Nikkis Aussage.*
4. *Was hat Jeremy gelesen? Pornographie? – nicht erst nach der Epi-*

sode mit Faith. Warum sollte er sich gedemütigt fühlen, wenn man wüsste, was er gelesen hatte? Oder war er aufs Schiff zurückgekehrt, um – nicht ein Buch zu holen, sondern ???
5. *Faith muss der Hintern versohlt werden. Würde ich Ianthes Wort über ihres stellen bezüglich des Ärgers in der Schule?*
6. *Was hat Peter auf Kalymnos gemacht? »Ich wusste da noch nicht, dass sie einen Sonnenstich hatte.« Siehe (1). Der Sonnenstich erklärt eine merkwürdige Handlung von Melissa – etwas, das P. einen »schweren Schock«, eine akute emotionale Krise bescherte. ??? Frag ihn doch, du dummes Huhn.*
7. *Bleistift, nicht Füllfederhalter. Von höchster Wichtigkeit: Nachfassen. Druck. Film.*
8. *Hat Primroses »Geheimnis«, ihr »Plan« mit Ianthe zu tun? Sicherlich. Warum stößt man jemanden in den Swimmingpool? Hat Clare den Jackpot geknackt??*
9. *Nikki sagte, C. und ich hätten uns geirrt, als wir ihn vom Hafen weggehen sahen. Eine Lüge. Aber er hat hinsichtlich der Episode in Melissas Kabine reinen Tisch gemacht. Höchst bedeutsam?*
10. *Warum hat M. schweigend gekämpft? Warum hat sie überhaupt gekämpft? Angeblich hatte sie sich mit Nikki verabredet. Nein, wir haben nur sein Wort dafür. Sie fragen.*
11. *Keine Badekappe unter der Dusche? Sieht schlecht aus. Siehe (3).*
12. *Können die Bewegungen von Bentinck-Jones überprüft werden. Unter welchen Umständen könnte das Opfer, nicht der Erpresser, ermordet werden?*

Nigel grübelte über dieser seltsamen Zusammenstellung, schob die Teile hin und her und versuchte, sie ineinanderzustecken. Einige von ihnen warf er sehr bald weg, als stammten sie aus einem anderen Puzzle und wären in die falsche

Schachtel geraten. Die restlichen aber – es war erstaunlich, wie sie sich zu einem Teil eines Bildes zusammenfügten, eines absonderlichen Bildes, das er, wie Nigel jetzt erkannte, ohne es zu wissen, bereits momentweise erahnt hatte.

Er fügte zwei weitere Einträge auf dem Kanzleipapier hinzu:

13. Landgangkarten. Umständlich, könnten aber manipuliert werden; vor allem von Nikki.
14. Clare. Der Bischof. Melissa auf Delos. Schwäne.

Als Nigel das Blatt faltete und einsteckte, kam der Kreuzfahrtmanager mit einem Stapel Papiere herein.

»Sie sind fast vollständig. Ich habe Sie alphabetisch geordnet.«

»Sehr freundlich. Hat sich jemand geweigert, eine Aussage zu machen?«

»Nein, Sir. Ich habe natürlich weder Mrs Blaydon noch die Chalmers behelligt. Und Miss Trubody sagte mir, dass sie Ihnen die Daten mündlich gegeben hat.«

»Haben Sie auch einen Bericht über Ihre eigenen Bewegungen gestern Abend dazugelegt?«

Nikki wirkte gekränkt. »Sicher, sicher. Warum sollte ich das nicht? Oh, und da ist gerade ein Funkspruch von Scotland Yard reingekommen.«

Nigel las ihn. Ivor Bentinck-Jones war im Archiv als Hochstapler bekannt. Er war 1947 verhaftet worden. Seitdem keine Verurteilung mehr.

»Er hat seinen Beruf gewechselt«, bemerkte Nigel. »Was haben *Sie* auf Kalymnos gemacht, mein Freund?«

Nikkis glänzende Augen verfinsterten sich. »Was denken Sie sich, Mr Strangeways?«

»Nun, die Athener Polizei kann es herausfinden – und ich nehme nicht an, dass ihre Methoden so höflich sind wie meine.«

»Kalymnos hat, wie Ihr großer Dramatiker Gilbert Sullivan schrieb, nichts mit dem Fall zu tun.«

»Warum machen Sie sich dann die Mühe, über Ihre Bewegungen dort zu lügen?«

»Sir, Sie beleidigen mich!« Nikki bebte bis in die Wimpern vor Empörung. »Wir Griechen sind ein stolzes Volk ...«

»Sind Sie persönlich zu stolz, um in Mr Bentinck-Jones Kabine einzubrechen?«

»Diese Ratte!« Der temperamentvolle Nikki strahlte. »Ich werde ihn für Sie verprügeln. Ich tue alles.«

»Nachdem ich mit Mrs Blaydon gesprochen habe, bitten Sie Bentinck-Jones herzukommen. Diesmal suchen Sie nach einer Filmrolle seiner Kamera. Ich bezweifle, dass wir dazu befugt sind, aber es lässt sich nicht ändern. Brechen Sie aber keine Sachen auf, sonst könnten Sie Ärger bekommen. Sammeln Sie einfach alle Filme und Fotos ein, die Sie finden. Ach, und noch etwas ...« Nigel warf Nikki einen festen Blick zu, »Ist es möglich, mit Kalymnos über Funk in Kontakt zu treten?«

»Natürlich.«

»Dann bitten Sie den Kapitän, das zu tun. Ich möchte, dass die Behörden auf Kalymnos die Gegend um den Badeplatz absuchen, den Sie Mrs Blaydon empfohlen haben.«

»Sie absuchen? Aber, Mr Strangeways, wozu?« Der Ausdruck von Verwirrung oder Bestürzung auf dem Gesicht des Kreuzfahrtmanagers war fast schon komisch.

»Sie sollen die kleine Bucht und das Land zwischen ihr und dem Hafen auf beiden Seiten des Wegs absuchen. Sie sollen nach Hinweisen suchen, Nikki, Hinweisen – nach etwas, das ein Mörder hinterlassen hat«, sagte Nigel eindringlich, die Augen auf den Mann gerichtet, der ihn anstarrte, als hätte er teuflische Kräfte. »Aber als Erstes suchen Sie den Bischof von Solway. Fragen Sie ihn, ob er herkommen kann.«

Nikki entfernte sich und kratzte sich an seiner stoppligen Wange. Nigel wählte aus dem Stapel Papier die Aussagen von Peter Trubody, Ivor Bentinck-Jones und Nikki heraus. Zusammen mit Jeremy Street und Faith Trubody, die ihm ihre Informationen bereits gegeben hatten, waren dies die einzigen Personen an Bord, von denen Nigel wusste oder vermutete, dass sie ein Motiv für den Mord an Ianthe Ambrose hatten.

Seiner Aussage zufolge hatte Peter am Abend zuvor seit etwa 20:45 Uhr mit seiner Familie im vorderen Salon gesessen. Er war dort geblieben, bis der Tanz begonnen hatte, mit Ausnahme von ein, zwei Minuten – die genaue Zeit konnte es nicht angeben –, als seine Schwester ihn gebeten hatte, ihr eine Stola aus ihrer Kabine zu holen. Danach hatte er bis 22:30 Uhr getanzt oder sich mit Mrs Blaydon an der Bar unterhalten.

Ivor-Bentinck-Jones – seine Handschrift war krakelig und geheimnisvoll im Vergleich zu Peter Trubodys nachlässiger Klaue – sagte aus, dass er vom Ende des Abendessens bis etwa 21:15 Uhr an der Bar auf dem Achterdeck gewesen war. Dann war er nach unten gegangen, um ein sauberes Taschentuch zu holen, nachdem er das Taschentuch in seiner Tasche benutzt hatte, um sich das Hosenbein abzuwischen, auf das er einen Drink verschüttet hatte. »Ich beobachtete dann, wie der Kreuzfahrtmanager die Kabine von Mrs Blaydon betrat, unter Umständen, die ich Ihnen bereits geschildert habe und die unter Eid zu bestätigen ich bereit bin.« Nach dieser Episode war Bentinck-Jones an Deck gegangen, um vor Beginn des Tanzes noch einmal Luft zu schnappen. Von da an hatte er sich im vorderen Salon aufgehalten.

Nikkis Aussage war wesentlich ausführlicher und gleichzeitig nicht so präzise. Es war gegen 20:50 Uhr auf das Schiffsdeck gegangen, um sich zu vergewissern, dass alles für den Vortrag bereit war. Seine Aufgaben hatten ihn dann an verschiedene andere Stellen des Schiffes geführt. Um 21:15 Uhr war er in die Kabine von Mrs Blaydon gegangen, war abgewiesen worden und hatte sich zurückgezogen, um sich die Haare zu kämmen und seine Wunden zu lecken. Dann war er zwischen 21:25 Uhr und 21:30 Uhr im vorderen Salon erschienen.

Diese drei Aussagen schienen einwandfrei zu sein. Man müsste sich vergewissern, dass Faith Peter gebeten hatte, ihre Stola zu holen. Bentinck-Jones' Information über das Verschütten seines Drinks kam Nigel etwas übereifrig vor, aber der Mann konnte den Mord an Primrose Chalmers zu diesem Zeitpunkt nicht vorbereitet haben, denn er konnte nicht wissen, dass sie den Vortrag vorzeitig verlassen würde.

Die Episode zwischen Nikki und Melissa kam ihm immer noch seltsam vor. Sie wusste, dass der Vortrag um 21:30 Uhr zu Ende sein würde, war es da nicht seltsam, dass sie sich mit Nikki für 21:15 Uhr verabredet hatte? Nur eine Viertelstunde vor der erwarteten Rückkehr ihrer Schwester? Was auch immer man von Melissa halten mochte, sie war sicher kein Kurzzeitflittchen. War es möglich, dass sie die Verabredung gar nicht getroffen hatte, dass Nikki sie in ihre Kabine gehen sehen und beschlossen hatte, sein Glück zu versuchen? Er war weiß Gott hinlänglich ermutigt worden.

Nigels Gedanken wandten sich jetzt dem Bischof zu.

»Nein, gehen Sie nicht, Nikki.« Nigel wandte sich an den Bischof. »Würden Sie mir helfen, Sir? Nikki wird sich über Funk mit Kalymnos verbinden lassen. Könnten Sie dabei sein, wenn er das tut?«

Der Bischof wirkte durch diese Bitte nicht weniger verwirrt als Nikki.

»Sie verstehen Griechisch«, sagte Nigel. »Ich will nur sicher sein, dass die Nachricht, äh, korrekt durchgegeben wird.«

»Ach du meine Güte!« Der Bischof warf Nikki einen eindringlichen Blick zu, der mit offenem Mund dastand wie ein Operntenor, der gleich eine große Protestarie anstimmen würde. »Nun gut. Wie lautet die Nachricht?«

Nigel sagte es ihm.

IX

Es war jetzt kurz vor 11:30 Uhr. Aber es waren keine Passagiere gekommen, die bereit waren, sich als Zeugen zur Verfügung zu stellen, und Nigel wollte das nächste Gespräch unbedingt hinter sich bringen. Er fürchtete sich davor, aber es hing so viel davon ab. Er machte Plunket in seiner Kabine ausfindig und fragte ihn, ob es nun möglich sei, mit Miss Blaydon zu sprechen.

»Nun, ich sagte Mittag, aber ich glaube nicht, dass eine halbe Stunde einen Unterschied machen wird. Aber ich fürchte, ich muss darauf bestehen, dabei zu sein. Sie ist meine Patientin, und sie ist schwer angeschlagen.«

»Ich bitte Sie sogar dabei zu sein. Ich werde es so kurz und einfach wie möglich für sie machen.«

Der Arzt betrat zuerst Melissas Kabine. Dann streckte er den Kopf heraus und winkte Nigel hinein.

In der Kabine war es stickig, heiß, und ein schaler Geruch von Eau de Cologne hing in der Luft, obwohl der elektrische Ventilator auf Hochtouren lief. Die Leinenvorhänge vor dem Bullauge waren zugezogen und dämpften das Licht zu einer Art Dämmerung. Es war eine der teuersten Kabinen auf der *Menelaos*, mit Einzelbetten anstelle von Etagenbetten. Auf einem von ihnen lag Melissa Blaydon, auf Kissen gestützt, ein brauner Arm lag träg auf der weißen Decke, die andere Hand stützte ihren schönen Kopf, der mit einem gelben Seidentaschentuch halb verhüllt war. Selbst unter dem Schock der Trauer hatte sie ihr Gespür für eine attraktive Pose nicht verloren. Sie war wie immer exquisit geschminkt, aber ihre Gesichtszüge schienen durch die Tortur, die sie durchgemacht hatte, ein wenig verhärmt zu sein.

»Es ist sehr nett von Ihnen, mich zu empfangen«, sagte Nigel. »Seien Sie meines Mitgefühls versichert. Es war ein furchtbarer Schock für Sie, und ich werde versuchen, Sie so wenig wie möglich zu bedrängen. So ersparen Sie sich zumindest stundenlange Verhöre durch die Polizei, wenn wir in Athen ankommen.«

»Setzen Sie sich, Mr Strangeways – Nigel, wenn ich Sie so nennen darf.« Mit einer schwachen Geste der Hand, die auf der Bettdecke lag, deutete Melissa auf das Doppelbett. »Dieser liebe Mann ...« – ihr Blick ging zu Plunket – »... hat mir erzählt, dass Sie ein berühmter Detektiv sind. Das hätte ich nie gedacht. Also, was möchten Sie wissen?«

Der Kummer schien der Frau eine Würde, eine Ruhe gegeben zu haben, die sie in der kurzen Zeit ihrer Bekanntschaft nicht gezeigt hatte; das schelmisch mädchenhafte Element war nicht länger zu erkennen.

»Wann haben Sie Ihre Schwester das letzte Mal gesehen?«

»Nach dem Abendessen gestern. Ich brachte ihr ein paar Trauben.«

»Wie war ihr Gemütszustand in dem Augenblick?«

»Nun, sie war sehr schweigsam. Aber sie sagte, dass ihre Kopfschmerzen nachgelassen hätten und dass sie gleich zum Vortrag gehen würde. Sie schien nicht zu wollen, dass ich bleibe, und so ging ich in den Salon, nachdem ich etwa zehn Minuten bei ihr gesessen hatte.«

»Sie hatten nicht den Eindruck, dass sie ... nun ja, daran dachte, ihrem Leben ein Ende zu setzen?«

»Natürlich nicht! Ich hätte sie nie verlassen, wenn – ich meine, sie wirkte nicht deprimierter als sonst. Um die Wahrheit zu sagen, ich fing an zu bezweifeln, dass sie es wirklich ernst meinte, als sie von Selbstmord sprach.«

»Könnten Sie mir für das Protokoll etwas über Ihre Bewegungen erzählen? Sie gingen an die Bar?«

»Ja. Ich habe etwas getrunken. Dann kam ich hierher, um mich für den Tanz umzuziehen.«

»Und wie spät war es da?«

»Nun, ich brauche ziemlich lange, um mich anzukleiden. Ich habe mir vierzig Minuten Zeit gelassen; der Tanz sollte um 21:30 Uhr beginnen. Ja, ich muss also gegen 20:50 Uhr heruntergekommen sein.«

»Und Ihre Schwester war nicht da?«

»Nein. Ich nahm an, sie sei schon hochgegangen, um einen guten Platz beim Vortrag zu bekommen.«

»Mir ist aufgefallen, dass Sie erst erschienen sind, nachdem der zweite Foxtrott schon begonnen hatte. Haben Sie sich verspätet?«

»Nun, mir war sehr heiß, also habe ich geduscht. Und dann passierte etwas ziemlich Unangenehmes.«

»Was war das?«

»Oh, das möchte ich Ihnen lieber nicht sagen.«

»Das brauchen Sie auch nicht. Nikki hat das getan.«

Die getuschten Wimpern flatterten. Melissa drehte ihren Kopf weiter von ihm weg. »Oh! Wie unglaublich seltsam von ihm. Das ist mir wirklich peinlich. Das Letzte, was ich tun möchte, ist, den dummen Mann in Schwierigkeiten zu bringen.«

»Er sagt, Sie hätten ihn gebeten, um 21:15 Uhr zu Ihnen zu kommen.«

»Ach ja? Nun, *ich muss schon sagen!* Ich fürchte, der arme Doktor wird sich sehr wundern.« Melissa war jetzt regelrecht aufgeregt. »Doktor, lassen Sie mich *bitte* mit Mr Strangeways allein sprechen. Ich verspreche, dass ich mich nicht anstrengen werde.«

»Nun gut. Aber nicht länger als zehn Minuten. Dann komme ich zurück.«

Melissa warf Dr. Plunket einen dankbaren Blick zu, und er ging hinaus.

»Nikki muss da etwas missverstanden haben. Ich habe ihm am Morgen gesagt, dass ich ihn vielleicht noch vor Beginn des Tanzes sehen wolle.«

»Unter vier Augen?«

»Ja. Er war ziemlich lästig geworden – ich meine, ich mag ihn, er ist sehr attraktiv, aber ich dachte, es wäre an der Zeit, die Dinge ein wenig abzukühlen. Aber dann stürmte er herein und stürzte sich auf mich.«

»Im Dunkeln.«

»Ja. Er war wirklich penetrant, wissen Sie.«

»Haben Sie sich im Dunkeln angezogen?«

»Ich? Oh, ich verstehe. Ich war gerade aus der Dusche gekommen. Ich nehme an, er hat mich beim Betreten der Kabine gesehen und ist mir gefolgt. Ich hatte gerade meinen Bademantel ausgezogen und wollte das Licht anmachen, als er hereinstürmte.«

Nigel verfolgte das Thema nicht weiter. Er starrte auf den abgewandten Kopf, das exquisite Profil, das sich von dem gelben Schal abhob, und sagte:

»Ich fürchte, Ihre Schwester hat keinen Selbstmord begangen.«

»Sie *fürchten?* Ich verstehe nicht ... Oh Gott!« Melissa vergrub ihr Gesicht in den Händen. »Sie hat nicht – es hat nichts mit dem armen Kind zu tun?«, stammelte sie.

»Das wissen wir noch nicht. Wann haben Sie von Primrose gehört?«

»Gestern Abend. Nach dem Tanz. Es ging das Gerücht um, sie sei über den Lautsprecher ausgerufen worden. Dann hat einer der Offiziere es uns erzählt. Es ist grauenhaft. Ich war hier unten, um nach Ianthe zu sehen; sie war nicht in der Kabine – es war etwa elf Uhr, und normalerweise blieb sie nicht lange auf. Ich habe sie überall auf den Decks gesucht – als der Offizier mir das mit Primrose erzählte –, aber ich konnte sie nicht finden. Also habe ich Nikki gebeten, eine Nachricht für sie über den Lautsprecher zu senden.«

»Melissa, Sie müssen sich auf etwas Schlimmeres gefasst machen ...«

»Ich weiß, was Sie mir sagen wollen.« Sie starrte vor sich hin. »Ianthe wurde ermordet, ist es nicht so?«

Nigel brauchte nicht zu antworten.

»Hat man ihre, ihre Leiche gefunden?«

»Nein.«

»Ich weiß nicht, was ich sagen soll.« Ihre Stimme war fast ein Heulen. »Ich weiß einfach nicht, was ich sagen soll. Ich hatte Angst davor.«

»Angst, dass sie ...? Haben Sie einen Verdacht, wer es getan haben könnte?«

»Nun ja, sie hatte sich mit so einigen angelegt. Mr Street zum Beispiel.«

Schweigen trat ein. Dann sagte Nigel, sorgfältig seine Worte wählend: »Ich will Sie nicht mit den Gründen belästigen, aber ich glaube, dass der Schlüssel für die Morde auf Kalymnos zu finden ist.«

»Auf Kalymnos.« Es klang wie ein geisterhaftes Echo.

»Ja. Es wäre mir eine große Hilfe, wenn Sie mir schildern könnten, was Sie und Ihre Schwester gemacht haben, nachdem Sie gestern an Land gegangen sind.«

Melissas Kopf drehte sich langsam, bis sie Nigel zum ersten Mal von Angesicht zu Angesicht betrachtete. Ihre Augenlider sahen geschwollen aus, und in ihren Augen lag ein verwirrter, wilder Ausdruck, als sie die seinen suchten.

»Ich werde es versuchen. Wenn es wichtig ist.«

Unterstützt durch gelegentliche Fragen von Nigel, erzählte

sie ihre Geschichte. Die Schwestern hatten das Städtchen erkundet, Postkarten gekauft, in einem der Cafés am Kai unter freiem Himmel zu Mittag gegessen und sich dann auf die Suche nach der Bucht gemacht, die Nikki ihnen empfohlen hatte. Auf dem Weg dorthin waren sie niemandem begegnet. Sie mussten die Bucht, dachte Melissa, gegen 14:30 Uhr erreicht haben. Sie sonnten sich eine Weile – Ianthe hatte sich in den letzten Tagen immer mehr gesonnt –, und Melissa beschloss, schwimmen zu gehen; das Wasser dort war tief, und es gab gute Felsen, von denen man ins Wasser springen konnte. Aber Ianthe entdeckte auf mehreren von ihnen unter der Wasseroberfläche Seeigel und riet ihrer Schwester dringend davon ab, ein Bad zwischen diesen Felsen zu riskieren. Kurz darauf waren die Chalmers aufgetaucht.

»Ja, Mr Chalmers hat mir erzählt, dass Ihre Schwester sie vor den Seeigeln gewarnt und ihnen gesagt hat, dass es weiter hinten einen sicheren Strand gebe. Woher wusste sie das eigentlich?«

»Sie wusste es nicht. Sie wollte sie nur loswerden, vor allem das Kind. Primrose ging ihr auf die Nerven. Nun, Tatsache ist, dass Ianthe mir gegenüber ziemlich besitzergreifend ist, das haben Sie sicher bemerkt. Wir hatten uns so lange nicht gesehen, und ich nehme an, sie wollte mich ganz für sich allein haben.«

»Sie haben also beide nicht gebadet?«

»Nein. Ianthe ist sowieso nie geschwommen.«

»Sie konnte nicht schwimmen?«

»Nun, sie ist nicht geschwommen.«

»Nie gelernt als Kind?«

»Ich erinnerte mich nicht. Natürlich hätte sie es seitdem

gelernt haben können. Aber sie sprach immer so, als könnte sie es nicht.«

»Ich verstehe. Würden Sie bitte weitererzählen?«

Nachdem die Chalmers gegangen waren, war Melissa eingeschlafen. Als sie aufwachte, bemerkte sie Ianthe, die neben ihr lag und krank aussah. Sie sagte, sie habe schreckliche Kopfschmerzen. Melissa versuchte, sie weg vom Strand und in den Schatten zu bringen, aber Ianthe wurde ohnmächtig. Melissa tränkte Taschentücher und legte sie ihrer Schwester auf die Stirn – es war niemand in Sicht, den sie um Hilfe rufen konnte. Ianthe kam bald wieder zu sich; sie war ziemlich schlecht gelaunt und sagte, sie müsse aufs Schiff zurück. Melissa wollte sie begleiten, weil sie befürchtete, dass es ihr nicht gut genug gehen würde, um allein zurückzukehren, aber Ianthe bestand darauf, allein zu gehen.

»Hatte sie einen besonderen Grund, allein sein zu wollen? Was denken Sie?«

»Einen besonderen Grund?«

»Normalerweise war sie so oft an Ihrer Seite, dass ich mich fragte, ob sie sich mit jemandem verabredet hatte und nicht wollte, dass Sie es erfahren.«

»Oh, ich verstehe.« Melissa schwieg und runzelte nachdenklich die Stirn. »Nun, wenn Sie mich so fragen, sie schien ziemlich ungeduldig zu sein wegzukommen. Ich habe es darauf geschoben, dass sie nach ihrer Ohnmacht gereizt war. Sie mochte es nicht, so abhängig von mir zu sein.«

»Es ist ein Zeichen der Rekonvaleszenz, wenn die Menschen anfangen, reizbar zu werden.«

Melissa blickte ihn kurz an. »Reizbarkeit passt also nicht zu Selbstmordgedanken?«

»Genau.« Melissas Denkfähigkeit, dachte Nigel, war durch ihren Verlust geschärft worden.

»Und Sie glauben, dass sie sich mit jemandem auf der Insel verabredet hatte und dass das, was zwischen den beiden passiert ist, dazu geführt hat, dass sie gestern Abend ermordet wurde? Deshalb sagten Sie, der Hinweis auf den Mörder wäre auf Kalymnos zu finden?«

»Das ist eine Theorie.«

»Glauben Sie, sie hat die Person, die sie getötet hat, auf der Insel getroffen?«

»Ja. Wie spät war es, als sie Sie verlassen hat?«

»Ach, du meine Güte, ich weiß es nicht. Ich habe keine Ahnung, wie lange ich geschlafen habe.«

»War es, sagen wir, etwa eine halbe Stunde, bevor Sie wieder mit den Chalmers gesprochen haben?«

»So in etwa vielleicht.«

»Sie waren doch noch schwimmen, nehme ich an?«

Melissa erklärte, dass sie, sobald Ianthe losgegangen war, beschlossen hatte zu schwimmen – ihre Schwester war nicht mehr da, um sich über die Seeigel aufzuregen. Als sie schließlich aus dem Wasser kam, lag diese Seite der Bucht im Schatten, weshalb sie auf die andere Seite gegangen war.

»Um Ihr Kleid in der Sonne zu trocknen?«

»Mein Kleid trocknen?« Melissa wirkte einen Augenblick unkonzentriert.

»Mr Chalmers sagte mir, Sie hätten es auf einem Felsen ausgebreitet, um es zu trocknen.«

»Ja. Es war zum Verrücktwerden. Ich hatte es beim Hineinspringen von einem Felsen gestoßen. Ich hätte fast das Schiff verpasst, weil ich darauf wartete, dass es trocknete.«

»Und Peter Trubody hat auf Sie gewartet?«
»Wie meinen Sie das?«
Nigel spürte eine gewisse Abwehrhaltung bei Melissa. Er sagte: »Nun, Sie sind zusammen aufs Schiff zurückgekehrt.«
»Oh, ich verstehe. Ja, er war am Kai. Aber er hat nicht auf mich gewartet, soviel ich weiß.«
»Er hat nicht erklärt, warum er die Insel so spät verlassen hat?«
»Nein. Ich konnte kaum ein Wort aus ihm herausbekommen. Er schien in einer sehr seltsamen Verfassung zu sein. Oh, mein Gott, Sie glauben doch nicht ...« Melissa brach ab; ihre schlanke braune Hand umklammerte die Bettdecke.
»Was glaube ich nicht?«
»Dass Peter es war, mit dem Ianthe sich verabredet hatte?«
Was auch immer Nigel diesbezüglich glaubte, er ging nicht näher darauf ein, denn Dr. Plunket betrat die Kabine und erklärte nachdrücklich, dass seine Zeit abgelaufen sei.

x

»Sie können Mr Bentinck-Jones sagen, dass ich ihn jetzt sprechen möchte.«
Nikkis Zähne blitzten Nigel wie Sturzwellen an. »Und dann nehme ich seine Kabine auseinander?«, fragte er genüsslich.
»Sie werden den Film wahrscheinlich in seiner Kamera finden.«
Die Kamera hing jedoch über der Schulter ihres Besitzers, als dieser eintrat und Nigel frech angrinste.
»Und wie geht es dem großen Detektiv? Immer noch ratlos?«
Nigel musterte ihn. Dieser Mann hatte trotz seiner profes-

sionellen Freundlichkeit weder Scham noch Gewissensbisse; die üblichen Waffen waren daher nutzlos gegen ihn, selbst das lange Schweigen, mit dem Nigel seine Ankunft begrüßte, schien ihm kein Unbehagen zu bereiten. Er setzte sich auf das Bett und zündete sich eine Zigarette an.

»Wie lautet Ihr Befehl, guter Herr?«, sagte Ivor schließlich.

»Mir ist zu Ohren gekommen, dass Sie mal wieder zugeschlagen haben.«

»Ach ja? Das hängt davon ab, was Sie meinen«, bemerkte Ivor munter.

»Nicht das, wofür Sie vor zehn Jahren verurteilt worden sind.«

»So, so, wir haben also in der Vergangenheit gewühlt?«

»Haben wir. Und in der Gegenwart. Darauf komme ich gleich zu sprechen. Wer, glauben Sie, hat diese Morde begangen?«

»Ich verfüge nicht über Ihre Möglichkeiten, Beweise zu sammeln. Warum fragen Sie mich?«

»Weil Ihr Beruf ein genaues Studium der Schwächen der Menschen erfordert.«

»Mein Beruf?«

»Oder Hobby, wie auch immer Sie es nennen.«

»Ich fürchte, Sie sind mir gegenüber im Vorteil.«

»Da haben Sie verdammt recht. Mr Street hat mir alles über Ihr Gespräch mit ihm erzählt.«

Das rundliche, unverschämte Gesicht des Mannes nahm einen wachsamen Ausdruck an. Er paffte ein wenig schneller an seiner Zigarette, bevor er antwortete.

»Mr Street ist ein fantasievoller Mann. Was war seine Version dieses angeblichen Gesprächs?«

Nigel erzählte es ihm in aller Ausführlichkeit, denn Nikki brauchte Zeit, ohne allerdings das Foto zu erwähnen, mit dem Bentinck-Jones Street gedroht hatte. »Leugnen Sie, dass Sie versucht haben, durch Drohungen Geld von ihm zu erpressen?«

»Natürlich leugne ich es. Sie haben überhaupt keine Beweise für seine Geschichte.«

»Sie geben es nicht zu?«

»Ich gebe zu, dass ich ihn und Miss Trubody in einer kompromittierenden Situation gesehen habe.« Die Zunge des Mannes leckte an der Seite seines Mundes, als wollte er einen Krümel irgendeiner Leckerei erwischen, die er gerade gegessen hatte.

»Sie sind also nur ein harmloser alter *Voyeur*?«

»Ich missbillige, dass ältere Männer Minderjährige verderben. Es ist die öffentliche Pflicht eines jeden Bürgers, so etwas aufzudecken. Oder sehen Sie das anders?« Ivor machte keinen Versuch, den Zynismus seiner Äußerung zu verbergen.

»Wie schön für Sie, dass Sie aus Ihrem Hobby nicht nur eine moralische Befriedigung ziehen können, sondern auch bar bezahlt werden. Würden Sie sagen, dass Jeremy Street in der Lage war, Minderjährige nicht nur zu verderben, sondern auch zu erwürgen?«

»Von Bezahlung war nicht die Rede«, antwortete der Mann eher oberflächlich. »Street ist natürlich ein Egoist und eingebildet. Solche Leute dulden meiner Erfahrung nach keine Hindernisse.«

»Ihre Erfahrungen im Gefängnis? Haben Sie dort Mörder getroffen?«

Ivor grinste wie ein Honigkuchenpferd. »Ich dachte, unser

Gespräch würde einen freundlicheren Ton annehmen. Mein Fehler.«

»Ist Ihnen schon mal in den Sinn gekommen, dass Street eine verzweifelte Person ist, die keine Hindernisse duldet, und dass es gefährlich ist, ihn zu erpressen?«

»Daran habe ich keinen Zweifel«, erwiderte Ivor gleichmütig. »Aber wie ich Ihnen bereits sagte, habe ich ihn nicht erpresst.«

»Wie ist Ihre Version des Gesprächs, das Sie gestern Nachmittag mit ihm hatten?«

Bentinck-Jones erzählte ihm in seiner gemächlichen Art das Wesentliche. Dass er Street erzählt habe, was er gesehen hatte, und dass er es für seine Pflicht halte, Faith Trubodys Vater zu informieren, es sei denn, Street würde sich verpflichten, das Mädchen in Ruhe zu lassen.

Kurz darauf erschien Nikki in der Kabinentür und sah niedergeschlagen aus. Er schüttelte den Kopf, woraufhin Nigel sofort sagte:

»Ich glaube, dieser Gentleman hat einen Film, den er entwickeln lassen möchte. Gibt es jemanden auf dem Schiff, der das tun könnte?«

»Sicher, sicher.«

»Ihre Kamera bitte.« Nigel streckte seine Hand nach Bentinck-Jones aus, der sich erhob und rief: »Was soll das alles? Ich weigere mich kategorisch ...«

»Nehmen Sie sie ihm ab, Nikki.«

Nikki legte seine Hand auf Ivors Kopf, drückte ihn fest nach unten, so dass er auf dem Bett wie eine Zieharmonika zusammenklappte, und riss ihm die Kamera aus der Hand. In ihr befand sich die Filmrolle.

»Ich habe vergessen, Ihnen zu sagen«, sagte Nigel, als Nikki gegangen war, »dass Jeremy Street erwähnt hat, dass Sie Fotos gemacht haben.«

Bentinck-Josnes warf ihm einen giftigen Blick zu. »Ich werde mich beim Kapitän und den Eignern beschweren! Das ist empörend!«

»Ich weiß. Raubüberfall auf hoher See. Apropos, was hat Primrose Chalmers am Ende ihres Notizbuchs geschrieben, das Sie ihr abgenommen haben?«

Ivor ließ seinen Blick durch die Kabine schweifen. Er plusterte sich auf, aber der Ton der Empörung hatte sich abgenutzt. »Ich weiß nicht, was Sie meinen.«

»Der Rest ihres Notizbuchs war mit Tinte geschrieben, die durch die Einwirkung des Meerwassers im Swimmingpool verlaufen und unleserlich geworden war. Aber Mr Chalmers sagte mir, dass ihr letzter Eintrag mit Bleistift gemacht worden war. Sie konnten ihn lesen. Sie haben ihn gelesen, bevor Sie das Notizbuch über Bord warfen. Was hat sie geschrieben?«

»Ich habe nie ein verdammtes Notizbuch angefasst.« Die Stimme des Mannes hatte jetzt den jammernden Ton eines Knastbruders.

»Das ist Pech für Sie. Hätten Sie mir diese Informationen geben können, hätte es die Sache für Sie vielleicht einfacher gemacht. So wie es ist, mit dem Foto, das Sie gemacht haben ...«

Nigel bluffte auf ganzer Linie. Das Negativ war vielleicht nicht in der Kamera, vielleicht existierte es gar nicht – Bentinck-Jones könnte seinerseits gebluftt haben, als er Street gesagt hatte, er habe ihn und Faith fotografiert.

»Wie lautet Ihr Angebot?«, fragte Ivor.

»Unter bestimmten Umständen könne Jeremy Street dazu gebracht werden, den Mund zu halten.«

»Dass ich nicht lache! Natürlich wird er das. Er kann sich keinen Skandal leisten – nicht, wenn es um Mr Trubody geht.«

»Haben Sie nicht daran gedacht«, frage Nigel freundlich, »Trubody zu erpressen? Bei der ganzen Kohle. Und dem Ruf seiner Tochter.«

Bentinck-Jones zuckte die Achseln. »Ich habe Sie gefragt, wie Ihr Angebot lautet.«

»Also gut, Sie lassen Street in Ruhe, und ich lasse Sie in Ruhe, aber ich muss wissen, was in Primroses Tagebuch stand.«

»Das ist eine höchst unmoralische Idee – eine Straftat zu begehen, hm?« Der kleine dicke Mann gluckste. »Und wenn ich nicht mitspiele?«

»Dann übergebe ich Sie der griechischen Polizei und übermittle Scotland Yard meine Informationen über Sie, ob Street zustimmt oder nicht.«

»Nichts zu machen«, sagte Ivor spöttisch.

»Dachte ich mir. Sie vergessen, dass es sich hier um eine Morduntersuchung handelt. Ich habe eine Zeugin, die Sie gesehen hat, wie Sie Primrose an Deck nachgegangen sind, kurz bevor sie ermordet wurde.«

»Sie bluffen.«

»Ich werde sie bitten, ihre Aussage vor Ihnen zu wiederholen.« Nigel ging zur Tür.

»Ich schwöre Ihnen, dass ich nichts mit dem Tod des Kindes zu tun habe.«

»Und nachdem ihre Leiche entdeckt worden war, hat man

gesehen, dass Sie ein ungesundes Interesse an ihr hatten. Sie haben ihr Notizbuch gestohlen, weil Sie befürchteten, es könnte belastende Beweise für Ihre Erpressungsversuche enthalten.«

»Das ist absolut lächerlich!«

»Die Polizei in Athen wird das nicht so sehen. Guten Tag.«

Endlich war Bentinck-Jones verunsichert. »Wenn ich Ihnen sage, was sie geschrieben hat – aber das hat nichts zu *bedeuten*«, jammerte er fast.

»Das zu beurteilen ist meine Sache.«

»Sie garantieren, dass die andere Sache nicht weiter verfolgt wird?«

»Ich gebe keine Garantien«, sagte Nigel schroff. »Ich bin an einem Verfahren gegen Sie als Mörder, nicht als Erpresser interessiert. Wenn Sie unschuldig sind, sollten Sie besser kooperieren. Wenn Sie nicht kooperieren, wird die Polizei Sie auseinandernehmen. Sie können ziemlich grob sein, wissen Sie.«

Bentinck-Jones' Unverfrorenheit war verschwunden. Nigel hatte endlich seine Schwachstelle gefunden: Der Mann war körperlich ein Feigling. Das erklärte die hinterhältige, anzügliche Annäherung an seine potenziellen Opfer.

»Es ergibt keinen Sinn, was sie geschrieben hat«, murmelte Ivor. »Ich kann mich nicht mehr an den genauen Wortlaut erinnern, aber es war in etwa so: ›A. ist eine Lügnerin. Sie sagte, sie könne nicht schwimmen, aber sie kann es – zumindest bin ich mir fast sicher, dass sie es kann. Denn B. hat immer eine gelbe Badekappe getragen, und die, die ich gesehen habe, hatte keine. Ich konnte nicht richtig sehen, ich war zu weit weg, und es waren Felsen dazwischen. Aber sie ist rausgeschwommen, um den Weidenkorb zu holen, der davontrieb. Zuerst dachte ich, es sei eine Robbe, aber natürlich gibt es in Griechenland keine Robben. Ich sah den Korb und dann den Arm, der aus dem Meer nach ihm griff, und den schwarzen Kopf. Dann verschwand sie wieder unter den Felsen. Warum hat sie nie gebadet, wenn andere Leute da waren? Vielleicht hat sie eine Missbildung?‹ Bin ich zu schnell?«

Nigel machte sich Notizen auf einem Blatt Papier.

»Nein. Fahren Sie fort.«

»Sie sagte, sie hasse A. und würde sie gerne bloßstellen. Die ganze Sache war kindisch. Dann schrieb sie: ›Ich nehme an, es *könnte* B. gewesen sein, oder sogar eine dritte Person, aber es waren nur die beiden da, als wir vorbeikamen. Wie kann ich das beweisen? A. ist eine üble, zickige Heuchlerin. Sie hat mich beleidigt. Ich werde einen Plan schmieden und den rechten Augenblick abpassen, um mich zu rächen‹.«

Bentinck-Jones lächelte zaghaft. »Ein ziemlich rachsüchtiges Kind.«

»Ist das alles?«

»Das Notizbuch brach dort ab.«

»Sind Sie sicher, dass Sie sich alles gemerkt haben? Denken Sie nach.«

»Ja«, sagte Ivor nach einer Pause. »Das ist alles, was sie geschrieben hat. Möge es Ihnen weiterhelfen«, fügte er mit einer Spur Boshaftigkeit hinzu.

»Wo waren Sie gestern nach Ihrem Gespräch mit Street?«

»Was trinken. Am Kai.«

»Bis Sie aufs Schiff zurückgekehrt sind?«

»Ja.«

»In der Nähe der Anlegestelle?«

»Ja.«

»Haben Sie auf Miss Ambrose gewartet? Wann tauchte sie auf?«

»Ich weiß nicht, wovon Sie sprechen.«

»Sie hatten keine Verabredung mit Miss Ambrose dort?«

»Warum zum Teufel sollte ich?«, sagte Ivor unsicher. »Ich habe die Frau den ganzen Nachmittag nicht gesehen.«

»Wann kehrten Sie aufs Schiff zurück?«

»Oh, gegen 17:30 Uhr, denke ich.«

»Sie waren die ganze Zeit allein?«

»Ja, aber ...«

»Haben Sie vorher einen unserer Freunde gesehen?«

»Street kam wieder an Land, allein, und ging weg – in welche Richtung? – aus der Stadt hinaus nach Westen.«

»War Nikki dabei?«

Ein rachsüchtiger Ausdruck trat in Bentinck-Jones' Gesicht. »Ja, war er. In gewisser Hinsicht.«

»In welcher Hinsicht?«

»Er tat so, als wäre er nicht da. Ich sah ihn aus einer Gasse schleichen, gleich hinter dem Zollhäuschen oder was immer das ist. Ich rief ihn. Er schlich zurück, außer Sichtweite. Später fragte ich ihn, was er dort gemacht habe. Er leugnete, überhaupt dort gewesen zu sein, und sagte, ich müsse mich geirrt haben. Sie sollen ihn besser im Auge behalten«, schloss Ivor, »er ist ein aalglatter Kerl.«

»Um welche Zeit haben Sie diese Gassenschleicherei gesehen?«

»Oh, etwa eine halbe Stunde, bevor ich aufs Schiff zurückgekehrt bin. Sagen wir, um fünf Uhr.«

In diesem Augenblick kam die Person, über die sie sich

unterhielten, herein und teilte Nigel mit, dass draußen zwei Passagiere seien, die ihn dringend sehen wollen.

»Schicken Sie sie rein. Das ist alles, Bentinck-Jones. Für den Augenblick.«

XI

Die ältere der beiden Frauen hatte einen sanften, vagen, entschuldigenden Blick. Die jüngere, vermutete Nigel, hatte sie zu diesem Gespräch gedrängt.

»Meine Tante hat ein paar Informationen für Sie. Oh, ich bin Jane Arthurs, und das ist meine Tante Emily.«

»Ich fürchte«, sagte die ältere Dame, »wir nehmen Ihre Zeit ganz ungerechtfertigt in Anspruch. Meine Kurzsichtigkeit disqualifiziert mich, wie ich meiner lieben Nichte immer wieder sagte, eigentlich als Augenzeugin.«

»Augenzeugin?« Nikki jaulte fast. »Sie haben das Verbrechen gesehen, meine Dame?«

»Oje, nein, nichts, äh, wirklich Hilfreiches. Ich muss mich entschuldigen, Mr Strangeways, dass ich hier eindringe ...«

»*Bitte*, Tante Emily. Mr Strangeways hat um diese Information *gebeten*.«

»Aber es ist so unbedeutend«, stammelte die ältere Frau, und ihre Augen tasteten sich über die wenigen Meter, die sie trennten, zu Nigel.

Nach einer Weile hatte Nigel sie so weit, dass sie auf den Punkt kam. Sie war die Treppe hinaufgegangen, die von den Kabinen auf dem Hauptdeck zum vorderen Salon führte, und zwar ungefähr um 21:15 Uhr, als eine Frau auf dem Weg nach unten an ihr vorbeigegangen war. Sie dachte, diese Frau sei

Miss Ambrose gewesen. Ja, es könne kurz vor 21:15 Uhr gewesen sein. Nein, sie habe die Frau nur aus dem Augenwinkel gesehen und könne nicht mit Bestimmtheit sagen, dass es sich um Miss Ambrose gehandelt habe. Die Frau sei an ihr vorbeigelaufen, in aller Eile. Sie könne sich nicht dafür verbürgen, habe aber den Eindruck, dass die Frau eine Decke über Kopf und Schultern getragen habe.

Emily Arthurs' Zögern, sich zu melden, war nur zu verständlich. Wie Nikki sagte, als die beiden Damen gegangen waren:

»Was bringt Ihnen das? Die Dame ist halb blind.«

»Die Decke ist aufschlussreich – oder wäre es, wenn es stimmen würde. Dennoch stimme ich zu, dass wir uns nicht auf ihre Aussage verlassen können. Im Augenblick bin ich weniger an Miss Ambroses Bewegungen interessiert als an Ihren.«

»Meine? Aber die habe ich Ihnen doch gesagt ...«

»Ihre Bewegungen gestern Nachmittag. Miss Massinger und ich sahen Sie am Zollhäuschen vorbeischleichen, und zwar auf sehr verstohlene und verdächtige Weise. Sie leugneten, dass Sie es gewesen seien. Später, gegen 17 Uhr, sah Bentinck-Jones Sie zurückschleichen. Sie sagten ihm auch, er habe sich geirrt. Was hatten Sie vor?«

Nikkis Blick verhärtete sich. Er öffnete seinen Mund, um zu sprechen. Dann schloss er ihn wieder.

»Für mich stellt es sich so dar«, fuhr Nigel fort. »Sie haben sich mit Mrs Blaydon in der kleinen Bucht verabredet. Um sicherzugehen, dass Melissa allein sein würde, haben Sie Ianthe gesagt, dass Sie nachmittags um die und die Zeit ein privates Gespräch mit ihr führen wollten. Sie hatten natürlich nicht die Absicht, die spätere Verabredung einzuhalten.«

Nikki starrte ihn mit einer Mischung aus Ungläubigkeit und Entsetzen an.

»Auf dem Weg zur Bucht sind Sie unglücklicherweise Miss Ambrose begegnet, und was dann geschah, hat Sie gezwungen, sie zu töten.«

»Das ist völlig verrückt. Mr Strangeways, geht es Ihnen noch gut?«

»Mr Bentinck-Jones sagte, er habe sie ›aus einer Gasse schleichen sehen‹. Seine Wortwahl war suggestiv. Schleichen, Gasse, Gassenkater, schleichender Gassenkater, Kater. Mit welcher Frau waren Sie zusammen? Mrs Blaydon? Oder Miss Ambrose?«

»Mit keiner von beiden.«

»Aber Sie waren mit einer Frau zusammen?«

»Ich werde nichts sagen.«

»Vielleicht wird die Athener Polizei Ihren Sprechapparat schmieren.«

»Ich bin Grieche, ein tapferer Mann. Ich lasse mich nicht von Schlägern einschüchtern.« Nikki warf Nigel einen Blick voller aufrichtiger Ehrlichkeit zu. »Wenn ich es Ihnen sage, versprechen Sie, dass Sie es nicht weitergeben?«

»Ich mache keine Versprechungen. Aber wenn es nichts mit den Morden zu tun hat ...«

»Na gut.« Nikki strahlte, in einem seiner sprunghaften Stimmungswechsel. »Ich habe Aphrodite flachgelegt.«

»Wie bitte?«

»Sie ist das schönste Mädchen in der Ägäis. Oh Mann, was für eine Figur.« Nikki skizzierte eine Figur in dünner Luft und fuhr mit einem intimen Katalog der Reize der Dame fort.

»Warum in aller Welt haben Sie das nicht früher gesagt?«

»Aphrodites Ehemann ist ein Schwammfischer. Er ist den Sommer über nicht auf Kalymnos. Er ist ein starker Mann, stärker noch als ich. Er hat schon zwei Männer zusammengeschlagen, die er der Knutscherei mit Aphrodite verdächtigte. Deshalb treffen sie und ich uns im Haus eines Freundes, und ich muss heimlich kommen und gehen. Es gibt viel Klatsch und Tratsch auf der Insel – das sind faule, nichtsnutzige Leute, wissen Sie. Und wenn dieser Ajax davon Wind bekäme ...«

»Ajax?«

»Er ist Aphrodites Mann – er würde mich aufspüren, mir die Eingeweide herausreißen und sie vor meinen Augen verschlingen.«

»Das ist sehr unangenehm für Sie beide. Würde diese Aphrodite Ihre Aussage bestätigen, falls nötig?«

»Würde sie eine Bombe zünden und sie mit ins Bett nehmen? Nein, Sir. Sie hat zu viel Angst vor Ajax. Er verprügelt sie, wenn das Essen zu spät kommt. Er würde sie zermalmen.«

»Aha, ich verstehe. Sie haben den ganzen Nachmittag mit diesem göttlichen Geschöpf verbracht?«

»Aber sicher.«

»Aber Sie hatten, sagen wir, noch Reserven für Mrs Blaydon?«

»Bei Frauen«, verkündete Nikki, »habe ich die unerschöpflichen Kräfte von Zeus dem Donnergott.«

»Und Sie behaupten immer noch, dass Mrs Blaydon für gestern Abend um 21:15 Uhr eine Verabredung mit Ihnen getroffen hat, obwohl der Vortrag um 21:30 Uhr zu Ende sein und ihre Schwester in die Kabine zurückkehren sollte?«

»Eine Viertelstunde, eine Stunde, fünf Stunden – was

macht das schon?«, sagte Nikki in seiner großspurigen Art. »Die Musik der Liebe hat viele Tempi. Ich will nicht sagen, dass die bezaubernde Melissa eine Verabredung getroffen hat – nicht mit so vielen Worten. Aber sie flüsterte mir gestern Morgen zu, dass Sie mich vor dem Tanz sehen wolle, dass sie auf mich warten würde. Ihre Augen haben mir den Rest verraten.«

»Auch die genaue Uhrzeit, zu der sie Sie erwartete?«

»Ich hätte schon früher zu ihrer Kabine gehen sollen, aber ich wurde aufgehalten.«

Nigel glaubte nicht, dass aus dem unverbesserlichen Nikki noch etwas herauszuholen war, also bat er ihn, Peter Trubody zu holen. Nigel war sich schon seit einiger Zeit sicher, dass er die Identität des Mörders kannte und eine ganze Menge über die Umstände der beiden Verbrechen wusste. Es gab nur ein Muster, in das alle Teile passten. Nichts, was er in den letzten Gesprächen erfahren hatte, brachte dieses Muster durcheinander. Es blieb aber noch Peter Trubody. Nigel verspürte einen deutlichen Widerwillen, sich mit dem jungen Mann auseinanderzusetzen. Er hatte das Gefühl, dass Peters Aussage von entscheidender Bedeutung sein würde, und eine vage Befürchtung, dass sie seine ganze Theorie über die Verbrechen in Frage stellen könnte; außerdem empfand er Peter als eine anstrengende Person – halb Junge, halb Mann, verband er den geschlossenen Verstand eines Erwachsenen mit der Verantwortungslosigkeit und Unberechenbarkeit eines Kindes.

Erschöpft seufzend, denn er war inzwischen todmüde, ging Nigel an Deck, um sich von der Meeresbrise erfrischen zu lassen. Die Küstenlinie des Festlandes war gerade noch zu sehen, weit voraus. In zwei oder drei Stunden würde die *Menelaos* anlegen. Es wäre eine Meisterleistung, innerhalb von vierzehn Stunden das Rätsel zu lösen und den Mörder zu überführen, aber Nigel empfand keine Befriedigung bei diesem Gedanken.

Der salzige Wind rauschte in seinen Ohren. Klopfende und knackende Geräusche aus dem Funkraum erinnerten ihn daran, dass alles von der Nachricht aus Kalymnos abhing, die dort erwartet wurde. Dicker Rauch stieg aus dem einzigen Schornstein auf und strömte rückwärts über das weiße Kielwasser des Schiffs. Die Sonne, die fast im Zenit stand, tat in den Augen weh, als ihr Licht an den tanzenden Wellen und an den Messingbeschlägen auf dem Brückendeck abprallte.

Peter Trubodys Kopf kam ins Blickfeld, als er die Leiter vom Schiffsdeck heraufstieg, gefolgt von Nikki.

XII

»Rauchen Sie?«

»Danke, ich bin außer Übung.« Die Hand des Jungen zitterte, als er sich die von Nigel angebotene Zigarette anzündete.

»Ich bin mit den Ermittlungen so weit gekommen, wie ich konnte. Jetzt geht es nur noch darum, ein paar Kleinigkeiten zu klären.«

»Sie meinen, Sie werden jemanden verhaften lassen?«

»Ich denke schon.«

»Für den Mord an dieser abscheulichen Frau?«

»Auch ein Kind wurde getötet.«

»Oh, ich weiß. Ich verzeihe es nicht.«

Ein Anflug von Irritation erschütterte Nigel. Wer zum Teufel war dieser unreife, aufgeblasene Jüngling, dass er es verzieh oder nicht verzieh?

»Sie wollten Miss Ambrose tot sehen. Sie glauben, Sie haben bekommen, was Sie wollten. Nun gut. Warum sind Sie so rachsüchtig ihr gegenüber?«

»Haben Sie mich hergerufen, um mir eine Moralpredigt zu halten?«

»Nein. Ich habe Sie hergerufen, weil ich wissen muss, was Sie auf Kalymnos gesehen haben, das Sie so schockiert hat.«

»Und ich habe Ihnen schon gesagt, dass es nichts mit dem Fall zu tun hat.«

»Peter, wen beschützen Sie? Faith?«

»Faith? Großer Gott, nein!« Der Junge hatte es zu schnell gesagt, und als wäre er sich bewusst, etwas verraten zu haben, fuhr er mit einem Anflug von Ärger fort: »Und ich möchte Sie bitten, den Namen meiner Schwester aus der Sache herauszuhalten.«

Nigel seufzte. »Ich versuche, Sie wie ein vernünftiges menschliches Wesen zu behandeln. Aber wenn Sie wie der gutaussehende unverstandene Held in einem edwardianischen Melodram reden, kommen wir nicht weiter.«

Peter Trubody errötete. Er reagierte immer noch empfindlich auf Spott. »Zwei Personen«, fuhr Nigel fort, »haben mir erzählt, dass es Ihnen gestern Nachmittag offenbar schlecht ging. Mr Chalmers und Mrs Blaydon – wenn Sie erlauben, dass ich *ihren* Namen erwähne.«

Peter errötete erneut vor Ärger; dann, als er das freundliche Lächeln bemerkte, mit dem Nigel die letzten Worte begleitet hatte, versuchte er selbst ein Lächeln. Nigel sagte:

»Ich muss kein Gedankenleser sein, um von Ihren Gefühlen für Melissa zu wissen – ihr geht es übrigens viel besser, ich habe sie gerade gesehen –, oder um zu erraten, dass sie es ist, die Sie zu schützen versuchen. Ich bewundere Sie dafür, aber ich glaube, Sie gehen die Sache falsch an.«

»Vielleicht kann ich das am besten beurteilen.« Peter Trubody hatte die Steifheit in seiner Stimme noch nicht überwunden.

»Oh nein, das können Sie nicht. Ein verliebter Mann ist der letzte Mensch, der klar sehen kann.«

Peter war schließlich besänftigt durch den Status, den Nigel ihm verliehen hatte. »Aber, wissen Sie, ich habe das nur falsch interpretiert.«

»Mein Punkt ist folgender: Sie gehen die Sache falsch an, wenn Sie Melissa schützen, indem Sie Beweise zurückhalten. Sie wollen doch nicht, dass die Polizei von Athen Sie deswegen befragt, oder?«

»Gott, nein, aber Sie müssen nicht ...«

»Es tut mir leid. Entweder Sie sagen mir, worum es geht, oder ich werde ihnen sagen müssen, dass sie die Sache untersuchen sollen.«

Und so gab Peter Trubody schließlich seine Geschichte preis. Gestern Nachmittag habe er sich auf der Insel herumgetrieben, um Melissa zu suchen. Er habe es an den beiden Hauptbadestränden versucht, ohne Erfolg. Dann sei er zum Hafen zurückgekehrt; aber da er sie am Strand nirgendwo gesehen habe, sei er wahllos die holperige Straße entlanggegangen, die nach Westen führte. Nach einer Biegung habe er die Chalmers und Primrose vor sich gesehen, die in die gleiche Richtung geschlendert seien. Da er keine Lust auf ihre

Gesellschaft gehabt habe, sei er den Hang zu seiner Rechten hinaufgeklettert. Bald habe er sich auf einem Hügel befunden, von dem er auf eine schmale Bucht habe blicken können. Auf der Westseite dieser Bucht habe er zwei Gestalten entdeckt, von denen eine eine gelbe Badekappe getragen habe. Er habe Melissa also gefunden, aber wie immer sei die unselige Ianthe bei ihr gewesen.

»Sind Sie sicher, dass es Ianthe war?«

»Nun, ich nahm einfach an, dass sie es war. Sie waren ziemlich weit entfernt, mehrere hundert Meter unter mir, würde ich sagen. Jedenfalls war es eine Frau.«

»Und dann?«

»Nun, ich dachte daran abzuhauen. Aber ich habe es mir anders überlegt.« Peter sah sehr beschämt aus. Seine Augen wichen Nigel aus.

»Sind Sie geblieben, wo Sie waren?«

»Eigentlich bin ich etwas näher herangegangen, ich meine, nachdem ich von ihnen weggeklettert war, den Hügel hinauf, habe ich es mir anders überlegt.«

»Sie wollten das Gefühl haben, dass Sie ihr zumindest nahe sind?«

»Ja, so war es«, sagte Peter dankbar. »Ich nehme an, ich bin ein schrecklicher Narr, was sie angeht, aber ...«

»Ich verstehe.«

Nigel dachte, dass er nur allzu gut verstand. Der Junge hatte gehofft, Melissa nackt beim Sonnenbaden beobachten zu können.

»Ich dachte, es wäre lustig, mich an sie heranzupirschen, um zu sehen, wie nahe ich ihnen kommen kann, ohne dass sie mich sehen. Ich machte einen Umweg. Es hat ziemlich lange gedauert, weil ich aufpassen musste, dass sie mich auch nicht hören – es gab so viele lose Steine am Hang, die man lostreten könnte. Schließlich kam ich an eine Stelle, wo ich sie wieder sehen konnte, nur aus einem anderen Winkel.«

Ein sehr merkwürdiger Ausdruck erschien auf dem Gesicht des Jungen, eher wie der in sich gekehrte, erstarrte Blick eines Kindes, das im Begriff ist, sich zu übergeben.

»Und was haben Sie gesehen?«, drängte Nigel.

»Oh, es ist lächerlich. Melissa ließ den Kopf auf den Felsen fallen, ich dachte natürlich, sie wäre tot, aber es war nur eine Ohnmacht oder ein Sonnenstich oder so was.« Es brach aus ihn heraus. »Melissa hat mir während des Tanzes erzählt ...«

»He, he! Bringen wir etwas Ordnung in die Sache. Nehmen Sie eine Zigarette.«

Der Junge zitterte wie ein Fohlen. Nigels ruhige Stimme beruhigte und bändigte ihn wieder. Gelenkt von Nigels Fragen, sagte Peter im Wesentlichen Folgendes aus:

Er hatte die beiden Schwestern am Rande des Meeres gesehen. Er befand sich etwa hundert Meter entfernt, oberhalb und seitlich der beiden. Ianthe lag ausgestreckt auf einem flachen Felsen, der halb im Wasser lag, er erkannte sie an dem matten Rock und dem Pullover, den sie trug. Melissa, die bis auf die Badekappe nackt war, beugte sich im Profil über Ianthe und schien irgendwas am Hals ihrer Schwester zu machen. Ianthes Kopf war in der Luft; dann ließ Melissa ihn wieder auf den Felsen fallen. Das hatte den Jungen offensichtlich erschreckt. Er hatte das Weite gesucht und war den Hang hinaufgeklettert, ohne sich noch einmal umzudrehen. Es hatte ihn so sehr beschäftigt, dass er Melissa später beim Tanz unverblümt erzählte, was er gesehen hatte. Die Erklärung, die sie ihm gab, beruhigte ihn völlig. Sie hatte sich gesonnt, war eingeschlafen und aufgewacht, weil Ianthe so komisch ausgesehen hatte. Sie hatte versucht, ihre Schwester an ein schattiges Plätzchen zu bringen. Ianthe war in Ohnmacht gefallen und auf den Felsen gesunken, auf dem Peter sie gesehen hatte. Melissa hatte Ianthe Wasser ins Gesicht gespritzt und mit der vagen Vorstellung, dass man unter solchen Umständen »die Kleidung der Patienten lockert«, versucht, ein ziemlich enges Halsband zu lösen, das Ianthe trug. Um an den Knoten zu gelangen, hatte sie den Kopf ihrer Schwester anheben müssen, der ihr aus der Hand geglitten war, als sie das Halsband entfernt hatte, und auf den Felsen zurückgefallen war.

»Aber warum hat Sie das alles so aufgeregt?«

»Ich dachte, sie sei tot«, erwiderte Peter langsam und schmerzlich.

Und du glaubtest, Melissa hätte sie getötet, dachte Nigel bei sich. Er blickte den Jungen an und sagte: »Aber war das nicht eine sehr merkwürdige Interpretation dessen, was Sie gesehen haben? Was hat Sie zu dem Schluss veranlasst, dass sie tot war?«

»Ehrlich gesagt, ich habe nicht die leiseste Ahnung. Ich gebe zu, es war ziemlich absurd.«

»Dann werde ich es Ihnen sagen. Der Wunsch war der Vater des Gedankens. Sie hatten ihren Tod gewollt. Sie haben sie für das, was sie Ihrer Meinung nach Ihrer Schwester angetan hat, genug gehasst, um ihr den Tod zu wünschen. Als Sie sie bewusstlos daliegen sahen, hat Ihr Unterbewusstsein sofort vermutet, sie sei tot.«

»Sie meinen, das ist die Erklärung?«, fragte der Junge etwas pathetisch. »Vermutlich haben Sie recht.«

»Es könnte sein. Vielleicht aber auch nicht. Wie viel Zeit verging zwischen dem ersten und zweiten Mal, als Sie die Schwestern unten in der Bucht sahen?«

»Das kann ich Ihnen nicht sagen. Ehrlich. Ich hatte das Zeitgefühl verloren.«

»War es Stunden später oder Minuten?«

»Ich schätze, es waren zwanzig Minuten oder eine halbe Stunde. Ich bin auf den Hügel zurückgegangen und habe eine Weile dort gesessen. Dann habe ich diesen Umweg gemacht, wobei ich ziemlich langsam gegangen bin.«

Peter Trubody war ebenfalls nicht sehr hilfreich, was den Zeitpunkt dieser Ereignisse betraf. Er konnte sich nicht mehr daran erinnern, wie er zum Hafen zurückgekehrt war. Die Aussagen von Mr Chalmers und Mrs Blaydon legten die Zeit jedoch ziemlich genau fest.

»Sie kennen doch den Weidenkorb, den Melissa mit sich herumträgt. Ist er Ihnen zufällig auf den Felsen aufgefallen?«

»Ja, ist er, jetzt, wo Sie es sagen.«

»Sie muss sehr erstaunt gewesen sein, als Sie sie später mit Ihrem Verdacht konfrontierten.«

»Oh, sie war großartig. Sie wurde nicht wütend und lachte mich auch nicht aus oder so was – Sie hörte mir ganz einfach nur zu. Natürlich habe ich nicht verraten, was ich wirklich ...« Der Junge brach abrupt ab.

»Haben Sie tatsächlich einen Augenblick geglaubt, sie hätte ihre Schwester getötet?«

»Ich wünschte, Sie würden mir keine Worte in den Mund legen«, erwiderte Peter, aber mehr müde als verärgert. Dann, nach einem Blick auf Nigel, rief er: »Mein Gott! Sie ... Sie glauben, dass sie es getan hat! Das ist absurd. Jeder, der Melissa kennt, würde das wissen. Außerdem war ihre Schwester bis gestern Abend nicht verschwunden.«

Nigel verzichtete auf einen Kommentar zu diesem Ausbruch. Stattdessen fragte er Peter, ob er auf dem Rückweg zum Hafen einen der anderen Passagiere gesehen habe. Um zu vermeiden, dass er jemandem begegne, sei er über den Hang zurückgegangen, anstatt den Weg zu benutzen. Er sagte, er habe niemanden gesehen, bis er den Stadtrand erreicht habe. Als er an einer verfallenen Hütte vorbeigekommen sei, habe er einen Rucksack und zwei Bücher bemerkt, die vor der Hütte auf dem Boden gelegen hätten, aber ihr Besitzer sei nicht in Sicht gewesen.

»Haben Sie sich die Bücher angesehen?«

»Ich habe nur einen Blick darauf geworfen, um ehrlich zu sein. Sie lagen offen da.«

»Welche waren es?«

»Oh, eines war ein griechischer Text – Homer. Und das andere sah aus wie ein Kommentar. Es war ein neues Buch. Wohl jemand, der seine Klassiker büffelt. Was habe ich denn jetzt wieder gesagt?«

Nigels Augen leuchteten vor Aufregung. »Natürlich. Ich hätte es wissen müssen. Sie haben den Rucksack nicht erkannt, nehme ich an?«

»Nein ... für mich sehen die alle gleich aus.«

»Konnte es der von Mr Street gewesen sein?«

»Das könnte sein.«

»Nun, um auf Ihre Odyssee zurückzukommen: Als Sie den Hafen erreichten, sind Sie nicht sofort aufs Schiff zurückgekehrt.«

»Nein.«

»Dann haben Sie viele der Passagiere an Bord gehen sehen. Ist Ihnen einer von ihnen aufgefallen, der verstört aussah oder sich seltsam verhielt?«

»Nein. Aber ich habe nicht besonders darauf geachtet.«

»Sah Miss Ambrose krank aus, oder hatte sie sich erholt?«

»Ich habe sie nicht gesehen.«

»Wen haben Sie gesehen?«

»Oh, die Chalmers. Und Jeremy Street. Und den Bischof und seine Frau. Viele Leute, die ich nicht mit Namen kenne.«

»Bentinck-Jones?«

»Ich erinnere mich nicht an ihn.«

»Nikki?«

»Ja. Er war da.«

Nigel starrte den Jungen unverbindlich an. »Warum haben Sie selbst das Boot fast verpasst?«

»Können Sie es sich nicht denken?«

»Sie haben auf Melissa gewartet?«

»Ja. Ich wollte sichergehen, dass es ihr gut geht.«

»Und ging es ihr gut?«

»Ja, natürlich. Ach, Sie meinen ihren Knöchel? Ja, sie kam humpelnd daher. So konnte ich etwas für sie tun, ihr ins Boot helfen und so weiter.«

Peters Augen blickten verträumt.

»Aber Sie haben nicht mit ihr über das gesprochen, was Sie gesehen haben?«

»Nein. Sie hatte Schmerzen. Und einer der Bootsleute hätte vielleicht etwas Englisch verstehen können. Aber sie schien auch keine Lust zu haben sich zu unterhalten.«

»Ich bin Ihnen sehr dankbar, Peter.« Nigel betrachtete das Gesicht der Jungen, dünn, leicht gebräunt, noch nicht geformt, aber nicht länger mürrisch und abwehrend. In diesem Augenblick war die Ähnlichkeit mit Faith sehr ausgeprägt. Bruder und Schwester teilten auch eine gewisse Wildheit, eine Unbekümmertheit, die in Peters Fall von der Konventionalität der Schule und der Klasse überlagert wurde. Überlagert, aber nicht begraben. Faith würde alles tun, um zu erreichen, was sie wollte, ohne Hemmungen oder Gewissensbisse, während Peters Idealismus, so künstlich er auch sein mochte, zu einem gewundenen Vorgehen zwang. Er war wahrscheinlich in der Lage, nicht weniger rücksichtslos, egozentrisch und ehrgeizig zu sein als seine Schwester, als viele andere in seinem Alter, aber er würde sich moralische Sanktionen für unmoralische Handlungen einfallen lassen müssen. Er war ein verbindlicherer Charakter als Faith, urteilte Nigel und einer, den bestimmte Arten von Verletzungen für das Leben verderben konnten.

»Ich fürchte«, fuhr Nigel fort, »Sie könnten schon bald einen ziemlich harten Schlag bekommen. Lassen Sie sich davon nicht den Glauben an ...«

Nigel wurde durch das plötzliche Erscheinen von Nikki unterbrochen, der hereinplatzte, bevor Nigel ihn aufhalten konnte, und sagte: »Sie haben ihre Leiche gefunden! Die Nachricht kam gerade von Kalymnos rein. Am Strand, in der Nähe von ...«

»Nikki! Seien Sie still! Wir haben Besuch.«

Doch Peter Trubody starrte den Kreuzfahrtmanager entgeistert an, seine Lippen wurden weiß. »Wessen Leiche?« fragte er mit tonloser Stimme.

»Na, die von Miss Ambrose. Muss vom Schiff an Land gespült worden sein. Hat eine Wunde am Hinterkopf, sagt man.«

»Um Himmels willen, halten Sie gefälligst Ihren Mund!«, rief Nigel wütend aus.

Peter Trubodys Nasenlöcher waren zusammengekniffen, und er warf die Haarsträhne zurück, die ihm über die Augen fiel, die von Kummer und Angst durchtränkt waren.

»In Ordnung« sagte er. »Sie haben gewonnen. Ich habe sie getötet.«

AUFKLÄRUNG

I

Eine halbe Stunde später, kurz nach Mittag, befanden sich vier Personen in der Kabine des Ersten Offiziers. Faith Trubody saß auf dem Bett, kaute an ihren Nägeln und warf verstohlene Blicke auf Jeremy Street, der aus dem Fenster blickte. Nikki blätterte in einem Stapel von Papieren, die er in der Hand hielt. Bentinck-Jones lehnte neben Faith an der Wand und richtete gelegentlich eine Bemerkung an das Mädchen, das sich kaum die Mühe machte zu antworten.

»Was in aller Welt will dieser Strangeways hier von uns?«, fragte Jeremy Nikki.

»Ich weiß auch nicht mehr als Sie, Mr Street.«

»Er könnte wenigstens so höflich sein, uns nicht warten zu lassen.«

»Er hat sich wie Gott der Allmächtige verhalten«, sagte Ivor Bentinck-Jones. »Der auf geheimnisvolle Weise seinen Schnitzern etwas Positives abgewinnt«, fügte Jeremy Street mit seinem hochmütigen Lächeln hinzu. »Ah, da ist er ja. Und Mrs Blaydon.«

Die Tür öffnete sich, der bewaffnete Matrose draußen salutierte, und Nigel half der hinkenden Frau in der Kabine.

Bentinck-Jones beeilte sich, ihr den einzigen freien Stuhl

anzubieten. Sie neigte den Kopf, dessen Profil sich durch das indische Kopftuch abzeichnete, und setzte sich etwas unbeholfen. Die vier blickten sie, Nigel und einander mit der unbehaglichen Neutralität von Kindern am Anfang einer Geburtstagsparty an.

»Ich habe Sie hergebeten«, sagte Nigel, »weil jeder von Ihnen auf die eine oder andere Weise mit den beiden Opfern des Mörders zu tun hatte.«

»Wo ist Peter? Warum ist Peter nicht hier?« Faiths Stimme war schrill.

»Peter steht unter strengem Arrest. Er hat die Verbrechen gestanden.«

Die Ungläubigkeit und der Schock waren so groß, dass Totenstille eintrat. Dann schrie Faith, deren Gesicht so bleich geworden war, dass die Sommersprossen wie alte, gelbe Blutergüsse aussahen:

»Das ist eine Lüge! Das glaube ich Ihnen nicht! Sie haben mir nie gesagt ...«

»Er hat ein Geständnis geschrieben«, schaltete sich Nigel ein. Er zog ein Papier aus seiner Tasche und reichte es dem Mädchen, das es, ohne einen Blick darauf zu werfen, wütend in Stücke riss.

»Ganz ruhig, junge Dame«, sagte Ivor.

»Sie hat ganz recht«, bemerkte Nigel kühl. »Das Geständnis ist wertlos.«

Faith starrte ihn an. »Warum haben Sie ihn dann verhaftet?«

»Zu seiner eigenen Sicherheit. Er ist durch zwei Personen in Gefahr.«

Jeremy Street warf einen eindringlichen Blick auf Nigel. »Sie meinen, es gibt *zwei* Mörder?«

»Nein. Peter ist in Gefahr durch den Mörder und durch sich selbst. Er glaubt zu wissen, wer diese Verbrechen begangen hat, eine Person, die er – wie man so sagt – nicht weise, aber zu sehr geliebt hat.«

»Ich?« Faiths Stimme war ein Flüstern, während sie Nigel entsetzt anstarrte.

»Peter versucht, diese Person zu schützen. In seinem gegenwärtigen Geisteszustand könnte er sich sogar umbringen, um sein Geständnis zu untermauern.«

»Dann ist er ein Narr«, rief Faith schroff. »Ich habe ihm gesagt, dass mich das, was Miss Ambrose getan hat, nicht mehr interessiert.« Das Mädchen wandte sich an Mrs Blaydon. »Warum sagen Sie nichts?«

Melissa, das Kinn auf den Tisch gestützt, zuckte hilflos mit einer Schulter. »Reden wir nicht aneinander vorbei? Mr Strangeways hat nicht gesagt, dass Ihr Bruder Sie beschützen will.«

»Ganz recht. Aber Peter weiß auch zu viel, was den Seelenfrieden des Mörders gefährdet. Das ist der andere Grund, warum ich ihn unter Bewachung gestellt habe.«

»Können Sie nicht aufhören, in Rätseln zu sprechen, und zur Sache kommen?«, sagte Jeremy Street. »Woher wissen Sie überhaupt, dass Peters Geständnis wertlos ist?«

»Du! Oh, wie ich dich verachte!« Faith starrte den Dozenten wie eine Furie an.

»Ich werde Ihnen das Wesentliche erzählen. Sie können es selbst beurteilen. Peter sagt, er habe Miss Ambrose und ihre Schwester gestern Nachmittag beim Sonnenbaden in der Bucht gesehen; er befand sich auf dem Hügel darüber. In diesem Augenblick begann Miss Ambrose, allein zum Hafen zurückzugehen. Er lief den Abhang hinunter und hielt sie auf. Es war die erste Gelegenheit, die er hatte, allein mit ihr zu sprechen, denn sie war fast immer bei ihrer Schwester – die erste übrigens war auf Delos, als er belauscht worden war, wie er ihr gedroht hatte.«

»Ianthe gedroht?«, murmelte Melissa erstaunt.

»Ja, Peter sagt – es ist ganz anders als die Geschichte, die er mir vorhin erzählt hat –, dass er Ianthe auf dem Weg angehalten hat und sie einen heftigen Streit hatten. Sie weigerte sich erneut, eine der Anschuldigungen zuzugeben, die er bezüglich der Art machte, wie sie seine Schwester in der Schule behandelt hatte – ich werde jetzt nicht weiter darauf eingehen –, und sie sagte ein paar gemeine und verächtliche Dinge über Peter und seine Gefühle für Mrs Blaydon.«

Melissa stieß einen tiefen Seufzer aus.

»Das, schrieb Peter in seinem Geständnis, war der Tropfen, der das Fass zum Überlaufen gebracht hatte. Später am Abend, als sie den Salon verließ, um etwas für seine Schwester zu holen, sah er Ianthe über das Promenadendeck gehen. Er folgte ihr auf das Vorschiff, betäubte sie mit einem Schlag auf den Kiefer und warf sie über Bord. Dann bemerkte er, dass Primrose Chalmers ihn aus dem Schatten heraus beobachtete, verlor noch mehr den Kopf, erwürgte das Kind und warf es in den Swimmingpool. Er brauchte nur wenige Minuten, sagte er, um in die Kabine zu eilen, die Stola seiner Schwester zu holen und in den vorderen Salon zurückzukehren. Die ganze Geschichte«, schloss Nigel, »ist an allen Stellen undicht.«

»Das verstehe ich nicht«, sagte Jeremy.

Faith drehte sich wütend zu ihm um. »Natürlich nicht! Als würde Primrose nur zusehen, während Peter …«

»Ganz genau. Aber das Aufschlussreichste sind Zeit und Ort der angeblichen Verbrechen von Peter. Er hätte Miss Ambrose auf der Insel töten sollen, als sie sich stritten und sie Dinge sagte, die ihn rot sehen ließen. Wenn er es damals nicht getan hat, warum sollte er es dann später tun, als er sich vermutlich ein wenig beruhigt hatte?«

»Das müssen Sie uns sagen«, bemerkte Ivor unfreundlich.

»Das werde ich.« Nigel blicke sich in der Kabine um. Faith Trubody saß auf dem Bett, auf ihren angewinkelten Beinen, und beobachtete ihn mit einem fiebrigen Glanz in ihren grünen Augen. Jeremy Street lehnte an der Stirnwand zu ihrer Rechten und klapperte mit der kaum verhohlenen Ungeduld, die er an den Tag legte, wenn er nach einem Vortrag von einem überschwänglichen Zuhörer bedrängt wurde, mit Münzen in der Tasche seiner königsblauen Leinenhose. An der gegenüberliegenden Wand stand Nikki, verwirrt, schweigend, wachsam; seine beweglichen Gesichtszüge reagierten wie die eines Schauspielers auf jede Wendung des Dialogs. Mrs Blaydon, im Profil zu Nigel, saß teilnahmslos da, einen Ellbogen auf den Tisch gestützt, das Kinn in der Hand, den schönen Kopf ein wenig gesenkt, in einer fatalistischen Pose. Ivor Bentinck-Jones hatte sich am anderen Ende des Bettes neben Faith niedergelassen, die Arme um die Knie geschlungen, und betrachtete Nigel mit der Miene eines Pokerspielers, der bereit ist, zu bluffen oder es darauf ankommen zu lassen.

Mit dem Rücken zur Tür blickte Nigel von einem zum andren. »Das werde ich sicherlich«, sagte er. »Der ganze verzweifelte Zweck von Peters Geständnis war der Versuch, mich von der Wahrheit abzulenken – der Wahrheit, dass Miss Ambrose nicht auf diesem Schiff ermordet wurde.«

Ein paar Sekunden herrschte fassungsloses Schweigen, dann riefen alle durcheinander.

»Aber das ist doch nicht möglich!«

»Nicht auf dem Schiff! Das verstehe ich nicht.«

»Sie müssen verrückt sein, Mr Strangeways.«

»Wann wurde sie dann ermordet?«

»Aber als Sie es mir sagten, dachte ich ...«, begann Melissa.

»Ja, Mrs Blaydon?«, fragte Nigel und sah sie nachdenklich an.

»Nun, dass Ianthes Leiche an Land gespült wurde.«

»Das war es, was der Mörder uns glauben lassen wollte.« Nigel sprach jetzt zu den vier anderen. »Ich habe Mrs Blaydon, bevor wir hierher kamen, gerade erzählt, dass auf Kalymnos die Leiche einer Frau gefunden worden ist. Die Kleidung und das allgemeine Erscheinungsbild passen zu der Beschreibung von Miss Ambrose, die wir den Behörden auf Kalymnos gegeben haben. Die Leiche lag verkeilt unter einem Felsen in der Bucht, in der sie und ihre Schwester gestern Nachmittag badeten. Sie wies eine Wunde am Hinterkopf auf. Es tut mir leid, Mrs Blaydon, dass ich das alles noch einmal erwähnen muss.«

Melissa hatte ihr Gesicht in ihren Händen vergraben.

»Das scheint mir ein ganz und gar unentschuldbares Vorgehen Ihrerseits zu sein«, sagte Jeremy und warf den Kopf hoch; er wieherte die Worte fast. »Ich kann mir nicht vorstellen, was Sie damit bezwecken wollen ...«

»Das werden Sie zu gegebener Zeit sehen.«

Ivor Bentinck-Jones beugte sich vor, sein Gesicht war misstrauisch und unverschämt zugleich. »Und woher *weiß* der große Detektiv, dass die Leiche nicht vom Schiff aus an Land gespült wurde?«

»Zum einen ist sie erst gegen 21:15 Uhr verschwunden. Das Schiff verließ Kalymnos um 18 Uhr. Um 21:15 Uhr waren wir etwa sechzig Meilen von der Insel entfernt. Ertrunkene Körper kommen erst nach mehreren Tagen wieder an die Oberfläche. Der Kapitän sagte mir, es sei fast unmöglich, dass Wind und Strömung einen versunkenen Körper zwischen 21:15 Uhr, als wir über das Verschwinden von Miss Ambrose informiert wurden, und 11:35 Uhr heute Vormittag, als ihre Leiche gefunden wurde, sechzig Meilen weit treiben.«

»Oh, *fast* unmöglich?«, sagte Ivor und blickte applausheischend in die Runde, als hätte er einen Punkt gemacht.

Melissa fuhr sich mit der Hand benommen über die Stirn. »Ich bin sehr dumm, mir ging es letzte Nacht nicht besonders gut, aber ich kann nicht verstehen, wie Ianthe woanders hätte getötet werden *können*. Ich meine, sie war auf dem Schiff, das haben Sie doch selbst gesagt, bis 21:15 Uhr.«

»Eine Frau, von der man annahm, sie sei Ihre Schwester, wurde für kurze Zeit beim Vortrag gesehen. Allerdings war es dort oben ziemlich dunkel. Identitäten können verwechselt werden. Und Menschen können sich als jemand anderer ausgeben. Nikki hat den Quartiermeister befragt, der die Landgangkarten entgegennahm, als die Passagiere wieder an Bord gingen. Ihm wurde das Passfoto von Miss Ambrose gezeigt, aber er kann sich nicht erinnern, dass sie auf das Schiff zurückgekehrt ist.«

»Er hätte es leicht übersehen können«, protestierte Jeremy. »Haben Sie die Anzahl der zurückgegebenen Karten überprüft?«

»Ja, natürlich. Es wurden genauso viele zurückgegeben, wie am Morgen ausgegeben worden waren.«

»Na dann.«

»Die Person, die Miss Ambrose ermordet hat, muss zwei Karten abgegeben haben, von denen eine an die andere geklebt war, so dass der Quartiermeister dachte, er bekäme nur eine.«

»Haben Sie Beweise dafür?«, fragte Ivor spöttisch.

»Nein.«

Jeremy hob erneut den Kopf. »Sie verschwenden nur unsere Zeit mit einer Menge grotesker Theorien, die ...«

»Ich stimme Ihnen zu, es würde Zeit sparen, wenn der Mörder gestehen würde.« Nigel blickte Jeremy Street fest an. »Vorausgesetzt, der Mörder ist in dieser Kabine«, fügte er hinzu.

Bevor jemand etwas anderes sagen konnte, drehte Melissa ihren Kopf. Das schiefe Lächeln, oder der Geist davon, erschien auf ihrem Gesicht. »Ich hoffe, Sie wissen, was Sie sagen, Mr Strangeways. Aber haben Sie nicht vergessen, dass ich Ianthe vor dem Vortrag gesehen habe? Ich habe ihr kurz nach dem Essen etwas Obst gebracht. Ich bin mir ganz sicher, dass sie es war und nicht jemand, der sich für sie ausgab.«

»Wir haben nur Ihr Wort, dass sie in der Kabine war.«

Melissas vertrautes Lachen ertönte. »Aber mein lieber Mr Strangeways, warum sollte ich sagen, dass sie da war, wenn sie es nicht war?«

»Sie mussten es sagen, wenn Sie es waren, die sich später beim Vortrag als Ianthe ausgegeben hat.«

Sie blickte die anderen an und machte eine aufgeregte, hilflose Handbewegung. »Ich muss träumen. Das ist alles absolut verrückt.«

»Und schließlich«, fuhr Nigel fort, »wer könnte Ihre Schwester so erfolgreich verkörpern wie Sie selbst?«

»Mein lieber Herr«, rief Nikki, »es gibt überhaupt keine Ähnlichkeit zwischen ihnen. Ein wunderschönes Geschöpf, eine echte Najade und ...«

»Miss Massinger ist Bildhauerin. Als sie Mrs Blaydon und ihre Schwester zum ersten Mal sah, bemerkte sie, wie ähnlich sie sich waren – Knochenbau, Figur und so weiter. Niemand von uns hat Mrs Blaydon ohne ihr Make-up gesehen. Und der Bischof von Solway erzählte mir, wie ähnlich sich die Schwestern als kleine Mädchen waren.«

Melissa schlug mit der Faust leicht auf den Tisch. »Die ganze Unterhaltung kommt mir völlig irreal vor. Ich sehe nicht ein, warum ich weiter Ihre merkwürdigen Fantasien ertragen sollte, Mr Strangeways.«

»Es steht Ihnen frei zu gehen,« erwiderte Nigel. Die Frau zuckte die Achseln und sagte dann mit ihrer tiefen, heiseren Stimme, fast mit einem Hauch von Fröhlichkeit: »Nein, ich glaube, ich bleibe. Ich kann der Versuchung nicht widerstehen herauszufinden, wo dieser Unsinn uns hinführt.«

Sie sprach auch für die anderen, ob es ihr nun bewusst war oder nicht. Es war, als hätte Nigel ihnen einen fantastischen Kokon des Paradoxen und Unwirklichen präsentiert, und sie mussten abwarten, was zum Vorschein kommen würde, wenn er ihn öffnete.

»Sie scheinen anzudeuten, Mr Strangsways, dass ich meine Schwester ermordet habe.«

Nigel sagte nichts, sondern beobachtete ihren abgewandten Kopf.

»Sie sagen«, beharrte sie, »dass jemand vorgegeben hat, sie

zu sein. Offensichtlich war derjenige, der sich für sie ausgab, der Mörder – wenn man Ihrer Theorie folgt.«

»Nein. Das ist nicht ›offensichtlich‹. Nehmen wir an, Sie haben sich für sie ausgegeben, um jemand anderen zu schützen, um ihm – dem Mörder – ein Alibi zu geben.«

»Und wer wäre dann der Mörder, den ich angeblich beschützt habe?«, fragte Melissa in dem forschen, emotionslosen Ton einer Krankenschwester, die geduldig einem Verrückten lauscht.

»Oh, dazu kann ich etwas beitragen«, sagte Bentinck-Jones. »Wenn wir das als Gesellschaftsspiel betrachten, dann lautet die Antwort: unser geschätzter Gelehrter, Mr Jeremy Street.«

»Was zum Teufel meinen Sie damit?«, rief Jeremy.

»Sie sind der Einzige von uns, der ein perfektes Alibi für die Zeit hat, in der Miss Ambrose *angeblich* Selbstmord begangen hat oder ermordet wurde. Sie haben einen Vortrag gehalten«, sagte Ivor und strahlte seine Mitreisenden an.

Jeremy schnaubte verächtlich. »Das wird langsam lächerlich. Sie scheinen das unglückliche Kind völlig außer Acht zu lassen – oder wollen Sie uns erzählen, dass sowohl Primrose als auch Miss Ambrose auf der Insel getötet wurden?«

»Ich werde später zu ihr kommen«, sagte Nigel. »Mr Street, Sie haben mir erzählt, dass Sie gestern Mittag, als Sie wieder an Land gingen, die ganze Zeit gelesen haben. Auf einem Hügel westlich des Hafens. Sie haben sich nicht von der Stelle bewegt?«

»Das ist richtig.«

»Peter Trubody fand dort Ihre Bücher und Ihren Rucksack, aber von Ihnen keine Spur. Sie haben sich also doch von der Stelle bewegt.«

Jeremy schüttelte den Kopf wie ein von Fliegen geplagtes Pferd. »Oh, möglicherweise bin ich für ein oder zwei Minuten aufgestanden, um mir die Beine zu vertreten.«

»Und es war kein Kriminalroman, den Sie gelesen haben.«

»Ich verstehe nicht, was Sie an meiner persönlichen Lektüre stört.«

»Was soll das alles?«, fragte Faith Trubody. Sie beobachtete Jeremys Unbehagen mit Neugier und einem heimlichen Vergnügen.

»Kurz gesagt«, sagte Nigel, »Mr Street hatte ein starkes Motiv, Ianthe Ambrose zu ermorden. Er hätte von seinem Platz aus sehen können, wie sie auf dem Weg entlangging – laut Mrs Blaydons Aussage ging ihre Schwester gegen 16:45 Uhr allein zum Hafen zurück. Er könnte den Hügel hinuntergelaufen sein, sie abgefangen, ihr einen Schlag auf den Hinterkopf versetzt und die Leiche ins Meer geworfen haben. Die Leiche könnte später an den Fundort gespült worden sein. Was sagen Sie dazu, Mr Street?«

»Man äußert sich nicht zu einem Gespinst aus Unwahrheiten wie ...«

»Unwahrheiten? Warum haben Sie mir gesagt, Sie hätten einen Kriminalroman gelesen und sich nicht von der Stelle bewegt?«

»Ich habe Miss Ambrose nicht getötet.« Die Stimme des Dozenten wurde ein wenig schrill.

»Ich weiß, dass Sie es nicht getan haben. Sie sind nicht der Typ, der spontan tötet, und Sie konnten vorher nicht wissen, dass Sie gestern die Gelegenheit dazu haben würden. Sie hatten einen anderen Plan für Miss Ambrose, nehme ich an.«

»Das ist eine bösartige Unterstellung.«

»Das hat mit dem zu tun, was Sie auf dem Hügel gelesen haben.«

Jeremy warf ihm einen wütenden Blick zu und ging zur Tür. Der bewaffnete Matrose draußen hielt ihn auf, aber auf ein Zeichen von Nigel hin ließ er ihn gehen.

Nigel hatte keinen Zweifel an dem Grund für Jeremys Ausflüchte. Am Tag zuvor hatte Faith den Heiratsantrag des Mannes abgelehnt. Dieser Schlag gegen seine Eitelkeit und Bentinck-Jones' Erpressungsversuch hatten in ihm den Entschluss reifen lassen, sich an Ianthe, der ursprünglichen Quelle seines Ärgers, zu rächen. Diesmal würde er dafür sorgen, dass Ianthe ihn nicht während eines Vortrags demütigte; mehr noch, er würde den Spieß umdrehen. Zweifellos hatte er den Text gründlich durchgearbeitet und den neuen Kommentar, den Peter gesehen hatte, zu Rate gezogen, um Ianthe eine Falle zu stellen, in die sie tappen könnte, sollte sie während der Vorlesung in die Offensive gehen. Ein geübter Redner kann einen Fragesteller aus dem Publikum fast immer lächerlich machen, Ianthe in der Öffentlichkeit zu demütigen wäre an sich schon eine große Genugtuung; seine eigene Gelehrsamkeit gegenüber der von Ianthe zu rechtfertigen würde auch seinen Status bei Mr Trubody wiederherstellen, dessen finanzielle Unterstützung Jeremy brauchte. Der ganze Plan war natürlich kindisch, unbedeutend und würdelos – aber genau das, was einen eitlen Exhibitionisten wie Jeremy reizte und was er nur ungern zugeben wollte. Daher auch Jeremys Fassungslosigkeit, als Nigel ihn gefragt hatte, was er gelesen hatte, und die Lüge mit dem Kriminalroman. Was seine Behauptung betraf, er habe den Ort nie verlassen, so hatte Jeremy Street wahrscheinlich wirklich vergessen, dass er es getan hatte.

Nigel wollte nicht, dass Street weiter gedemütigt wurde. Daher wischte er eine eifrige Frage von Faith beiseite und sagte:

»Es gibt keine Verbindung zwischen Mr Street und Mrs Blaydon, und daher gibt es keinen Grund, warum sie sich für ihre Schwester ausgeben sollte, um ihn zu schützen.«

Melissa seufzte müde. »Ich wünschte, Sie würden sich diese Idee aus dem Kopf schlagen.«

»Sie müssen mich noch ein Weilchen ertragen.« Nigel warf ihr einen verschleierten Blick zu und wandte sich dann an die anderen, als wäre sie nicht da. »Wenn man der Theorie folgt, dass es Mrs Blaydon war, die sich für sie ausgab, könnte sie als gewollte oder ungewollte Komplizin gelten. Und damit wären wir bei Ihnen, Nikki.«

Der Kreuzfahrtmanager rief krampfhaft. *Ich?* Sind Sie verrückt geworden?« Er warf den Zahnstocher fort, den er gerade benutzt hatte, und machte zwei Schritte auf Nigel zu.

»Ihr Alibi für gestern Nachmittag ...«

»Immer mit der Ruhe, Mr Strangeways, immer mit der Ruhe. Das war vertraulich. Wissen Sie? Streng geheim.«

»Wird die Person, mit der Sie zusammen waren, Ihr Alibi bestätigen? Und woher soll ich wissen, dass es sich nicht um eine abgekartete Sache zwischen Ihnen beiden handelt?«

»Ich dachte, Sie glauben mir!«

»Wird die Polizei von Athen Ihnen glauben? Es könnte schlecht für Sie aussehen. Es ist bekannt, dass Sie Mrs Blaydon unter vier Augen von einem besonderen Badeplatz erzählt haben. Sie sagten es keinem der anderen Passagiere. Das klingt nach einer Verabredung, nicht wahr? Sie gingen dorthin – Miss Massinger und ich sahen, wie sie sich heimlich davonschlichen. Aber als sie ankamen, fanden Sie Miss Ambrose auch dort vor. Es gab einen Streit. Miss Ambrose beleidigte Sie. Sie sahen rot und schlugen sie – etwas zu hart. Die Leiche musste entsorgt werden. Sie verkeilten sie unter einem Felsen. Es ist wahrscheinlich, dass Miss Ambrose dort ermordet wurde, wo man ihre Leiche gefunden hat. Sie und Mrs Blaydon schmiedeten also einen Plan, um den Eindruck zu erwecken, dass ihre Schwester auf dem Schiff getötet wurde oder Selbstmord begangen hat. Sie sind in einer besseren Position als jeder andere, um die Landgangkarten zu manipulieren. Ihre Liaison mit Mrs Blaydon ...«

»*Bitte!*« Melissa hob den Kopf mit einem Ausdruck des Ekels. »Ich finde das absolut unanständig.«

»Es steht Ihnen frei zu gehen«, sagte Nigel zum zweiten Mal.

»Wollen Sie andeuten, dass ich zum Komplizen bei der Ermordung meiner Schwester wurde, weil ich diesem Mann zugetan bin?«

»Der Spaß wird schnell und ungestüm« sagte Ivor boshaft kichernd.

»Halten Sie Ihre Zunge im Zaum, Sie gottverdammter Mistkerl!«, rief Nikki.

»Das ist ein Satz, bei dem die Polizei hellhörig werden könnte«, sagte Nigel kaltlächelnd.

»Aber Sie wissen, dass es nicht wahr ist.« Melissa sprach im Flüsterton.

Nigel wandte sich an die anderen. »Wir haben sicher alle bemerkt, wie aufmerksam und fürsorglich Mrs Blaydon ihrer Schwester gegenüber war. Umso merkwürdiger ist es, dass sie ihr erlaubt hat, nach einem Sonnenstich allein zum Hafen zurückzugehen.«

»Das habe ich Ihnen doch erklärt«, sagte Melissa. »Sie haben ja keine Ahnung, wie stur die arme Ianthe sein kann.«

»Ich muss zugeben«, sagte Nigel, »dass ich mir nicht vorstellen kann, dass Mrs Blaydon *bereitwillig* mit dem Mörder ihrer Schwester zusammenarbeitet.«

»Nicht für einen Mann, in den Sie sich verliebt hat?«, fragte Ivor empört. »So wie die beiden sich in der Öffentlichkeit aufführten ...«

»Wir wissen, dass Sie ein eifriger Beobachter des menschlichen Verhaltens sind«, sagte Nigel und erhob seine Stimme, um den Ausbruch zu unterdrücken, den die Bemerkung von Bentinck-Jones auslöste. »Und wir wissen, warum. Wenn Mrs Blaydon eine unfreiwillige Komplizin war, brauchen wir den Mörder nicht lange zu suchen.«

»Diesmal gibt es Zeugen für das, was Sie sagen. Verleumdung ist strafbar. Passen Sie auf, was Sie sagen.«

»Nun, ich werde es sagen«, rief Faith Trubody. »Es ist mir scheißegal. Sie haben versucht, Jeremy zu erpressen. Sie sind ein Erpresser, Sie fettes kleines Reptil. Sie haben Mrs Blaydon erpresst, sich als ihre Schwester auszugeben. Ist es das, was Sie meinen, Mr Strangeways?«

»Irgendwelche Kommentare?«, fragte Nigel und starrte Ivor an.

»Mein Anwalt wird alle notwendigen Kommentare machen.«

»An ihrer Stelle würde ich mich wirklich nicht auf das Gesetz berufen. Mrs Blaydon, welchen Einfluss hatte dieser Mann auf Sie?«

»Keinen. Ich sage Ihnen immer wieder, dass Sie einem lächerlichen Irrtum unterliegen, es ist absurd, verrückt.«

»Haben Sie einen tiefen Schlaf, wenn ich fragen darf?«

»Ich weiß wirklich nicht ... Ja, eher schon.«

»Sie haben mir erzählt, dass sie gestern Nachmittag in der Bucht eine Weile geschlafen haben. Als Sie aufwachten, haben Sie festgestellt, dass Ihre Schwester krank aussah. Sind Sie sicher, dass sie noch am Leben war?«

»Natürlich war sie am Leben.« Melissas Augen weiteten sich. »Oh, denken Sie etwa, Mr Bentinck-Jones könnte sie getötet haben, während ich schlief? Dass er sich an sie herangeschlichen und von hinten betäubt hat, bevor sie schreien und mich wecken konnte?«

»Peter Trubody hat mir erzählt, dass er Sie beide vom Hügel aus gesehen hat und dachte, Ihre Schwester sei tot.«

»Oh, ich weiß. Dummer Junge. Ich habe es ihm beim Tanzen erklärt. Die arme Ianthe war ohnmächtig geworden, und ich ließ ihren Kopf ungeschickt auf den Felsen zurückfallen. Aber es war kein wirklich heftiger Aufprall – nicht so heftig, um eine Wunde zu verursachen ... Oh, ich verstehe, Sie fragen sich, ob es ein Unfall war und ich den Kopf verloren habe und Lügen darüber erzähle.« Mrs Blaydon, die bis jetzt langsam, fast schleppend gesprochen hatte, als sei sie noch immer erschöpft, sprudelte die letzten Worte ziemlich hastig hervor.

»Das ist bedauerlich«, sagte Nigel. »Denn soweit ich sehen kann, hatte Bentinck-Jones ein sehr starkes Motiv, Primrose Chalmers zu ermorden.«

»Oh, jetzt ist es also Primrose?«, sagte Ivor.

»Ja. Wenn in diesem Fall eines klar ist, dann, dass der Mörder glaubte, Primrose hätte den Mord gesehen.«

»Aber Sie sagten doch, dass es *nicht* auf dem Schiff geschah«, stammelte Nikki.

»Geschah es auch nicht. Primrose spionierte Miss Ambrose aus, während sie in der Bucht ein Sonnenbad nahm. Sie schrieb in ihr Notizbuch, was sie gesehen hatte. Als ihre Leiche gefunden wurde, war das Notizbuch nicht in ihrem Sporran, wo sie es immer aufbewahrte, und auch nicht in ihrer Kabine. Bentinck-Jones gestand mir schließlich, dass er das Notizbuch von der Leiche gestohlen hatte. Die Tinte sei verlaufen und nicht mehr zu entziffern gewesen, sagte er. Nur der letzte Eintrag, mit Bleistift geschrieben, war lesbar.«

»Aber ich habe es Ihnen doch gesagt«, unterbrach ihn Ivor und wischte sich über die Stirn. »Ich habe Ihnen gesagt, was sie geschrieben hat. Es hatte nichts mit der Ermordung von Miss Ambrose zu tun.«

»Sie haben es mir unter starkem Druck gesagt. Aber woher weiß ich, dass Sie mir die Wahrheit gesagt haben? Sie haben zugegeben, dass Sie das Notizbuch genommen haben. Sie haben uns glauben lassen, Sie hätten es von der Leiche des Kindes genommen. Sehr clever. Aber nehmen wir an, Sie hätten es ihr abgenommen, als sie noch lebte, und hätten herausgefunden, dass sie Augenzeugin dessen war, was Sie auf der Insel getan haben. Sie hatten das Notizbuch, aber das Wissen war noch im Kopf des Kindes. Also musste es für immer zum Schweigen gebracht werden. Als ich Sie heute Morgen befragte, haben Sie natürlich eine falsche Version dessen, was sie geschrieben hat, erfunden.«

»Vielleicht wird Mr Bentinck-Jones uns jetzt sagen, was das Kind wirklich geschrieben hat.« Mrs Blaydon, die dem Bett, auf dem Ivor noch immer saß, den Rücken zugewandt hatte, sah sich nicht um. Ihr Gesicht war so kalt und emotionslos wie ihre Stimme.

»Sie verdammter Betrüger«, murmelte Ivor, kauerte sich zusammen und starrte Nigel an.

»Warum sollte jemand das Kind ermorden, außer um Beweise zu unterdrücken? Wer außer Ihnen wusste von der Existenz dieses Beweises in ihrem Notizbuch? Sie sind ganz schön fertig, nicht wahr?«

»Und vergessen Sie nicht«, warf Faith aufgeregt ein, »ich habe gesehen, wie er Primrose gestern Abend zum Swimmingpool gefolgt ist.«

»Und ein anderer Zeuge sah Primrose kurz zuvor mit einer Frau, die der Zeuge für Ianthe Ambrose hielt, in die gleiche Richtung gehen. Ich muss Sie noch einmal fragen, Mrs Blaydon, hatte dieser Mann Sie in der Hand, und zwang er Sie, sich als Ihre Schwester auszugeben?«

Melissa fuhr sich mit der Hand träge über die Stirn. »Und ich muss Ihnen noch einmal sagen, dass er es nicht getan hat.«

»Sehr gut«, sagte Nigel nach einer Pause. »Wir lassen die Idee einer erzwungenen Absprache Ihrerseits mal fallen, Aber ich fürchte, das eröffnet eine noch weniger verlockende Perspektive. Nehmen wir einmal an, dass Bentinck-Jones Miss Ambrose nicht umgebracht hat und dass seine Darstellung dessen, was Primrose in ihr Notizbuch geschrieben hat, wahr ist.«

Nigel ging zur Tür, warf einen Blick auf die vier in der Kabine und holte ein Blatt Papier aus seiner Tasche. Melissas Gesicht war ihm dort, wo er jetzt stand, halb zugewandt, und ihre Augen begegneten seinen in einem langen, nackten, herausfordernden Blick, der eine sexuelle Provokation hätte sein können. Die anderen drei bemerkten eine zunehmende Spannung, obwohl sie von den schnellen Richtungswechseln, die

Nigel vollzog, verblüfft waren. In der Kabine war es unangenehm warm geworden; auf Faiths Stirn, an den Wurzeln ihres blonden Haars, waren Schweißperlen zu sehen, und Ivor wischte sich erneut das Gesicht ab. Nikkis dunkle Haut glänzte wie poliertes Holz. Sie sahen alle drei aus wie Überlebende in einem offenen Boot, das ohne Segel und Ruder trieb, ohne zu wissen, wohin, und es war ihnen egal.

»Das ist es, was Primrose gesehen hat. Einen Weidenkorb, der unter den Felsen hervortreibt, und der Arm eines Schwimmers, der ihn herausholt.« Er hielt inne. Das Schweigen zog sich in die Länge. Drei Paare glanzloser Augen betrachteten Nigel verwirrt.

»Was nun?«, sagte Faith schließlich.

»Meinen Sie ...«, begann Melissa. »Ist das *alles*, was sie gesehen hat?«

»Absolut alles.«

Melissa saß in seltsam starrer Haltung da, dann schüttelte sie sich ein wenig wütend. »Also was soll dann die ganze Aufregung?«

»Primrose dachte, die Person, die sie schwimmen sah, sei Ianthe. Der Schwimmer hatte einen dunklen Kopf – er sah aus wie ein Seehund, sagte sie – und trug keine Badekappe. Mrs Blaydon trug immer eine gelbe. Aber Ianthe hatte immer gesagt, sie könne nicht schwimmen. Primrose hatte es auf Ianthe abgesehen und glaubte, sie beim Lügen erwischt zu haben.« Er wandte sich an Melissa. »Sie haben mir nie erzählt, dass der Weidenkorb weggeschwommen war.«

»Guter Mann, man kann sich nicht immer an alles erinnern«, erwiderte die Frau mit einem scharfen Ton in der Stimme.

»Wann ist das mit dem Korb passiert?«

»Kurz bevor Ianthe in Ohnmacht fiel. Wie ich Ihnen schon sagte, versuchte ich, sie in den Schatten zu bringen. Dabei habe ich den Korb versehentlich von einem Felsen ins Wasser gestoßen.«

»Dann wurde sie ohnmächtig?«

»Ja.«

»Aber anstatt sie wiederzubeleben, schwammen Sie hinaus, um den Korb zu holen?«

»Ich habe ihn geholt, um sie wiederzubeleben. Darin befand sich eine Flasche Riechsalz«, erwiderte Melissa geduldig, aber säuerlich.

»Ich verstehe.«

»Und ich war so in Eile, dass ich meine Badekappe nicht aufgesetzt habe. Beruhigt Sie das?«

Nigel studierte erneut das Blatt Papier. »Primrose war sich fast sicher, dass es sich bei der Schwimmerin um Ianthe gehandelt hatte. Sie machte sich auf den Weg und schmiedete einen Plan, um es zu bestätigen. Dieser Plan war die Ursache für ihren Tod. Ich werde gleich darauf zurückkommen. Lassen Sie mich zuerst den Mord in der Bucht rekonstruieren.« Nigel wandte sich nun wieder an die anderen drei, als wäre Melissa nicht anwesend. »Mrs Blaydon betäubte ihre Schwester mit einem schweren Stein ...«

»Aber Sie sind ja verrückt!«, schimpfte Nikki. »Dort am Strand, wo jemand sie gesehen haben könnte?«

»Sie und ihre Schwester waren ein oder zwei Stunden dort gewesen, lange genug, um festzustellen, wie menschenleer der Ort war. Die einzigen Leute, die aufgetaucht waren, waren die Chalmers, die Ianthe in Windeseile losgeworden war, was ihrer Schwester sehr gelegen kam. Sie befanden sich am Strand, der auf einer Seite durch einen steilen Überhang und durch Felsbrocken vom Weg abgeschirmt war.«

»Aber jeder, der sich von der Ostseite nähert, hätte sie sehen können«, sagte Nikki. »Man umrundet auf dem Weg vom Hafen einen vorspringenden Hügel, und man sieht direkt auf die Bucht ...«

»Sie scheinen die Stelle sehr gut zu kennen, Nikki.«

Der Kreuzfahrtmanager warf Nigel einen wütenden Blick zu und hüllte sich in Schweigen.

»Tatsache ist, dass man auf diesem steinigen Weg nicht lautlos gehen kann. Die Schritte sind bereits zu hören, bevor man hinter dem Steilhang hervorkommt. In der griechischen Luft verbreitet sich der Schall weit. Wie gesagt, Mrs Blaydon betäubte ihre Schwester; dann zog sie sie ins Wasser und klemmte die Leiche unter einen Felsen. Innerhalb einer Minute war alles vorbei. Sie konnte nicht wissen, dass Peter Trubody vom Hügel aus zusah.«

Die Frau am Tisch machte Anstalten zu sprechen, begnügte sich aber mit einem Zucken ihrer schönen Schultern.

»Peter sah Ianthe, die ausgestreckt auf einem Felsen am Rande des Wassers lag. Er sah, wie Mrs Blaydon, die bis auf die Badekappe nackt war, den Kopf ihrer Schwester anhob und ihn mit einem Knall auf den Felsen schlagen ließ. Mrs Blaydon hatte sie gerade geschlagen und vergewisserte sich, dass sie bewusstlos war. Peter hatte den Eindruck, dass Ianthe tot war – das war sie auch, mehr oder weniger. Das versetzte ihm einen furchtbaren Schock, und er rannte davon, ohne sich umzusehen. Er bekam diesen Schock, weil, obwohl er es nicht mit Sicherheit wissen konnte, sein Instinkt ihm sagte, dass Mrs Blaydon für Ianthes Tod verantwortlich war. Er konnte es nicht ertragen, noch einen Augenblick länger zu bleiben. Hätte er es getan, hätte er beobachtet, wie Mrs Blaydon die Leiche ihrer Schwester ins Wasser zog und sie unter einem Felsen verkeilte, wo niemand, der den Weg entlangging, sie sehen konnte. Dabei wurde ihr die Badekappe vom Kopf gerissen. Als sie aus dem Wasser kam, stellte sie fest, dass ihr Kleid und der Weidenkorb hineingefallen waren. Letzterer trieb davon. Sie tauchte hinein, ohne die Kappe wieder aufzusetzen, denn es war wichtig für ihren Plan, dass der Korb nicht verloren ging. In dem Korb befand sich Ianthes Landgangkarte.«

Mrs Blaydons Augen, die jetzt verwirrt und beunruhigt waren, trafen wieder auf die von Nigel.

»Sie dürfen diese schrecklichen Dinge nicht sagen. Das macht mir Angst.«

»Nachdem sie die Leiche entsorgt und den Korb und das nasse Kleid geholt hatte, zog Mrs Blaydon ihren Bademantel an und ging auf die andere Seite der Bucht, wo sie ihr Kleid in der Sonne trocknen konnte. Mr Chalmers fand sie dort etwa eine halbe Stunde später. Er erzählte mir übrigens, dass ›ihre Badesachen und ihr Kleid zum Trocknen auf den Felsen ausgebreitet waren‹ – eine interessante unbewusste Vermutung, denn er hätte von dem Weg oben kaum sehen können, dass das Kleid nass war. Obwohl Mr Chalmers sie warnte, dass es schon spät sei, hätte Mrs Blaydon das Schiff beinahe verpasst.«

»Ich habe mir den Knöchel verletzt. Deshalb bin ich zu spät gekommen«, sagte Melissa klagend.

»Mrs Blaydon *musste* so spät wie möglich kommen. Wenn

sie in allerletzter Minute an Bord kam, bestand die Chance, dass sie in der allgemeinen Hektik und Aufregung ihrer Ankunft dem Quartiermeister Ianthes Landgangkarte zusammen mit ihrer eigenen in die Hand drücken konnte. Es gelang ihr. Nun würde es einen Beweis dafür geben, dass Ianthe auf das Schiff zurückgekehrt war. Und das war sehr wichtig, denn wenn der Rest von Mrs Blaydons Plan schiefging, würde die Untersuchung ergeben, dass niemand Ianthe gesehen hatte, wie sie den Weg zurückgegangen war, am Kai gestanden hatte oder zur *Menelaos* zurückgekehrt war.«

Nigel hatte seine Zuhörer jetzt ganz im Griff. Sie hatten das Gefühl, dass er sie, nachdem er sie in mehrere Sackgassen geführt hatte, nun auf eine offene Straße führte. Wie Geschworene, die einen Schuldspruch fällen müssen, richteten sie ihren Blick auf die Frau auf der Anklagebank. Nikki schien kurz davor zu sein zu protestieren, aber er war so überfordert, dass er es nicht konnte. Bentinck-Jones hatte sich entspannt und betrachtete Nigel mit einem halb skeptischen, halb respektvollen Blick. Faith Trubody, die von einem nervösen Gähnen geplagt wurde, zappelte, kaute an ihren Nägeln und fuhr sich mit den Fingern durch ihr blondes Haar. Was Melissa Blaydon betraf, so verrieten die zunehmende Besorgnis in ihren Augen und die angespannte Körperhaltung den Druck, der auf ihr lastete.

Der Brückentelegraf piepte zweimal mit einer Dringlichkeit, die das Drama in der Kabine noch unterstrich. Die Dampfpfeife der *Menelaos* pfiff laut, und Mrs Blaydon zuckte zusammen.

»Laufen wir ein?« Faith lachte nervös. »Wir müssen fast da sein.«

Nigel sprach jetzt schneller. »Mrs Blaydon wurde beim Abendessen gesehen, aber allein. Sie sagte uns, dass sie Ianthe etwas Obst in die Kabine bringen würde, dass es ihr besser gehe und dass sie zum Vortrag gehen wolle. Nach dem Abendessen saß Mrs Blaydon noch kurz an der Bar und zog sich dann zurück, ›um sich für den Tanz umzuziehen‹. Sie ging in ihre Kabine, entfernte ihr Make-up und zog die Kleider ihrer Schwester an. Denken Sie daran, dass niemand die beiden Schwestern *zusammen* gesehen hat, nachdem sie in der Bucht gesehen worden waren. Mrs Blaydon ging als Ianthe zum Vortrag. Indem sie tief seufzte und vor sich hin murmelte, verhielt sie sich so, dass die Leute danach Ianthes Verschwinden als Selbstmord akzeptieren würden. Ianthe, so sollten wir glauben, hatte sich vom Schiff gestürzt. Mit etwas Glück würde die Leiche erst nach mehreren Tagen in der Bucht gefunden werden – lang genug, um die Vorstellung aufrechtzuerhalten, dass sie von Strömung und Wind auf die Insel zurückgetrieben worden war. Aber genau an diesem Punkt durchkreuzte Primrose Chalmers' Plan den des Mörders.

Primrose stand auf, als ›Ianthe‹ den Vortrag verließ, folgte ihr hinunter auf das Promenadendeck, holte sie ein, ergriff nach Aussage einer Augenzeugin ihren Ärmel, sprach mit ihr und ließ sie nicht mehr los. ›Miss Ambrose‹, erzählte uns diese Zeugin, ›erstarrte und versuchte, ihren Arm wegzuziehen, als wolle sie in ihre Kabine gehen.‹ Das tat sie natürlich – sie hatte keine Wahl; eine Schwester musste jetzt verschwinden und die andere zu ihrer eigenen Identität zurückkehren. Aber Primrose sagte etwas zu ›Ianthe‹, das sie umstimmte. Es gibt kaum einen Zweifel, was es war; Primrose deutete an, dass sie an jenem Nachmittag in der Bucht etwas Seltsames gesehen hatte.

Alles, was Primrose wollte, war natürlich eine Bestätigung ihrer Überzeugung, dass Ianthe gelogen hatte, als sie sagte, sie könne nicht schwimmen. Sie ging mit der Frau, die sie für Ianthe hielt, unter dem Vorwand, dass sie ungestört sein wolle, auf das Vorschiff, bugsierte sie zum Swimmingpool und stieß sie hinein.

In genau diesen Augenblick befand ich mich zufällig an einem offenen Fenster im Salon. Ich hörte einen leisen Schrei und ein Platschen. Zehn Sekunden später wiederholten sich die Geräusche. Und dann geschah Folgendes: Primrose blieb am Beckenrand stehen, um zu sehen, ob die Frau schwimmen konnte. Sie konnte es. Sie schwamm ein paar Züge, packte das Kind am Knöchel, zog es hinein und erwürgte es. Wir wissen nicht genau, was Primrose auf dem Weg zum Pool zu ihr gesagt hatte, aber es reichte aus, um sie – zu Unrecht – zu überzeugen, dass das Kind Zeuge des Mordes in der Bucht geworden war.«

»Das ist das Abscheulichste – das *können* Sie nicht glauben!« Melissa starrte Nigel entsetzt an.

Er fuhr fort, zu den anderen zu sprechen, als wäre sie eine Puppe, die auf einen Stuhl gesetzt worden war.

»Eine andere Zeugin sah, wie eine Frau, die sie für Miss Ambrose hielt, zu ihrer Kabine eilte, wobei sie eine Decke über dem Kopf trug. Die Mörderin hatte sie auf dem Rückweg vom Swimmingpool von einem Liegestuhl genommen, um ihr tropfendes Haar und ihre Kleidung zu verbergen. Es ist jetzt kurz vor 21:15 Uhr – fünf Minuten zuvor hatte ›Ianthe‹ den Vortrag verlassen.

Nikki betritt nun die Kabine von Mrs Blaydon. Ich werde nicht im Detail darauf eingehen, aber er findet dort eine Frau vor, nackt, mit nassem Körper und durchnässtem Haar. Sie hatte gerade noch Zeit, sich die nassen Kleider vom Leib zu reißen. Mrs Blaydon hat versucht, es zu erklären, indem sie sagte, sie habe geduscht, bevor sie sich für den Tanz umgezogen habe. Ich aber glaube kaum, dass eine modebewusste Frau, eine Frau, die im Meer immer eine Badekappe trug, kurz vor einer Tanzveranstaltung unter die Dusche geht, ohne ihr Haar zu bedecken. Nachdem Nikki ihre Kabine verlassen hatte, zog sie sich an und schminkte sich erneut, um etwa zwanzig Minuten später als Melissa zum Tanz zu erscheinen. Es war eine schnelle Verwandlung. Sie hatte keine Zeit, ihr Haar richtig zu trocknen, also besprühte sie es mit Öl – Peter Trubody kommentiere dies während des Tanzes –, damit es nass aussah. Man muss die Aufmerksamkeit bewundern, die Liebe zum Detail, nach einem so nervenaufreibenden ...«

»Halt, das ist doch Wahnsinn!«, rief Melissa. »Mir ist etwas eingefallen, was beweist, dass ich Ianthe nicht verkörpern konnte: mein Knöchel. *Sie* humpelte nicht, als man sie beim Vortrag gesehen hat oder danach an Deck, oder? Ich hatte mir den Knöchel verletzt. Ich hätte unmöglich gehen können, ohne zu humpeln. Oder doch?«

»Gewiss, gewiss!«, sagte Nikki aufgeregt. »Ich denke, das beweist, dass sie unschuldig ist.«

Nigel betrachtete nachdenklich ihr Gesicht, das unter dem schweren Make-up ängstlich und verzerrt wirkte. »Ich fürchte nicht. Miss Ambrose hatte eine etwas unbeholfene Art zu gehen. Mrs Blaydons Knöchel war nicht schlimm verstaucht, nur ein wenig geschwollen. Mit etwas Willenskraft konnte sie damit laufen, ohne dass ein Hinken erkennbar gewesen wäre. Sie könnte sich ihren Knöchel sogar absichtlich verdreht haben, um Ianthes unbeholfenen Gang nachzuahmen.«

Nikkis Gesicht wirkte niedergeschlagen. Faith kaute weiter an ihren Nägeln. Ivor hatte den hämischen Blick von jemandem, der gerade einen mörderischen Faustschlag im Boxring gesehen hat.

»Nein«, sagte Nigel langsam, »das ist nicht richtig. Es gibt einen viel besseren Grund, warum Mrs Blaydon ihre Schwester nicht ermordet haben kann.«

»Um Gottes willen!«, rief Ivor.

»*Sie war es nicht!*«, sagte Faith aufgewühlt.

»Die Theorie, die ich Ihnen skizziert habe«, fuhr Nigel ungerührt fort, »ist durchaus bestechend. In der Tat hatte ich sie von Anfang an im Kopf, und jede neue Tatsache, die ich entdeckte, konnte in sie eingepasst werden. Sie deckt alle Fakten ab bis auf eine Tatsache.«

»Ja?« Die Frau auf dem Stuhl hauchte es eher, als dass sie es aussprach.

»Mrs Blaydon hatte kein nachvollziehbares *Motiv* für den Mord an ihrer Schwester.«

»Woher wissen Sie das?«, knurrte Bentinck-Jones.

»Sie sagen, sie ist unschuldig?«, fragte Nikki mit bedrohlich leiser Stimme.

»Mrs Blaydon ist unschuldig.«

»Also dann«, sagte Faith entrüstet, »warum dieses ganze Theater, wie das Ende eines kitschigen Krimis?«

»Da stimme ich Ihnen zu, Faith, Sie, äh, sagen es«, murmelte Mrs Blaydon betont umgangssprachlich.

»Ja, verdammt noch mal, warum mussten wir diesen Zirkus veranstalten? Sie quälen, uns alle denken lassen ...«

»Ich dachte, Sie kennen Mrs Blaydon«, unterbrach Nigel sie schroff.

»Kennen?« Nikki schaute ihn dümmlich und fassungslos an.

»Gut genug, um zu wissen, dass sie nicht die Art von Frau ist, die jemanden umbringen würde.«

»Oh, das ist es also«, spottete Bentinck-Jones, »Sie hat nicht gemordet, weil sie kein zu Mord neigender Typ ist. Gott bewahre uns vor Amateurdetektiven!«

Nigel ignorierte ihn. Nach einem Blick auf die hängenden Schultern, die entspannte, erschöpfte Haltung der Frau auf dem Stuhl, die ihre Augen geschlossen hatte und endlich schwach lächelte, wandte er sich ab.

»Und nun kommen wir zu Miss Trubody. Wir haben uns noch nicht mit ihr befasst.«

»Ich?« Das Mädchen richtete sich auf, als wären plötzlich alle Nerven in ihrem Körper in Alarm versetzt worden. Der Brückentelegraf piepte erneut. Durch das Fenster konnte man die Köpfe von Schiffskränen sehen, die langsam vorbeizogen. Die Motoren der *Menelaos* dröhnten, als die Schrauben anfingen, sich rückwärts zu drehen.

»Ich?«, rief Faith mit weißem Gesicht und angespanntem dünnem Körper noch einmal.

»Mrs Blaydon«, sagte Nigel, »ich fürchte, das war eine Tortur für Sie. Ich werde Ihnen den Rest ersparen. Nikki, würden Sie sie bitte in ihre Kabine bringen.«

Die Frau erhob sich, blickte die anderen mit ausdruckslosen Augen an, lächelte niemandem im Speziellen zu und humpelte mit Nikkis Hand unter ihrem Ellbogen zur Tür. Sie war nur noch einen Meter von ihr entfernt, als Faith Trubody in einem ruhigen Gesprächston zu ihr sagte:

»Oh Brossy. Könnten Sie ...«

Die Frau blieb stehen, drehte sich unwillkürlich um, und es war unverkennbar die Bewegung einer Lehrerin, die an der Tafel steht und von hinten ein Geräusch von Unfug oder Unverschämtheit hört, ein Flüstern oder Rascheln oder Kichern, und sich umdreht, um es zu unterdrücken. Sie wusste sofort, dass sie sich verraten hatte – noch bevor es, mit Ausnahme von Nigel, einer der anderen bemerkte. Das exquisite, stark geschminkte Gesicht veränderte sich vor ihren Augen, es arbeitete, verzerrte und verschob sich, vergröberte sich, die Maske von Melissa verschwand, als würde ein Erdrutsch langsam die Merkmale einer Klippe auslöschen, und Ianthe Ambroses Gesicht und Persönlichkeit kamen unverstellt zum Vorschein. Das Make-up war noch da, aber es konnte nicht mehr die Fiktion aufrechterhalten, dass dies Melissa Blaydon war.

Alle bemerkten es jetzt. Ianthe konnte ihren Selbstverrat in den Augen der anderen erkennen. Sie versuchte nicht einmal, es zu überspielen. Der Instinkt gewann die Oberhand, der blinde, wütende Selbsterhaltungstrieb. Sie hatte die Tür geöffnet und Nikkis Hand weggeschlagen. Der bewaffnete Matrose draußen versperrte ihr den Weg, und sie krallte sich in sein Gesicht, so dass er zurücktaumelte und Blut aus einer Furche unter seinem Auge lief. Sie rannte zur Reling, sah, dass der Betonkai unter ihr kein Wasser führte, stürmte nach achtern, die Treppe zum Schiffsdeck hinunter und über das Deck zur Steuerbordseite, aber die Reling war hier von Passagieren gesäumt, die sich wie Schafe umdrehten, als sie Nikkis Rufe hörten: »Haltet sie! Haltet diese Frau!« Aber bevor sie ihren Verstand wiedergefunden hatten, war Ianthe unten auf dem Promenadendeck und bewegte sich wieder nach achtern, mit diesem verkrüppelten, huschenden, torkelnden Gang, das Kopftuch hinter sich her schleifend.

Vom hinteren Schiffsdeck aus rief Nikki eine Gruppe von Matrosen auf dem Achterdeck. Vier von ihnen begannen zu rennen, zwei auf jeder Seite des Schiffes. Ianthe sah sie kommen, als sie die Maschinenraumluke erreichte. Die Luke war offen. Knapp zehn Meter unter ihr glänzten die Turbinen, die in den Schiffsboden eingelassen worden waren, vor öligem Schweiß. Ianthe hatte sich in die Luke geschoben, bevor die Matrosen sie erreichen konnten oder einer der Passagiere, die sich an der Reling drängten, bemerkte, was los war. Sie fiel mit dem Kopf voran zwischen die Turbinen, ein langer Schrei folgte. Dann flatterte nur noch der gelbe Schal über ihrem zerschmetterten Kopf.

11

»Sie dachten also, ich würde mich wie in einem kitschigen Kriminalroman aufführen?«, sagte Nigel und blickte Faith Trubody mit spöttischer Strenge an.

Das Mädchen wand sich in ihrem Liegestuhl. »Nun, diese ganze verlogene Sache, das Verbrechen jedem Verdächtigen der Reihe nach anzuhängen - Sie wissen schon - im letzten Kapitel. Ich muss allerdings sagen, als Sie am Ende noch mich ins Visier genommen haben, bin ich fast aus der Haut gefahren. Eine Sekunde dachte ich, ich müsste die Mörderin sein, anstatt mich daran zu erinnern, dass das mein Stichwort war.« Sie wandte sich an ihren Bruder. »Mr Strangeways hat mir vor dem Treffen gesagt, dass er zu einem bestimmten Zeitpunkt sagen würde: ›Und jetzt kommen wir zu Miss Trubody‹, und das sollte das Signal sein. Als Mrs Blydon hinausging, sollte ich etwas zu ihr sagen und sie mit dem Spitznamen von Miss Ambrose anreden – ich meine, ich dachte immer noch, es sei Mrs Blaydon. So haben wir sie überrumpelt.«

»Sei nicht schadenfroh, Zwilling«, sagte Peter tadelnd.

»Ich bin nicht schadenfroh. Und überhaupt, sie hat verdient, was sie bekommen hat.«

»Oh, ihr jungen Geschöpfe und eure oberflächlichen moralischen Urteile!«, murmelte Clare träge. »Ich nehme an, es war einer deiner Nervenkriege, Nigel.«

»Da hast du wohl recht. Selbst dann wäre sie vielleicht noch davongekommen. Deshalb habe ich so getan, als würde ich jeden der anderen beschuldigen und habe dann Melissa Blaydon am stärksten beschuldigt. Ich musste Ianthe zappeln lassen und die Spannung allmählich erhöhen, in der Hoffnung, dass sie, wenn sie plötzlich nachlässt, für einen Augenblick unvorsichtig wird und sich verrät.«

»Es muss die Hölle für sie gewesen sein, nachdem sie uns weisgemacht hatte, dass sie Melissa sei, und dann feststellen musste, dass Sie Melissas Schuld beweisen konnten«, sagte Faith.

»Ja, vor allem, als ich in beinahe allen Einzelheiten rekonstruierte, wie *Ianthe* die Verbrechen tatsächlich begangen hatte.«

»Eine Art Spiegelbild, meinst du?«, sagte Clare. »Ianthe hatte Melissa und Primrose umgebracht und war erfolgreich dabei, sich als ihre Schwester auszugeben. Und jetzt fand sie heraus, dass du offensichtlich einen wasserdichten Nachweis hattest, dass Melissa Primrose und Ianthe umgebracht hatte ... Sie konnte sich nicht mehr anders aus dem Schlamassel befreien, als zuzugeben, dass sie Ianthe war, was bedeutet hätte zu gestehen, dass sie Melissa ermordet hatte. Sehr unangenehm für sie.«

»Wie gesagt, sie wäre vielleicht damit durchgekommen, wenn sie einfach nur stillgehalten hätte. Aber die plötzliche Entspannung, als ich sagte, Melissa sei unschuldig – das war zu viel für sie.«

»Ich kann nicht verstehen, warum sie in der Kabine geblieben ist, während Sie nacheinander jeden beschuldigt haben«, sagte Faith. »Sie hätte doch fürchten müssen, etwas zu sagen, das sie belastet.«

»Sie hat sich nicht getraut zu gehen. Sie erinnern sich, ich habe ihr zweimal gesagt, dass es ihr freistehe zu gehen. Wenn sie unschuldig gewesen wäre, wäre sie gegangen. Aber sie musste herausfinden, wie viel ich von der Wahrheit wusste oder zumindest vermutete. Und sie behielt bemerkenswert gut die Nerven. Erst als ich die Spannung plötzlich lockerte, verriet sie sich – zweimal.«

»Zweimal?«, fragte Faith.

»Ja, nachdem Sie sie mit ›Brossy‹ angesprochen haben, natürlich, aber schon davor, als Sie mir vorgeworfen haben, ich würde mich wie in einem kitschigen Krimi verhalten, sagte sie – erinnern Sie sich? ›Da stimme ich Ihnen zu, Faith, Sie, äh, sagen es.‹ Sie setzte die umgangssprachliche Redewendung in Anführungszeichen, wie eine eher pedantische Lehrerin es täte, wenn sie mit einem Schüler spricht. Melissa hätte niemals eine umgangssprachliche Redewendung bewusst als solche gekennzeichnet.«

Die vier saßen auf dem Schiffsdeck der *Menelaos*, die wieder Richtung Osten fuhr. Die Formalitäten in Athen hatten kaum mehr als vierundzwanzig Stunden gedauert, vor allem dank der langen Erklärung, die Nigel den Polizeibehörden gegenüber abgegeben hatte; er würde später wiederkommen müssen, wenn die Ergebnisse der Autopsie von Primrose Chalmers bekannt und die Leiche von Melissa Blaydon von Kalymnos nach Athen überführt wäre. Die gerichtsmedizinische Identifizierung der Leichen der beiden Frauen konnte erst nach Vorliegen der Berichte ihrer Zahnärzte erfolgen. Die Behörden hatten jedoch keinen Zweifel daran, dass Nigels Lösung des Rätsels weitgehend korrekt war. Und so konnte die *Menelaos*, nachdem sie betankt worden war, ihre Fahrt fortsetzen. Fast alle Passagiere blieben an Bord, obwohl Ivor Bentinck-Jones es für angebracht gehalten hatte, das Schiff in Athen zu verlassen, und Jeremy Street Nikki mitgeteilt hatte, dass er nicht vorhabe, auch nur einen Tag länger an Bord zu bleiben, als sein Vertrag es vorsah.

»Wann haben Sie zum ersten Mal vermutet, dass es Ianthe war?«, fragte Peter Trubody jetzt. Er hatte dunkle Ringe unter den Augen und machte einen sehr niedergeschlagenen Eindruck. Er war in den letzten Tagen so erwachsen geworden, dass er ahnen konnte, was Nigel vorhatte, denn er fügte nüchtern hinzu: »Machen Sie sich nichts daraus, ich werde nicht in Tränen ausbrechen oder Ähnliches. Nur, während ich dachte, dass Melissa es getan haben muss ...« Er brach ab, seine Lippen zitterten ein wenig.

»Wann habe ich Ianthe zum ersten Mal verdächtigt? Nun,

es kam nicht auf einen Schlag, wissen Sie. Eine Weile dachte ich, es sei Melissa; es musste eine der Schwestern sein, nachdem alle Fakten darauf hindeuteten, dass der Mord auf Kalymnos begangen worden war. Aber Melissa hatte kein nachvollziehbares Motiv, während Ianthe zwei ungeheuer starke hatte.«

»Nein, ich meine den Identitätswechsel.«

»Oh, es war so viel einfacher für Ianthe, sich als Melissa auszugeben als umgekehrt«, warf Clare ein.

»Ganz genau. Wir wussten alle, wie Ianthe aussah – wir hatten ihr Gesicht gesehen, immer ohne Make-up. Keiner von uns wusste, wie Melissa ohne Make-up aussah. Ianthe konnte sich schminken, um sich als Melissa zu verkleiden. Wäre Melissa während des Vortrags auf dem Schiffsdeck als Ianthe aufgetreten, hätte sie ihr Make-up entfernen müssen, und der Unterschied zwischen ihren nackten Gesichtern wäre deutlich zu sehen gewesen.«

»Aber Ianthe hätte sich nicht den Rest ihres Lebens als Melissa ausgeben können«, sagte Peter. »Dann wäre sie zwangsläufig aufgeflogen. Ich verstehe nicht, was sie sich von den schändlichen Dingen, die sie getan hat, versprochen hat.«

»Genau das ist der Punkt, in dem Sie sich irren. Aber ich sage Ihnen lieber zuerst ihre Motive, dann, was sie vorhatte, und dann, wie es in der Praxis funktionierte.«

Nigel erzählte, was ihm der Bischof von Solway über die Kindheit der Schwestern erzählt hätte, dass Melissa immer die Bevorzugte gewesen war und ihr Vater Ianthe nie wahre Zuneigung zeigen konnte.

»Dann heiratete Melissa einen reichen Mann, der ihr bei seinem Tod sein ganzes Geld hinterließ. Ianthe war zwar eine brillante Gelehrte, aber als Lehrerin scheiterte sie; sie war vor Kurzem entlassen worden und würde wohl keine neue Stelle finden. Außerdem hasste sie Männer – oder fühlte sich zumindest nicht wohl mit ihnen –, so dass sie kaum Aussicht auf eine Ehe hatte. Von Kindesbeinen an hatte sie gute Gründe, ihre Schwester zu beneiden, auf sie eifersüchtig zu sein, von Groll und Hass zerfressen zu werden.«

»Aber Melissa hätte ihr Geld gegeben und sie unterstützt; sie war sehr großzügig«, protestierte Peter.

»Ich bezweifle nicht, dass sie das getan hätte. Aber stellen Sie sich vor, Ianthe wäre gezwungen gewesen, es anzunehmen – ausgerechnet von Melissa! Ihr Stolz und ihre Verbitterung hätten eine solche Wohltätigkeit einfach nicht toleriert. Und dann hatte sie diesen Nervenzusammenbruch. Das hat ihre ganze Abneigung gegen ihre Schwester zum Vorschein gebracht.«

»War sie verrückt?«, fragte Faith. »Sie muss es gewesen sein.«

»Das glaube ich nicht. Aber der Zusammenbruch brachte sie auf den Weg zum Mord. Sie telegrafierte Melissa, die sie seit Jahren nicht mehr gesehen hatte; diese Kreuzfahrt war Teil ihrer Wiedergutmachung. Die beiden Frauen hatten die gleiche Augenfarbe, die gleiche Größe und den gleichen Körperbau; Ianthe wird Melissa ungeschminkt gesehen und festgestellt haben, dass sich ihre Gesichter immer noch sehr ähnelten, wie sie es – das erzählte mir der Bischof – in ihrer Kindheit getan hatten. Er sagte mir auch, dass Ianthe damals eine hervorragende Imitatorin gewesen sei. Ich kann mir vorstellen, dass die Möglichkeit, sich für ihre Schwester auszugeben, Ianthe zuerst nur vage in den Sinn kam; und dann entstand der Plan, sie zu ermorden.«

»Aber ich kann mir das einfach nicht vorstellen«, sagte Peter. »Wie hätte sie hoffen können, sich für den Rest ihres Lebens für Melissa auszugeben?«

»Sie müssen bedenken, dass Melissa eine unstete Gesellin war. Nach dem Tod ihres Mannes zog sie im Ausland von Ort zu Ort und blieb nirgends lange. Alles, was Ianthe hätte tun müssen, wäre gewesen, die Orte zu meiden, an denen ihre rastlose Schwester gelebt hatte – und natürlich Melissas Ex-Liebhabern aus dem Weg zu gehen.«

»Eine ziemliche Aufgabe«, bemerkte Faith.

»Ach, halt den Mund«, sagte Peter. »Sei nicht so despektierlich!«

Clare fragte: »Aber was ist mit dem Geld?«

»Melissa hatte keine Kinder. Wir werden wahrscheinlich herausfinden, dass sie ihr ganzes Geld Ianthe hinterlassen hat. Aber Ianthe war klug genug, um zu wissen, dass sie im Fall eines gewaltsamen Todes von Melissa als Alleinerbin die Hauptverdächtige sein würde. Also plante sie ...«

»Nein, ich meinte, wie hätte Ianthe, die sich als Melissa ausgibt, an das Geld kommen sollen?«, fragte Clare.

»Oh, ganz einfach. Schreibmaschinengeschriebene Briefe an die Makler, Anwälte, Bankmanager oder wen auch immer. Sie hätte Melissas Unterschrift gefälscht und angewiesen, dass ihr Konto auf die und die Bank transferiert werden soll. Sie hatte die Rolle von Melissa sehr genau studiert. Melissa erzählte mir auf Delos, dass Ianthe sie, obwohl sie sich zuvor jahrelang nicht für ihr Leben interessiert hatte, in letzter Zeit stundenlang über ihre Ehe, ihre Reisen, ihre Freunde ausgefragt habe. Ianthe informierte sich für den Fall, dass sie jemandem begegnen sollte, der ihre Schwester gekannt hatte.«

»Ah und deshalb hat Ianthe während der Kreuzfahrt auch den Wachhund gespielt.«

»Ja. Sie konnte nicht riskieren, dass irgendjemand lange mit ihrer Schwester allein war, damit in privaten Gesprächen keine Dinge gesagt wurden, von denen Ianthe nichts wusste, wenn die Zeit gekommen wäre, Melissa zu spielen. Und es bestand immer die Gefahr, dass Melissa jemandem erzählen könnte, dass ihre Schwester als Kind schwimmen gelernt hat. Wir führten das auf Ianthes Besitzanspruch auf sie zurück. Aber, wie Melissa mir erzählte, war Ianthe früher immer ein unabhängiger, ungebundener Typ gewesen. Man kann sich vorstellen, dass sie von der Idee einer Kreuzfahrt begeistert war, denn mit etwas Glück würde kein Vertrauter von Melissa oder ihr selbst an Bord sein, der, wenn es notwendig wurde, die Leiche ihrer Schwester identifizieren konnte. Sie wäre die einzige Person gewesen, die dazu in der Lage war.«

»Es war also alles vorsätzlich geplant?

»Absolut. Allerdings glaube ich, dass die erste Idee zu dem Verbrechen zunächst eine Art Hirngespinst war – so wie es bei Intellektuellen üblich ist. Sie spielte damit, arbeitete es aus, grübelte darüber nach, bis sie davon besessen war. Zweifellos hatte sie, bevor sie nach Griechenland kamen, heimlich Melissas Unterschrift, ihr Make-up, ihre Stimme und so weiter geübt. Und sie muss schon früh beschlossen haben, dass die Mordmethode das Ertränken sein sollte. Von Beginn der Kreuzfahrt an ließ sie alle wissen, dass sie nicht schwimmen könne – ein Nichtschwimmer würde nicht verdächtigt werden, das Opfer ertränkt zu haben. Ob das Hinken ursprünglich Teil des Plans war oder eine geniale Improvisation in letzter Minute, weiß ich nicht.«

»Aber es war doch«, sagte Peter, »sicher ein Unfall? Sie beeilte sich auf diesem holperigen Weg, um den Dampfer zu erreichen ...«

»Oh nein. Es war absolut notwendig für den Identitätswechsel. Denken Sie doch mal nach.«

»Notwendig? Das sehe ich nicht.«

Clare sagte: »Ich glaube, ich schon. Sie konnte Melissas Stimme imitieren und sich schminken, dass sie genau wie sie aussah – ich nehme übrigens an, dass sie sich die gleiche Frisur wie Melissa machen ließ, bevor sie England verließen. Aber Melissa war eine anmutige Frau, und Ianthe hatte einen eher unbeholfenen Gang ...«

»Genau. Das, was dich am ehesten verrät, wenn du versuchst, dich zu verkleiden, ist dein Gang. Aber wenn Melissa humpelte, sah das nicht anders aus, als wenn Ianthe humpelte. Deshalb war ich auch so neugierig bezüglich des umgeknickten Knöchels. Das war keine Täuschung. Sie hat es ganz bewusst gemacht.«

»Ich finde das schrecklich«, rief Faith. »Die ganze Zeit, die sie auf Liegestühlen saß, zusammengekauert wie ein Basilisk, und sich überlegt hat, wie sie diese schreckliche Sache durchführen kann.«

»Ja. Sie wartete auf den richtigen Zeitpunkt und den richtigen Ort, prägte sich den Grundriss des Schiffs ein und bot vor allem das Bild einer Frau, die sich nur unvollkommen von einem Nervenzusammenbruch erholt hatte und reif für den Selbstmord war. Darauf werde ich gleich zurückkommen. Zwei Dinge konnte sie jedoch nicht voraussehen – dass Sie an Bord sein würden, Faith, und Clare und ich. Sie und Peter waren ihr ein Dorn im Auge mit Ihrem Rachefeldzug ...«

»Es tut mir leid wegen der Sache mit dem Tauchgerät«, sagte Peter beschämt. »Das war ein ziemlich dummer Trick.«

»Eigentlich habe ich ihn dazu angestiftet«, gestand Faith.

»Ach ja?«, sagte Clare etwas säuerlich. »Kinder, wurde mir immer gesagt, sollten nicht mit dem Feuer spielen.«

»Ich habe sie gehasst. Wenn Sie wüssten, wie übel sie mir in der Schule mitgespielt hat.«

»Ach, vergiss es, Faith!«, sagte Peter. »Das ist endgültig vorbei. Du redest, als hätte sie dein Leben ruiniert!«

»Und dann war da noch Clare mit ihrem geschulten Auge, die den Schädel unter der Haut gesehen hat – die große Ähnlichkeit der Knochenstruktur. Und da war ich mit meinem geschulten Verstand und meiner professionellen Neugier. Ianthe leistete sich einen furchtbaren Fauxpas, als sie mich zum Üben auswählte.«

»Zum Üben? Wie meinen Sie das?«

»Clare und ich gingen eines Abends auf Deck spazieren, als sie uns mit Melissas Stimme rief. Wir dachten beide, es sei Melissa, bis wir zu ihr hinaufgingen. Daran habe ich mich erst später erinnert. Nun, diese Bucht von Kalymnos gab Ianthe die Chance, auf die sie gewartet hatte. Sie war eine sehr kluge Frau, wie Sie wissen, und auch skrupellos. Ihr allgemeiner Plan war nicht so leichtsinnig, wie Sie vielleicht denken. Sie würde Melissa ertränken, die Kleider mit ihr tauschen, allein als Melissa aufs Schiff zurückkehren, beide Landgangkarten zusammen abgeben, sagen, ihre Schwester habe sich schlecht gefühlt und sei vor ihr zurückgekehrt. Nach dem Abendessen würde sie in die Kabine gehen, sich abschminken, ihre eigenen Kleider anziehen, sich den Vortrag anhören, den Eindruck einer akuten Melancholie erwecken, den Vortrag vorzeitig verlassen, in die Kabine zurückkehren und schließlich wieder als Melissa auftauchen. ›Ianthes‹ Verschwinden würde ganz selbstverständlich als Selbstmord akzeptiert werden. Wenn die Leiche überhaupt gefunden würde, würde man sie in dieser einsamen Bucht erst nach Tagen oder Wochen finden, und die Behörden würden annehmen, dass sie auf die Insel zurückgetrieben ist, nachdem sie sich von Bord gestürzt hatte. Sollte die Leiche noch vor Ende der Kreuzfahrt entdeckt werden, würden die Behörden Ianthe in ihrer neuen Identität als Melissa bitten, die Leiche zu identifizieren. Eine Untersuchung war unter den gegebenen Umständen unwahrscheinlich. Wenn die Leiche erst nach einiger Zeit entdeckt würde, wäre sie ohnehin nicht mehr zu erkennen. Aber Ianthe hatte sich trotzdem Sorgen darüber gemacht, dass man Spuren an Melissas Körper entdecken könnte. Sie versuchte zu verhindern, dass ihre Schwester in der Öffentlichkeit ein Sonnenbad nahm. Am Strand von Patmos schimpfte sie mit Melissa, weil sie keinen Bademantel über ihrem Bikini trug. Ich dachte zu dem Zeitpunkt, das sei nur Ianthes Prüderie. Ach ja, und an diesem Strand habe ich zum ersten Mal gesehen, was Melissa in dem Weidenkorb aufbewahrte, den sie überall mit sich herumtrug.«

»Ihre Landgangkarte, meinen Sie?«, fragte Faith.

»Ja. Aber noch etwas anderes – ihre Schminkutensilien. Verstehen Sie, worum es geht?«

»Nein, ich glaube nicht.«

»Es wird Ihnen gleich dämmern. Also hier haben wir Ianthes Plan in groben Zügen: Sie würde Melissa töten, Melissa werden und von Melissas Einkommen leben, glücklich bis ans Ende ihrer Tage. Und dann gingen die beiden Schwestern zu dieser einsamen Bucht auf Kalymnos, und Ianthe hatte Zeit, den Ort und die Ungeliebte, alles fügte sich zusammen. Jetzt kommen wir«, sagte Nigel mit einem fragenden Blick zu Peter, »zu einer ziemlich düsteren Passage.«

»Ist schon in Ordnung. Ich kann ... ich will es wissen«, sagte Peter, aber seine Lippen waren weiß geworden.

»Nachdem Ianthe die Chalmers losgeworden war, sonnten sich die beiden Schwestern. Ianthe, die sich als Melissa ausgab, erzählte mir, dass sie ein wenig geschlafen hatte. Die echte Melissa wahrscheinlich auch – mit dem Gesicht nach unten, auf diesem flachen Felsen, mit wenig oder gar nichts an. Ich vermute, dass Ianthe sich auch ausgezogen hatte; wir wissen, dass sie in den letzten Tagen viel in der Sonne gelegen hatte, damit ihre Haut, die ohnehin blass war, die gleiche Farbe wie die von Melissa bekam. Außerdem sind die Passagiere der *Menelaos* im Großen und Ganzen ein höflicher, vornehmer Haufen, und wenn jemand aufgetaucht wäre, hätte er wahrscheinlich seine Augen von zwei nackten Frauen abgewendet. Nun, Melissa lag mit dem Gesicht nach unten und schlief. Ianthe versetzte ihr einen heftigen Schlag auf den Hinterkopf, der sie betäubte. Melissas Kleid lag in der Nähe und wurde mit Blut bespritzt, das ist jedenfalls meine Theorie; Ianthe musste es schnell ins Meer tauchen, um die Blutflecken auszuwaschen. Aber zuerst begann sie, ihre eigenen Kleider anzuziehen. Dabei bemerkte sie, dass der Weidenkorb ins Wasser gefallen war und aufs Meer hinaustrieb. Sofort stürzte sie sich hinterher.«

»Weil Melissas Make-up drin war und Ianthe keine eigenes dabei hatte?«, fragte Clare.

»Ich denke ja. Wenn sie sich nicht schminken konnte,

wäre ihr ganzer Plan im Eimer gewesen. Primrose sah eine Schwimmerin, die den Korb holte, und dachte, es müsse Ianthe sein, weil sie nicht die gelbe Badekappe aufhatte, die Melissa immer trug. Als Ianthe wieder an Land kletterte, setzte sie Melissas Badekappe auf und zog die Leiche fertig an. Damit war sie beschäftigt, als Peter sie sah. Sie hatte die Leiche ein wenig angehoben, um ihr den Pullover über den Kopf zu ziehen, und ließ den Kopf mit einem Knall auf den Felsen zurückfallen.«

»Als wäre es eine Puppe in einem Schaufenster«, murmelte Peter. »Oh Gott!«

»Ja. Sie hatte keinen Respekt vor den Toten. Und sie hatte das Glück des Teufels auf ihrer Seite. Wenn Peter sich in dem Moment nicht entfernt hätte, hätte er gesehen, wie sie die bewusstlose Frau ins Meer zerrte und sie unter den überhängenden Felsen einklemmte, um sie zu ertränken. Dann wusch Ianthe das blutbefleckte Kleid aus und schminkte ihr Gesicht. Sie ging schnell auf die andere Seite der Bucht, um das Kleid in der Sonne zu trocknen. Ianthe kehrte als Melissa zum Schiff zurück. Eine Weile ging alles gut. Aber dann machten Primrose und Nikki das, was eigentlich ein einfaches Unterfangen war, kompliziert.«

»Nikki? Wie?«, fragte Peter mit einem Unterton von Eifersucht in der Stimme.

»In einer Minute. Ianthe tötete die unglückliche Primrose auf die gleiche Weise und aus dem gleichen Grund, die ich vorhin beschrieben habe, als ich Melissa beschuldigte.« Nigel informierte die beiden anderen in groben Zügen. Er fuhr fort: »Als sie mit Primrose auf das Vorschiff ging, vermutete Ianthe aufgrund der Andeutungen des Kindes, dass sie Zeugin des

Mordes an Melissa geworden war. Dann stieß Primrose sie in den Swimmingpool, und Ianthe verlor den Kopf und die Beherrschung, zerrte Primrose ins Becken und erwürgte sie. Das war ihr erster großer Fehler. Da das Kind ermordet worden war, konnte man Ianthes ›Verschwinden‹ nicht so einfach als den Selbstmord einer gestörten Frau akzeptieren. Nun, Ianthe schaffte es, in die Kabine zurückzukehren. Sie zog ihre durchnässten Kleider aus, und im nächsten Auenblick platzte Nikki herein. Die Kabine war dunkel ...«

»Du meinst, Ianthe hat das Licht nicht angemacht? Warum denn nicht?«, fragte Clare.

»Panik. Sie hatte nur einen Gedanken im Kopf – sich die nassen Kleider auszuziehen, die sie verraten würden. Es war ein einfacher, instinktiver Zwang, im Dunklen zu bleiben, bis sie sich wieder im Griff hatte. Aber es war Nikki, der sie wortwörtlich in den Griff bekam. Er dachte, sie sei die göttliche und willige Melissa. Aber die nackte Frau, die er dort in der Dunkelheit vorfand, erwies sich als alles andere als willig. Sie wehrte sich heftig gegen ihn, *und das schweigend*. Ich hätte schon viel früher erkennen müssen, was das bedeutete.«

»Schweigend?«, fragte Faith. »Das verstehe ich nicht.«

»Melissa war, wenn Peter mir diese Bemerkung erlaubt, eine sehr erfahrene Frau. Sie wissen, wie ich das meine. Wenn die Frau in der Kabine Melissa gewesen wäre, hätte sie sich nicht gewehrt; sie hätte mit ihm gesprochen, ihn beruhigt, eine Ausrede gefunden, warum sie ihn gerade in dem Augenblick nicht wollte. Oder sie hätte ihm vielleicht seinen Willen gelassen. Aber die Frau in der Kabine benahm sich wie eine unerfahrene Frau. Sie wehrte sich. Sie wagte nicht zu schreien, denn das hätte andere Passagiere in die Kabine locken können, die das Licht angemacht und gesehen hätten, dass sie Ianthe war. Selbst wenn das nicht der Fall gewesen wäre, hätte Nikki erkennen können, dass die Stimme nicht die von Melissa war, denn Ianthe war so aufgewühlt von dem, was geschah, dass sie wusste, dass sie Melissas Stimme nicht erfolgreich würde nachahmen können. Nun, sie wurde Nikki los. Sie zog für den Tanz Melissas Kleider an, sprühte Öl auf ihr nasses Haar und schminkte sich. Übrigens neigte sie dazu zu übertreiben. Mrs Hale hatte vor dem Tanz beim Abendessen zu mir gesagt, dass Melissa noch stärker geschminkt war als sonst. Aber das war Ianthes Problem. Sie übertrieb. Wie diese Schwäne.«

»*Schwäne?* Was für Schwäne?«, fragte Faith und starrte ihn fragend an.

»Ianthe verhielt sich fast immer bemerkenswert rational«, sagte Nigel, als hätte er die Frage nicht gehört. »Sie war natürlich eine ungeheuer intelligente Frau. Sie hat zum Beispiel nie versucht, jemand anderen in Verdacht zu bringen, und sie hat an ihrem ursprünglichen Plan festgehalten, selbst nachdem Primrose sich eingemischt und die Dinge sehr kompliziert gemacht hatte. Als ich am Morgen nach den Morden allein mit ihr sprach, widerstand sie der Versuchung, zu viel zu sagen.«

»Wussten Sie denn, dass sie in Wirklichkeit Ianthe war?«, fragte Peter.

»Ich wusste, dass es sich bei der Frau, mit der ich sprach, um Ianthe handeln musste, es sei denn, ich hatte alle Indizien falsch gedeutet. Aber ich muss zugeben, dass es Augenblicke gab, in denen ich kaum glauben konnte, dass sie nicht die echte Melissa war. Sie hatte Melissas Stimme, ihre Augen und ihre Pose. Die Gesichtszüge waren irgendwie undefinierbar, gröber, aber das konnte das Ergebnis von Schock und Trauer gewesen sein. Und sie sprach etwas intelligenter, als ich Melissa hatte reden hören. Aber im Großen und Ganzen vermittelte sie einen wunderbar überzeugenden Eindruck von Melissas Persönlichkeit.«

»Das wundert mich nicht«, sagte Clare. »Sie war schon immer eifersüchtig auf ihre Schwester gewesen. Als Mädchen wollte sie unbedingt Melissa *sein* - die Tochter, die ihr Vater liebte. Ich hatte keinen Zweifel, dass sie Melissa damals oft kopiert hat - bewusst und unbewusst.«

»Ja, das ist ein guter Punkt. Das einzige Mal, dass sie während der Befragung verunsichert schien, war, als ich sie nach dem nassen Kleid fragte. Sie konnte nicht anders, als sich an die Blutflecken zu erinnern, die sie ausgewaschen hatte. Aber sie hat sich schnell wieder gefangen und mir eine natürliche Erklärung dafür gegeben, dass es nass geworden war. Nein, sie hat sich sehr gut geschlagen, abgesehen von ihrer Neigung zur Übertreibung.«

»Wieder wie diese mysteriösen Schwäne, nehme ich an?«, sagte Faith mit einem schelmischen Blick.

Nigel überhörte die Frage erneut. »Melissa war eine ziemlich harte Nummer. Sie hat mir gegenüber zugegeben, dass sie eine egoistische Frau ist. Nun glaube ich nicht, dass Melissa jemals so schockiert und niedergeschlagen über den Tod ihrer Schwester gewesen wäre - schließlich hatte Ianthe mit Selbstmord gedroht -, wie die falsche Melissa.«

»Das wäre sie sicher gewesen, wenn sie die Morde begangen hätte.«

»Sicherlich, Peter. Aber es gab nie einen nachvollziehbaren

Grund, warum Melissa Ianthe hätte töten sollen. Aber wenn es andersherum war, wie ich glaubte, brauchte Ianthe alle Ruhe und Privatsphäre, die sie bekommen konnte; also übertrieb die falsche Melissa die natürlichen Auswirkungen des Schocks. Hätte ich meine Nase nicht hineingesteckt, glaube ich, wäre sie trotz der Komplikation mit Primrose davongekommen.«

»Wenn die griechische Polizei so beeinflussbar ist wie Nikki, dann ja«, sagte Clare.

»Sie hätten sie nicht unter Druck gesetzt. Mit etwas Glück konnte sie sich darauf verlassen, dass sie die Theorie akzeptierten, Ianthe habe einen Anfall geistiger Umnachtung gehabt, Primrose ermordet und sich dann vom Schiff gestürzt. Ianthe hatte ihren nervösen Zustand tagelang wie verrückt hochgespielt und ...«

»Wie die Schwäne?«, sagte Faith.

»Was hat es mit diesen Schwänen auf sich?«, fragte Peter.

»Ich kann es Ihnen sagen«, sagte Clare verträumt. »Sie hatten Ameisen in ihren Flügelhöhlen.«

»Das erklärt natürlich alles«, bemerkte Peter trocken.

»Das tut es, wissen Sie«, sagte Nigel. »Von Beginn der Reise an war ich über Ianthes Verhalten verwirrt. Jedes Mal, wenn die Schiffssirene ertönte, fuhr sie aus der Haut. Sie saß an Deck und sah aus wie ein Klumpen Teig, der vom Elend durchweicht war. Sie zuckte zusammen und erschrak und geriet aus der Fassung. Sie machte während Jeremy Streets erstem Vortrag eine Szene. Sie machte eine Szene in der Höhle auf Patmos; und sie machte eine weitere, als ich ihr mein Mitgefühl diesbezüglich ausdrückte. Sie hat absichtlich den Eindruck eines labilen Geistes erweckt. Wenn es ihr wirklich so schlecht gegangen wäre, hätten die Ärzte sie niemals aus dem Erholunsheim entlassen. Melissa sagte mir an jenem Tag auf Delos ...«

»Melissa hat dir an diesem Tag auf Delos ja so einiges erzählt«, bemerkte Clare.

»Ja. Sie erzählte mir, dass die Ärzte gesagt hätten, es sei in Ordnung, wenn Ianthe auf eine Kreuzfahrt gehe; sie sei über das Schlimmste hinweg. Aber Ianthe erzählte Melissa dann, dass sie nichts mehr habe, wofür es sich zu leben lohne, dass sie nicht mehr weitermachen könne, und so weiter. Ich begann mich zu fragen, wozu diese ganze Verstellung gut sein sollte. Warum sollte Ianthe ihre Neigung zum Selbstmord öffentlich zur Schau stellen? Aber ich könnte mir denken, dass mein Verstand nie angefangen hätte, in diese Richtung zu arbeiten, wenn nicht etwas passiert wäre, das Monate vor der Kreuzfahrt stattfand.«

»Ah, jetzt kommen wir also endlich zu ihnen«, sagte Faith.

»Ja. Clare und ich gingen am Serpentine Lake spazieren und sahen eine Schar von Schwänen, die sich sehr merkwürdig verhielten.« Nigel beschrieb die Szene im Detail. »Also machte Clare eine alberne und herzlose Bemerkung, dass sie wohl von Ameisen heimgesucht würden.«

»Und du hast gesagt, dass sie einen Nervenzusammenbruch haben müssen«, fügte Clare hinzu.

»Und was hast du dann gesagt, Liebes?«

»Ich kann mich nicht mehr erinnern. Etwas Kraftvolles und Intelligentes zweifellos.«

»Genau. Sogar noch mehr, als du damals hättest wissen können. Du sagtest: ›Nun, wenn ja, dann übertreiben sie gewaltig.‹«